DAS GEHEIMNIS DER BORGIA-SKULPTUR

Roman

Victor Gunn

Impressum

Text: © Copyright by Victor Gunn/ Apex-Verlag.

Lektorat: Dr. Birgit Rehberg.

Übersetzung: Aus dem Englischen übersetzt von Irene von Berg und Christian Dörge.

Original-Titel: *The Borgia Head Mystery.*

Umschlag: © Copyright by Christian Dörge

Verlag: Apex-Verlag
Winthirstraße 11
80639 München
www.apex-verlag.de
webmaster@apex-verlag.de

Druck: epubli, ein Service der neopubli GmbH, Berlin

Printed in Germany

Inhaltsverzeichnis

Das Buch

Wieder einmal hat es Bill Cromwell, genannt Ironsides, mit einem äußerst schwierigen Fall zu tun: Mr. Francis August Kendrick, Kunsthändler und eines der beliebtesten Originale im Londoner Westend, wird erschossen in seiner Galerie aufgefunden. Zwei Gauner, die eine wertvolle Skulptur in seinem Besitz vermuteten, hatten ihm aufgelauert. Der Borgia-Kopf – vermutlich einer der ersten Goldschmiede-Arbeiten Benvenuto Cellinis – ist verschwunden. Cromwell begibt sich auf die Suche nach der Skulptur und nach den Mördern, ohne zu ahnen, dass einer der Täter direkt vor seiner Nase sein Spielchen mit der Polizei treibt...

Der Roman *Das Geheimnis der Borgia-Skulptur* von Victor Gunn (eigentlich Edwy Searles Brooks; * 11. November 1889 in London; † 2. Dezember 1965) erschien erstmals im Jahr 1959. Der Apex-Verlag veröffentlicht eine durchgesehene Neuausgabe dieses Klassikers der Kriminal-Literatur in seiner Reihe APEX CRIME.

Das Geheimnis der Borgia-Skulptur

Erstes Kapitel

»Scheußliche Geschichte!«, sagte Chefinspektor Cromwell.

Seine Stimme war wutgeladen und der Ausdruck seines Gesichtes womöglich noch bärbeißiger als sonst. Der Telefonhörer flog zurück auf die Gabel. Johnny Lister, der in Hut und Mantel an der Tür stand, ließ seine Hand auf der Klinke ruhen.

»Was ist los, Old Iron?« Der Inspektor verdankte diesen Spitznamen seinem großen Namensvetter Oliver Cromwell, dessen Reiter *Ironsides - Eisenseiten* - genannt wurden.

»Was soll schon los sein? Mord natürlich!« Bill Cromwells Stimme war jetzt müde und verärgert. »Und ausgerechnet, wenn wir nach Hause gehen wollen! Den ganzen Abend hatte ich schon das verdammte Gefühl, als ob meine Nachtruhe hin wäre.«

Der elegante Kriminalsergeant nickte. »Ging mir genauso«, meinte er, »aber ich bin Gott sei Dank nicht abergläubisch. Ich hab' nur an das Wetter gedacht, das sich über uns zusammenbraut. Eine widerliche, klebrige Schwüle ist das - der reinste Sirup, aber keine Luft! Haben Sie den Donner gehört? Alles in allem ein gräulicher Abend.«

Der Chefinspektor ließ sich wieder in seinen Sessel fallen und griff nach dem Telefonhörer.

»Kein Abendbrot für uns, mein Junge«, stöhnte er wehleidig, »und wie mir scheinen will, auch kein Schlaf. Wenn wir das blöde Büro doch nur fünf Minuten eher verlassen hätten! Was hätten wir uns erspart!«

»Und wo ist er ermordet worden?«, fragte der praktische Johnny.

»In der Sackville Street - ein Mann namens Kendrick.«

»Kendrick? Doch nicht der alte Augustus? Ich bin oft in der Galerie Kendrick gewesen. Eine Schande ist das! Old Gus war einer der anständigsten Kerle, die wir hatten.«

Mr. Francis Augustus Kendrick war kaltblütig ermordet worden. Sein Hinscheiden bedeutete für Londons Westend den Verlust eines seiner beliebtesten Originale. *Old Gus*, wie Kendrick liebevoll in Kunstkreisen genannt wurde, war gereizt und ruhelos gewesen, seit er am Nachmittag in London angekommen war - und an seiner Nervosität war nicht nur das Wetter schuld. Er war zu einem ganz bestimmten Zweck nach London gefahren; eigentlich hatte sich der berühmte Kunstkenner und -händler bereits seit fünf Jahren von den Geschäften zurückgezogen und lebte bereits still und friedlich auf seinem Landsitz in Cumberland.

Mr. Michael Gale, der gesetzte, würdige Geschäftsführer, der die Firma jetzt leitete, hatte sofort verstanden, dass ein großer Abschluss in der Luft lag, denn der alte Kendrick, der sowieso ein ernster, schweigsamer Mann war, gab sich heute förmlich als Trappist. Nur seine Augen blitzten so, dass man ohne weiteres auf ein Geschäft von außergewöhnlicher Wichtigkeit schließen konnte. Gales vorsichtige Fragen hatten keinen Erfolg.

»Morgen, morgen, mein lieber Michael - morgen sollen Sie alles erfahren«, hatte Kendrick mindestens ein halbes dutzendmal erklärt. »Sie müssen nicht so neugierig sein.« Und mit einem verschmitzten Lächeln hatte er eine besonders angenehme Überraschung angedeutet.

Kendrick war ein großzügiger Mann, und wann immer er ein wirklich gewinnbringendes Geschäft abschloss, hatte Michael Gale ausnahmslos eine sehr anständige Provision bekommen.

Die drei Angestellten der Kunsthandlung waren nach Geschäftsschluss nach Hause gegangen. Danach hatte Mr. Kendrick die Gelegenheit ergriffen, mit Gale die Bücher durchzusehen, und dieser machte sich um sieben Uhr bereit, das Geschäft zu verlassen.

Das Wetter war immer schwüler und drückender geworden; schwere Wolken senkten sich über das Westend. Eine unbestimmte, unheimliche Drohung hing in der Luft, und Gale zögerte mehrere Male, bevor er endlich ging.

»Sind Sie ganz sicher, dass Sie mich heute Abend nicht mehr brauchen, Mr. Kendrick?«

»Gute Nacht, Gale.«

»Wenn ich vielleicht noch irgendetwas für Sie tun könnte...«

»Nach Hause können Sie gehen«, unterbrach Kendrick ihn kurz. »Ich werde froh sein, wenn das Wetter endlich losbricht. Vielleicht gibt es dann etwas Luft«, fügte er mit einem Blick auf den Himmel hinzu.

Da stand er nun auf der Schwelle seines berühmten Ladens - die Galerie bestand lediglich aus einigen Räumen über dem Geschäft ein kleiner, drahtiger, gepflegter und gutangezogener Mann, und lächelte verschmitzt vor sich hin. Seine Zähne waren von fast unglaublicher Makellosigkeit, sein langes graues Haar glänzte und stand über den Ohren wie zwei riesige Puderquasten ab. Lange Jahre war er im Westend eine bekannte Erscheinung gewesen, jetzt sah man ihn nur noch bei seltenen Gelegenheiten, wenn ihn besonders wichtige Geschäfte nach London führten.

Im Gegensatz zu seinem Chef war Gale lang und hager mit stets gebeugten Schultern. Den Regenmantel, der heute offenbar sehr nötig war, über dem Arm, entschloss er sich endlich zum Gehen.

Mr. Kendrick grinste verstohlen hinter ihm her, als er sich in den Laden zurückzog und die Tür schloss. Er dachte an Gales offensichtliche Besorgnis. Eine schöne Überraschung würde der morgen erleben!

Dann schlenderte der kleine Mann einige Zeit müßig durch den halbdunklen Laden, besah sich verschiedene Kunstgegenstände, rückte an ihnen herum und bemühte sich redlich, die Zeit bis acht Uhr zu vertrödeln.

Um halb acht kam es ihm vor, als ob er fernes Donnergrollen hörte. Er zog sich in das durch Glas abgetrennte hintere Ende des Raumes zurück und knipste die Lampe auf seinem Schreibtisch an. Die Sackville Street war jetzt in ihre übliche abendliche Schläfrigkeit versunken. Der Himmel hing voller Gewitterwolken, und eine vorzeitige Dämmerung lag über der Stadt. Bis jetzt war noch kein Tropfen Regen gefallen.

Es war vierzig Minuten nach sieben Uhr.

Old Gus in seinem Büro horchte erstaunt und verärgert auf, als ein Klingeln anzeigte, dass die Ladentür geöffnet worden war. Er hatte absichtlich nicht zugesperrt, aber dem äußeren Anschein nach war das Geschäft geschlossen, und er erwartete keine Kunden mehr. Jedenfalls nicht bis acht Uhr - und auch dann nur einen einzigen.

Er öffnete die mit einer Glasscheibe versehene Tür des Büros und blickte in den langen, dunklen und mit zahllosen Kunstgegenständen vollgestopften Raum. Zwei Kunden hatten den Laden betreten. *Wie unangenehm*, dachte er. Ausgerechnet jetzt.

»Es tut mir leid, meine Herren...« Er hielt erstaunt inne, als er erkannte, dass der eine der beiden Männer die Ladentür verschloss. Daraufhin wandten sich die zwei Gestalten ihm zu und kamen mit schnellen, sicheren Schritten näher.

»Mr. Kendrick?«

»Darf ich mich vielleicht erkundigen, wie Sie dazu kommen, meine Tür abzuschließen?«, fragte Old Gus in ziemlich scharfem Ton. »Das Geschäft ist jetzt geschlossen, und ich habe nicht die Absicht...«

»Nur keine Aufregung, Mr. Kendrick«, unterbrach ihn der größere der beiden Männer. »Es wird Ihnen nichts geschehen, wenn Sie genau das tun, was ich sage. Das Ding in meiner Hand ist eine Pistole mit Schalldämpfer. Ich hoffe sehr, dass ich sie nicht benutzen muss.«

»Großer Gott!«, stieß Mr. Kendrick hervor.

Es ging ihm durch den Kopf, dass Gale wirklich ein Vorgefühl kommenden Unheils gehabt haben müsse, und er zitterte vor Wut über die unglaubliche Frechheit eines solchen Überfalls am helllichten Tage. Sicher hatte er von solchen Vorfällen gelesen, aber in den dreiundzwanzig Jahren seiner Tätigkeit hatte er niemals etwas Ähnliches erlebt. Er konnte einfach nicht glauben, dass er seine augenblickliche Lage dem besonderen Geschäft zu verdanken habe, das ihn nach London geführt hatte.

Kendrick hatte durchaus nicht den Kopf verloren.

»Ich habe keine Ahnung, was Sie zu finden hoffen«, meinte er mürrisch. »Dieser Laden enthält eigentlich nichts, was Sie interessieren könnte, und in meiner Brieftasche habe ich nur einige Pfund.«

»Schon gut, Mr. Kendrick«, sagte der große Mann in gelassenem Ton. »Wir wissen, was wir suchen. Sie setzen sich jetzt an Ihren Schreibtisch, legen Ihre beiden Hände auf die Platte und lassen sie dort liegen, damit ich sie im Auge behalten kann. Und vor allen Dingen fangen Sie nicht an zu schreien. Es würde mir sehr leid tun, wenn ich grob werden müsste.«

In seinem dünnen blauen Regenmantel machte der wohlbeleibte Mann einen durchaus freundlichen und vertrauenerweckenden Eindruck. Mit seinem feisten Gesicht und dem dünnen Schnurrbart, Marke Zahnbürste, sah er wie ein gutmütiger Landedelmann aus. Zwei Goldzähne glänzten im Licht der Lampe, wenn er sprach. Der andere Mann sah ganz und gar unauffällig aus - nichts als ein ängstlicher Zuschauer, mit einem mageren, glattrasierten Gesicht und kleinen, ruhelosen Knopfaugen.

Mr. Kendrick war sich natürlich nicht klar darüber, dass ihm ein bemerkenswert *vornehmer* Besucher die Ehre gab. Frederick Charles Brody war einer der schlauesten Gauner in ganz Europa. Von Geburt Australier, mit langjährigen Erfahrungen in den Vereinigten Staaten, betrachtete er die großen europäischen Hauptstädte als sein Haupttätigkeitsfeld. Brody war so klug, dass Scotland Yard ihn noch niemals hatte erwischen können, und nur die Wiener Polizei besaß Akten über ihn. Vor acht Jahren war er dort einmal unvorsichtig gewesen und in Verdacht geraten. Aber selbst damals hatte man ihn nicht überführen können. Mr. Brody umgab sich mit Luxus und lebte wie ein reicher Mann, der er auch tatsächlich war. Seinen Reichtum bezog er von seinen zahlreichen, klug ausgewählten Opfern. Ted Willis, sein Begleiter, war nichts als ein treuer Sklave.

»Ich habe nicht die Absicht, Sie lange aufzuhalten, Mr. Kendrick«, erklärte Brody im gleichen herausfordernd gelassenen Plauderton. »Sie brauchen mir nur den Borgia-Kopf auszuliefern. Das ist alles, was Sie zu tun haben.«

Kendrick zuckte unmerklich zusammen.

»Den Borgia-Kopf?«, wiederholte er erstaunt.

»Ganz richtig.«

»Und was, wenn Sie mir die Frage erlauben wollen, ist der Borgia-Kopf?«

»Ruhe, Ruhe, mein Lieber, leugnen hilft gar nichts!« Brody lächelte jetzt breit. »Ich würde so was Dummes gar nicht erst versuchen, wenn ich Sie wäre. Wir vertrödeln nur unsere Zeit. Sie wissen ebenso gut wie ich, was der Borgia-Kopf ist, und außerdem haben Sie ihn hier in Ihrem Büro.«

»Was mich zu dem Geständnis zwingt, dass Sie mehr wissen als ich«, gab Kendrick freundlich zurück.

Brody fing sichtlich an, seine Herzlichkeit zu verlieren. »Sie glauben wohl, dass Sie mich aufhalten können, bis Dodd kommt, wie?«, sagte er. »Jawohl, ich weiß alles über Mr. Preston Dodd«, fuhr er fort, als er Kendrick auffahren sah. »Der kommt aber nicht vor einer Viertelstunde. Wie Sie sehen, habe ich die Zeit für meinen Besuch mit großer Sorgfalt gewählt.«

Kendrick machte mit den Händen eine ungeduldige Bewegung, aber seine Augen hatten jetzt einen außerordentlich besorgten Ausdruck.

»Das ist ganz einfach lächerlich...«, fing er an.

»Ganz meine Meinung«, zischte Brody und hob die Pistole. »Lächerlich ist das richtige Wort. Hände auf den Tisch, Mr. Kendrick, und keine überflüssigen Bewegungen, wenn ich bitten darf!«

»Und was sollte ich wohl für Bewegungen machen?«, erkundigte sich Kendrick mit mühsam bewahrter Geduld. »Bilden Sie sich ein, dass ich mit Revolvern in den Taschen umherlaufe, oder erwarten Sie von mir, dass ich Sie mit bloßen Fäusten anfalle? Sie haben mich in der Hand, und ich muss mich fügen, aber das ändert gar nichts. Was immer Sie glauben, hier in diesem Raum gibt es keinen Borgia-Kopf.«

»Langsam vergeht mir die Geduld«, bemerkte Brody kalt. »Ich komme doch nicht einfach hierher, ohne mich genauestens zu informieren. Wenn Sie meinen, dass Ihre geschäftlichen Transaktionen in der letzten Zeit geheim geblieben sind, dann irren Sie sich, Mr. Kendrick. Solche Sachen sprechen sich herum, und ich weiß, dass Sie für einen Ihrer Kunden, Mr. Preston Dodd, den Erwerb des Borgia-Kopfes betrieben haben. Er ist hier - der Kopf, meine ich und Mr. Dodd wird gleichfalls bald hier sein, um ihn abzuholen, wie er glaubt. Aber vorher werde ich ihn abgeholt haben. Ganz einfache Sache, wie Sie sehen. Und nun: Wo ist der Kopf?«

Der kleine Kunsthändler war viel bestürzter, als er sich nach außen hin anmerken ließ. Brodys Informationen waren vollständig richtig. Kendrick hatte, bei einem seiner seltenen Besuche in London, vor zwei Monaten in seinem Klub Mr. Dodd kennengelernt, den großen Mr. Preston Dodd, der Amerikaner, Multimillionär, Präsident des Dodd-Stahl-Konzerns und leidenschaftlicher Kunstsammler war. Sie waren ins Gespräch gekommen, und Dodd hatte die Gerüchte über den sagenhaften sogenannten Borgia-Kopf - eine Skulptur aus dem sechzehnten Jahrhundert - erwähnt. Man flüsterte sich in Kunstkreisen zu, dass er, nach einem der großen Luftangriffe auf das Kloster Monte Cassino, unter einer zusammengestürzten Mauer gefunden worden sei. Jawohl, hatte Kendrick bestätigt, er habe von diesen Gerüchten gehört. Er glaube auch, dass es mehr als Gerüchte seien. Er habe viele Verbindungen auf dem Kontinent und sei überzeugt, dass er den Kopf kaufen könne - allerdings zu einem phantastischen Preis. Darauf hatte ihn Preston Dodd sofort beauftragt. Er sei mit jedem Preis einverstanden, ohne Einschränkungen. Er hatte tausend Pfund angezahlt und später von Kendrick erfahren, dass dieser Erfolg gehabt hatte und nun fünfzigtausend Pfund fordere. Heute Abend sollte das Kunstwerk endlich in seine Hände gelangen. Mr. Preston Dodd wollte um acht Uhr mit einem Scheck über neunundvierzigtausend Pfund erscheinen.

Kein Zweifel, Brody war einwandfrei unterrichtet und hatte auch die Zeit seines Besuches mit großem Geschick gewählt. Er wusste ja, dass er den Borgia-Kopf in Amerika unter der Hand ohne jede Schwierigkeit verkaufen konnte - und zürn gleichen Preis wie Kendrick. Dies war das Geschäft seines Lebens, und dazu noch das einfachste und gefahrloseste Unternehmen, das er jemals gestartet hatte.

»Diese ganze Angelegenheit ist wirklich sehr betrüblich«, meinte Old Gus. Er versuchte seiner Stimme - nicht ganz erfolgreich - Festigkeit zu geben. »Ich kann nur annehmen, dass Sie falsch informiert wurden. Es ist wahr, dass ich eine Verabredung mit Mr. Dodd habe - dieser Teil Ihrer Information ist durchaus korrekt -, aber ich weiß nicht das geringste über Ihren sogenannten Borgia-Kopf!«

»Schwach, Mr. Kendrick, ganz schwach«, erwiderte Brody. »Was Antiquitäten betrifft, wissen Sie mehr als alle Kunstkenner und Fachleute Londons zusammen, und wenn Sie mir erzählen, dass Sie niemals etwas über den Borgia-Kopf gehört haben, verraten Sie sich nur selbst.«

»Habe ich gesagt, dass ich niemals davon hörte? Selbstverständlich habe ich davon gehört. Es muss übrigens ein bemerkenswertes Beispiel italienischen Kunsthandwerks des sechzehnten Jahrhunderts sein, wenn die Gerüchte über diese Arbeit nicht übertreiben. Die Borgia-Dokumente enthalten einige vage Hinweise, und es scheint, dass diese Hinweise durch einen Brief bestätigt werden, den Benvenuto Cellini im Jahre 1552 schrieb und von dem nicht bezweifelt werden kann, dass er authentisch ist. Aber wie dem auch sei, der Kopf ist seit Jahrhunderten verschwunden und verschollen, und ich habe wirklich keinen Grund zu der Annahme, dass er kürzlich wieder aufgetaucht ist, wie Sie sich einzubilden scheinen. Irgendjemand hat Sie gründlich an der Nase herumgeführt, mein Freund. Hier ist wirklich kein Borgia-Kopf.«

»Hut ab vor Ihrem Mut und Ihrer Ruhe«, gab Brody lächelnd zurück. »Sie sind ein meisterhafter Spieler, Mr.

Kendrick. Ich würde Sie auch liebend gern weitersprechen lassen, aber leider - die Zeit drängt. Geben Sie mir den Schlüssel zu Ihrem Geldschrank.«

»Lass mich den lieber aus seiner Tasche holen«, ließ sich Willis zum ersten Mal vernehmen. Er sprach schnell und leise. »Er könnte irgendeine faule Sache versuchen, wenn du ihm erlaubst, die Hände vom Tisch zu nehmen.«

»Oh, Himmel, was ist das bloß für eine alberne Geschichte«, sagte Kendrick in ergebenem Ton. »Der Schlüssel zum Safe ist nicht in meiner Tasche. Er liegt in einer Schublade. Hier, in der linken Schublade des Schreibtisches. Es wäre mir schrecklich unangenehm, Ihnen unnötige Mühe und Scherereien zu verursachen.«

Willis trat vor und zog die von Kendrick bezeichnete Lade auf. Im gleichen Augenblick versuchte Old Gus mit einer schnellen, zielsicheren Bewegung den darin befindlichen Revolver zu ergreifen.

»Achtung!«, schrie Willis.

Brody reagierte augenblicklich und tatsächlich mehr oder weniger automatisch. Ehe Kendricks Finger sich um die Waffe schließen konnten, gab Brodys Pistole einen sonderbaren, gedämpften Ton von sich, eine leichte, scharf riechende Rauchwolke verbreitete sich im Zimmer, und Mr. Francis Augustus Kendrick sackte über seinem Schreibtisch zusammen. Der einzige Ton, den er von sich gab, war ein merkwürdiger Seufzer. Dann wurde es totenstill.

»Himmlische Gerechtigkeit!«, stöhnte Willis.

Brody steckte die Pistole in seine geräumige Manteltasche. Schweißperlen glänzten auf seinem feisten Gesicht.

Er atmete schwer, und seine Goldzähne glitzerten im Lampenlicht.

»Üble Sache«, sagte er mit eiskalter Stimme. »So was bringt einen garantiert in Scherereien. Ist aber noch lange kein Grund, so verstört auszusehen, Ted. In drei Minuten sind wir draußen. Wir haben nichts angefasst - und Handschuhe haben wir auch beide an.«

»Du hättest ihn nicht umlegen sollen«, murmelte der schlotternde Willis. »Das hättest du nicht machen dürfen, Charlie. Warum hast du das bloß getan? In meinem ganzen Leben hab' ich noch nichts mit Mord zu tun gehabt. So was bringt einen an den Galgen, Charlie.«

»Hör auf zu stottern, du furchtsames Kaninchen«, fuhr ihn Brody an, indem er ihn gleichzeitig kräftig schüttelte. »Reiß dich doch zusammen, Mensch! Er hat's ja einfach herausgefordert, der Kerl, oder meinst du, dass ich ihn an seine Kanone ranlassen durfte? Eine Sekunde später, und er hätte mich erschossen. Das war kein bloßer Angeber. Ein verdammt geistesgegenwärtiger alter Knabe war das. Um ein Haar hätte er mich erwischt. Da muss doch selbst ein solcher Idiot wie du einsehen, dass es nur darum ging, wer zuerst schießt.«

»Aber Mord bleibt es trotzdem, Charlie«, winselte der andere. Er konnte die Augen nicht von der zusammengesunkenen Gestalt am Schreibtisch abwenden. »Niemals, niemals vorher sind wir so weit gegangen. Mord ist das, sage ich dir - wir müssen raus hier«, setzte er in jäh ausbrechender Panik hinzu.

»Wir hauen hier ab, wenn wir gefunden haben, was wir suchen«, antwortete Brody verächtlich. »Ich hab' wirklich nicht gewusst, dass du ein so feiger Hund bist! Los, mach dich ran, hilf mir das Zimmer absuchen! Wir müssen uns beeilen.«

»Ist ja gut, Charlie.« Willis riss sich mit Mühe zusammen. »Herrgott, ich wünschte, ich hätte deine Nerven!«

Brody war tatsächlich so kühl und ruhig, als wenn sich nichts ereignet hätte. Es stellte sich heraus, dass in der Schublade keine Schlüssel lagen. Ohne zu zögern und mit sicheren Händen untersuchte Brody Kendricks Taschen so geschickt, dass die Lage des Leichnams kaum verändert wurde. Die festanliegenden Handschuhe schienen ihn überhaupt nicht zu behindern.

Kendricks Schlüsselbund war schnell gefunden, und danach war es das Werk einer Minute, den großen, altmodischen Safe aufzuschließen, der in einer dunklen Ecke des Raumes stand. Brody fing zuversichtlich und entschlossen an, den Safe zu durchsuchen, aber je länger es dauerte, desto hastiger und nervöser wurden seine Bewegungen.

Der Safe enthielt einige verhältnismäßig wertvolle Gegenstände, aber nichts von besonderem Interesse. Zwei Bündel Ein-Pfund-Noten, einige antike Goldmünzen, drei oder vier seltene Erstausgaben und ein paar vielbenutzte Kontobücher, aber nichts, was nur im Entferntesten dem von Brody gesuchten Gegenstand ähnelte.

»Verdammt - nichts! Wo, zum Teufel, kann das Ding bloß stecken? Es muss doch hier im Zimmer sein!«

Ziemlich aufgebracht, besah er sich die verschiedenen Gegenstände, mit denen das Büro angefüllt war. Die Zeit drängte. Er hatte fest damit gerechnet, den Borgia-Kopf im Safe zu finden.

»Dieser alte Geheimniskrämer! Was, zum Teufel, kann er damit angestellt haben? Durchsuch den Schreibtisch,

Ted, während ich mir die Regale vornehme. Dreh einfach alles um.«

»Was ist mit seinen Taschen?«, erkundigte sich Ted zögernd.

»Herrgott, wie kann man nur so ein armer Irrer sein? Das Ding hat Lebensgröße. Wie soll er es denn in die Tasche geschoben haben? Vermutlich hat er es in irgendeiner Kiste oder Schachtel versteckt. Nach so was musst du dich umsehen.«

Und weiter ging die Suche - je mehr Zeit verstrich, desto wilder und verzweifelter wurde ihr Tempo.

»Das Ganze ist einfach unwahrscheinlich«, stöhnte Brody, nachdem er einen alten Schreibtisch wiederum vergeblich durchwühlt hatte. »Das Ding kann doch in kein Mauseloch geraten sein, es ist ja viel zu groß. Es steckt bestimmt hier in diesem Raum, starrt uns vermutlich an und lacht uns aus, verflucht noch mal. Im Traum wäre mir nicht eingefallen, dass wir solchen Ärger kriegen.«

»Wir hätten früher kommen sollen«, beklagte sich der schlotternde Willis. »Es ist fast acht Uhr, Charlie.«

»Na und? Wir werden den Kopf schon noch finden, ehe Mr. Dodd eintrudelt«, gab Brody mit einem sonderbaren Lachen zurück. »Wir müssen ihn finden. Und außerdem kann er nicht rein - die Tür ist zugeschlossen.«

Ted Willis machte plötzlich ein ziemlich dummes Gesicht.

»Aber...«

»Es ist so verdammt blödsinnig«, unterbrach ihn Brody. »Die Zeit war prima angesetzt, und Kendrick musste den Kopf da haben. Mitten auf dem Schreibtisch, hab' ich gedacht, würde er stehen.«

Und wiederum sah er sich im Raum um. Es war einfach gewesen, den alten Schreibtisch und den Safe durchzuwühlen, aber der Raum war vollgestopft mit Möbeln, und es würde viel Zeit kosten, sie alle zu durchsuchen.

Brody fing langsam an zu begreifen, dass der schlaue Mr. Kendrick den Borgia-Kopf meisterhaft versteckt hatte, obwohl er seinen reichen Kunden um Punkt acht Uhr erwartete. Er machte einen großen Schrank auf und leuchtete das Innere mit seiner Taschenlampe ab, er suchte in den verschiedensten antiken Kommoden und Behältern herum.

»Einfach nicht da«, stöhnte er. »Diese ganze Angelegenheit ist völlig unmöglich. Alles war bestens vorbereitet. Der Alte musste ganz einfach den Kopf hier haben, nachdem er Dodd um acht Uhr erwartete. Ich sage dir, der Kopf ist hier irgendwo ganz in der Nähe.«

»Vielleicht im Laden?«, schlug Willis vor.

»Heiliger Himmel! Wie stellst du dir das vor? Um den Laden abzusuchen, brauchen wir einen Monat.« Brody geriet langsam in Schweiß. »Und außerdem ist er nicht im Laden«, fügte er wütend hinzu. »Hier ist er, weil er hier sein muss. Hölle, Tod und Teufel, all dieser Ärger und...«

Rrrr!

Die Klingel schnarrte im Büro, so nah, so unerwartet, dass die beiden Männer in wildem Schrecken zusammenfuhren. Willis klappte buchstäblich zusammen und musste sich am Schreibtisch festhalten.

»Was ist das?«, stieß er heiser hervor.

»Die Türklingel, du Idiot«, erklärte ihm Brody, aber auch in seinen Zügen malten sich Bestürzung und Erstaunen. »Ich kann gar nicht verstehen, wieso... Warte! Es muss einen Weg geben. Bleib von der Tür weg, verdammt noch mal. Dein Schatten fiel eben genau auf das Glasfenster...«

Er brach ab und lief zu einer hölzernen Schiebetür in der Wand, die er schon vorher bemerkt und deren Zweck er sofort erraten hatte. Sie diente dazu, dass Kendrick, ohne von seinem Schreibtisch aufzustehen, in den Laden sehen konnte. Eine ausgezeichnete Methode, die Kunden unbemerkt zu beobachten. Die Ladentür hatte ein Oberteil aus Glas, und Brody konnte im abendlichen Zwielicht den Helm eines Polizisten dahinter erkennen. Der Beamte war offensichtlich bemüht, die Tür zu öffnen.

»Das Licht!«, zischte Willis. »Großer Gott, wir haben das Licht vergessen. Wir müssen es ausmachen.«

Er griff nach dem Schalter der Schreibtischlampe, aber Brody fiel ihm wütend in den Arm.

»Und ich hatte mir eingebildet, du wärst ein kluger Bursche. Ein Feigling und Dummkopf, das bist du, Ted. Der haut vielleicht ab, wenn er nichts Verdächtiges entdeckt, aber was glaubst du, das er macht, wenn das Licht plötzlich ausgeht?«

»Aber wir können doch nicht hierbleiben«, protestierte Willis. »Nicht nach dem...« Er musste schlucken und starrte gebannt auf den zusammengesunkenen Körper am Tisch. »Nicht nach dem, was passiert ist«, brachte er endlich heraus.

Brody fluchte leise, aber kräftig.

»Stimmt, hierbleiben ist nichts«, gab er zu. »Viel zu gefährlich. Aber es muss doch eine Hintertür geben, und wenn es sie gibt, dann werden wir sie finden.«

In dieser verzweifelten Lage hatte er seine eiskalte Gelassenheit wiedergefunden. Er wusste, es ging um Sekunden. Sie mussten fort, und zwar sofort. Jeden Augenblick konnte es dem eifrigen Polizisten da vorn einfallen, um das Haus herumzugehen.

Brody warf einen letzten Blick auf das altmodische Büro mit seinen alten Möbeln, seiner einsamen, abgedunkelten Lampe auf dem Schreibtisch und seinem toten Besitzer. Äußerlich war er vollkommen ruhig, aber innerlich hatte der Verlauf dieser Angelegenheit ihm doch einen heftigen Stoß versetzt. Ein Misserfolg! Und die ganze Zeit hatte er daran gedacht, dass der Raub des Borgia-Kopfes der müheloseste Erfolg seiner Karriere werden würde.

Schon vorher hatte er eine schmale Tür hinten im Raum entdeckt; jetzt ging er auf sie zu und öffnete sie. Sie führte auf einen schmalen Gang. Das Haus war alt, und der Gang hatte viele Windungen, aber - und das war für die beiden das wichtigste - er führte wenigstens zur Hintertür. Sie war verriegelt, und eine Kette hing davor. Im Nu hatte Brody sie geöffnet. Draußen wurden sie vom ersten dumpfen Donnergrollen empfangen. Sie befanden sich auf einem kleinen Hof.

»Charlie«, flüsterte Ted Willis verzweifelt, »hier geht's nirgends weiter. Wir sind hin. Wir kommen nicht raus aus diesem Hof.«

Brody gab keine Antwort. Ein schneller Blick hatte ihn sofort den Ausweg erkennen lassen. Er zog sich links an der Hofmauer hinauf und spähte hinüber. Wie erwartet, sah er drüben eine schmale Gasse. Sie war menschenleer. Im Handumdrehen war er auf der Mauer und ließ sich auf der anderen Seite hinuntergleiten. Ted Willis folgte.

»Ruhe jetzt«, murmelte Brody. »Geh gefälligst so, als ob wir nichts als einen Verdauungsspaziergang im Sinn hätten, und mach um Himmels willen bloß nicht so ein Gesicht, dass jeder Idiot im Dunkeln erkennen kann, was für eine Angst du hast.«

Sie verließen die Gasse, ohne jemandem zu begegnen, und kamen in eine stille Seitenstraße.

Fünf Minuten später tauchten sie auf dem Piccadilly Circus in der Menge unter.

»Was nun?«, fragte Willis, der seine Haltung so weit wiedergefunden hatte, dass er wieder normal aussah. »Was willst du jetzt machen? Glatter Reinfall. All unser Ärger für nichts. Der alte Kendrick tot für nichts...«

»Mensch, halt's Maul! Musst du so ein blödes Zeug quasseln, mit der ganzen Menschenmenge rundherum?«, fuhr ihn Brody an. »Kendrick ist dran gewesen mit Sterben, und sein Geheimnis hat er mitgenommen. Aber ich bin noch lange nicht am Ende meiner Weisheit. Jetzt erst recht nicht, sage ich dir.«

Zweites Kapitel

Polizeiwachtmeister Jack Bradley war das schwache Licht in den hinteren Räumen der Galerie Kendrick aufgefallen. Der ruhige und kluge Beamte pflegte im Dienst Verstand und Augen gut zu gebrauchen. Trotzdem verlief seine Streife meist recht ereignislos. Durch die Sackville Street war er schon viele hundert Male zu allen Tages- und Nachtstunden gekommen, ohne jemals etwas Verdächtiges zu entdecken.

Auch jetzt hatte er keinen Verdacht. Er fand es nur auffallend, dass das Licht brannte. Wie für diese Tagesstunde üblich, war der Laden offensichtlich geschlossen. Aber warum hatte Gale im Büro Licht gelassen? Er kannte Michael Gale recht gut, hatte oft mit ihm einen Schwatz gehalten und mochte den alten Knaben gern. Von ihm wusste er auch, dass *Old Gus* Kendrick, der Besitzer des Ladens, sich seit Jahren von den Geschäften zurückgezogen hatte und auf dem Lande lebte.

Manchmal blieb Gale länger im Geschäft, aber dann ließ er immer auch das Licht im Laden brennen. Dieses Licht im Büro war etwas anderes. Niemand hatte auf sein Klingeln geantwortet, es war ihm nur so vorgekommen, als habe er einen Schatten auf der Glasscheibe in der Tür gesehen. Wenn Gale noch da war, warum reagierte er dann nicht auf das Läuten?

Sonderbar, dachte Bradley. Sieht dem alten Knaben gar nicht ähnlich, wegen nichts und wieder nichts Licht brennen zu lassen. Hoffentlich ist ihm nicht schlecht geworden, und er liegt hilflos in dem stickigen, kleinen Büro.

Was den Schatten auf der Scheibe betraf, so war er nicht ganz sicher. Möglicherweise hatte er sich geirrt. Wohl die meisten Beamten hätten unter diesen Umständen ihre Streife fortgesetzt und die ganze Sache mit einem Achselzucken abgetan. Nicht so der eifrige und pflichtbewusste Bradley. Er klingelte noch einmal und wartete etwa zehn Minuten ab. Dann ging er zur nächsten Telefonzelle, rief sein Revier an, das sich ganz in der Nähe befand, und meldete den Vorfall.

Inspektor Hammond war am Apparat und hörte sich Bradleys Meldung an.

»Sie haben ganz richtig gehandelt, Bradley«, sagte er. »Gut möglich, dass nichts dahintersteckt, aber es kann nicht schaden, sich davon zu überzeugen. Ich kenne Mr. Gale persönlich. Er ist ein pedantischer alter Kauz. Sieht ihm gar nicht ähnlich, wegzugehen und einfach Licht brennen zu lassen. Ich komme gleich rüber und schaue mir die Sache mal an. Auf bald also!«

»Vielen Dank, Sir«, sagte der Wachtmeister erfreut und hängte ein. Dann ging er zurück zur Galerie Kendrick.

Hätte Jack Bradley nicht eine so scharfe Beobachtungsgabe besessen, wäre der Mord erst am anderen Morgen entdeckt worden. Wenn Bradley jedoch gewusst hätte, dass Mr. Kendrick selbst in London war, wäre die Meldung wahrscheinlich ganz unterblieben. Er hätte dann sicher angenommen, dass Kendrick nicht gestört werden wolle und darum das Läuten nicht beachtet habe.

Als er auf den Laden zusteuerte, bemerkte er einen Mann, der die Tür mit Fäusten bearbeitete, und beschleunigte seine Schritte. Der Fremde erwies sich als ein großer, schlanker älterer Herr mit weißem Haar, das unter der

Krempe seines weichen Hutes hervorquoll. Er war glattrasiert und trug eine randlose Brille. Ganz offensichtlich waren er und sein gutsitzender Anzug amerikanischer Herkunft.

Die ersten Regentropfen fingen an zu fallen.

Der weißhaarige Fremde hämmerte mit der Faust an die Tür, während ein Finger der anderen Hand auf den Klingelknopf drückte.

»Hat keinen Zweck, solchen Lärm zu schlagen, Sir«, sagte Bradley gutmütig. »Es ist längst Geschäftsschluss. Ich glaube nicht, dass jemand da ist. Die Galerie ist für heute geschlossen.«

»Ich weiß«, gab der andere ungeduldig zurück, »aber ich habe eine Verabredung mit Mr. Kendrick für acht Uhr.«

»Gerade acht Uhr vorbei, Sir«, sagte Bradley. »Eine Verabredung mit Mr. Kendrick?« fügte er erstaunt hinzu. »Aber Mr. Kendrick ist ja gar nicht hier. Er hat sich schon vor Jahren zurückgezogen und lebt auf dem Lande.«

Der alte Mann machte eine ungeduldige Bewegung.

»Mein Gott, das weiß ich doch. Aber heute ist er in London. Er hat mich vor ein oder zwei Stunden angerufen und sich mit mir für heute Abend verabredet. Er sagte mir auch, dass der Laden für den Kundenverkehr geschlossen sein würde, dass er die Tür aber offenlassen wolle und ich nur direkt hineingehen solle. Jetzt kann ich weder hinein, noch ist die Tür offen - und niemand antwortet auf mein Klingeln.«

»Das ist natürlich eine andere Sache, Sir«, sagte der Beamte. »Ich wusste nicht, dass Mr. Kendrick in London ist, und habe gerade eine Meldung über das Licht im Büro gemacht. Vielleicht war das ganz überflüssig. Mr. Kendrick könnte die Zeit vergessen haben...«

»Ganz unmöglich«, unterbrach ihn der Fremde. »Kendrick ist nicht der Mann, der vergisst, wie spät es ist. Meine Verabredung mit ihm ist von größter Wichtigkeit. Kendrick ist nur nach London gekommen, um mich zu treffen. Zum Teufel, was ist hier los? Die Sache gefällt mir nicht.«

In diesem Augenblick erschien ein Polizeiwagen mit Inspektor Hammond und einem Beamten in Uniform. Hammond streifte den weißhaarigen Fremden mit einem schnellen, forschenden Blick.

»Was Neues, Bradley?«

»Nichts, Sir. Es meldet sich immer noch niemand.«

»Wer ist dieser Herr?«

»Er sagt, er habe sich für acht Uhr mit Mr. Kendrick verabredet.«

»Aber Mr. Kendrick ist seit Jahren nicht mehr im Geschäft...«

»Das weiß ich doch längst«, unterbrach ihn der Fremde. »Darf er denn sein eigenes Geschäft nicht mehr betreten, wenn's ihm Spaß macht? Meine Verabredung mit ihm ist von größter Bedeutung. Ich kann überhaupt nicht verstehen, warum er nicht hier ist. Er hat mir ausdrücklich *acht Uhr* gesagt und dass die Tür offen sein würde und ich direkt hineingehen solle.«

Der Fremde sah jetzt ganz bekümmert aus. »Ich bin fünf Minuten zu spät gekommen. Er kann doch nicht angenommen haben, dass ich nicht mehr komme, und die Tür verschlossen haben. Das wäre doch einfach blödsinnig.«

»Schon gut, schon gut, Sir. Gar kein Grund, sich aufzuregen«, beschwichtigte ihn Hammond. »Wenn Sie mir nur sagen würden, wer Sie sind.«

»Mein Name ist Dodd, Preston Dodd. Ich wohne im *Piccadilly-Hotel*, gleich um die Ecke. Darum bin ich zu Fuß.«

In Inspektor Hammonds Benehmen trat eine merkliche Veränderung ein. Preston Dodd - *Piccadilly-Hotel*.

Dodd war Millionär, Präsident des riesigen Dodd-Stahl-Konzerns in Amerika, seit einigen Wochen im *Piccadilly-Hotel* abgestiegen und ein sehr anspruchsvoller Gast. Er hatte einen großen Koffer deponiert und galt als ein leidenschaftlicher Kunstsammler.

»Es wird schon alles in Ordnung sein, Mr. Dodd.« Hammonds Ton war jetzt außerordentlich höflich. »Sicher gibt es eine ganz einfache Erklärung für diese Verzögerung.«

»Ich hoffe zu Gott, dass Sie recht haben«, erwiderte Dodd in besorgtem Ton. »Sie haben ja keine Ahnung, warum ich hier bin. Es ist zum Aus-der-Haut-Fahren. Ich sage Ihnen, wenn diesem Kopf etwas passiert...«

»Wem bitte, Sir?«

»Ach, ganz egal. Ich will zu Kendrick. Es ist gleich acht Uhr zwanzig, und ich versprach - Pfui Teufel! Habt ihr immer so ein Sauwetter hier?«

Der Regen hatte jetzt richtig eingesetzt - ein regelrechter Wolkenbruch -, und es blitzte und donnerte heftig. Mr. Preston Dodd flüchtete in den Schutz der Türöffnung und blickte durch das Glas nach dem schwachen Lichtschein hinten im Geschäft.

Hammond drückte auf die Türklinke. »Verschlossen«, stellte er fest. »Und Sie konnten keine Antwort kriegen,

Bradley? Was ist denn mit dem Hintereingang? Wird doch hoffentlich einen geben, wie? Irgendwie müssen wir ja rein. Mir gefällt die Sache ganz und gar nicht.«

»Vielleicht durch die Seitengasse«, schlug Bradley vor. »Das Haus muss eine Hintertür haben. Ich weiß nur nicht, ob man dran kann.«

»Versuchen Sie's doch mal, Bradley. Wenn es nicht anders geht, müssen Sie eben über ein paar Mauern steigen. Aber richten Sie mir keinen Schaden an. Mr. Kendrick kann schnell für fünf Minuten rausgegangen sein, und wir würden schön dastehen, wenn wir ihm inzwischen seine Tür eingeschlagen hätten.«

Der Wachtmeister verschwand, und Hammond läutete noch einmal. Der aufgeregte Millionär und er konnten die Glocke leise anschlagen hören.

»Kendrick ist bestimmt nicht nur für Minuten rausgegangen, wie Sie meinen«, erklärte Dodd in äußerster Besorgnis. »Passt gar nicht zu ihm. Ich habe fürchterliche Angst, dass was passiert ist. Mein Gott! Und mein Kopf...«

»Das ist das Gewitter, Sir.«

»Was?«

»Das Gewitter. Ich meine, viele Leute kriegen Kopfweh bei Gewitter.«

»Wovon, zum Kuckuck, reden Sie eigentlich?«, fuhr ihn Preston Dodd ungeduldig an. »Das einzige Kopfweh, das ich spüre, stammt von meiner Sorge um Kendrick. Er muss den Kopf hier im Laden haben.«

»Ach, den Kopf meinen Sie! Den, von dem Sie vorhin auch schon sprachen«, sagte Hammond. »Ich dachte, Sie meinten - Oh, hallo! Da kommt ja endlich jemand.«

Sie konnten durch die Scheibe erkennen, dass hinten im Laden eine Bewegung entstand. Die Bürotür hatte sich geöffnet, und ein Mann kam durch den langen, dunklen Laden auf die Vordertür zu.

»Dem Himmel sei Dank!«, rief Dodd erleichtert aus.

Aber eine Minute später dankte er dem Himmel nicht mehr, denn der Mann, der die Tür aufschloss, war Polizeiwachtmeister Bradley - und eine Veränderung war mit ihm vorgegangen. Bradley war ganz blass geworden.

»Mord«, stieß er heiser hervor.

»Zusammenreißen, Bradley!«, fuhr Hammond ihn an.

»Sehr wohl, Sir. Bin gut reingekommen, Sir. Die Hintertür war offen, das heißt unverschlossen«, meldete Bradley abgehackt und atemlos. »Mr. Kendrick ist im Büro - am Schreibtisch umgekippt und tot, Sir. Erschossen. Dachte erst, er hätte einen Schlaganfall, aber dann, wie ich näher kam und das Blut sah...«

»Mein Kopf!« jammerte Preston Dodd außer sich. »Wenn sie Kendrick ermordet haben, dann nur darum. Der Borgia-Kopf! Himmlische Gerechtigkeit! Wenn ich nur rechtzeitig dagewesen wäre, ich hätte verhindern können...«

»Ruhe, Ruhe, Sir«, unterbrach ihn der Inspektor beschwichtigend. »Hat keinen Zweck, die Fassung zu verlieren. - In Ordnung, Bradley«, wandte er sich dann an seinen Untergebenen. »Wir wollen reingehen. Aber was ist denn mit Ihnen los? Haben Sie noch keinen Toten gesehen?«

Bradley errötete beschämt. Er war noch nicht lange im Dienst und stand vor seinem ersten Mordfall. Mit ziemlich dummem Gesicht und ganz nüchtern, folgte er seinem Vorgesetzten durch den Laden. Mr. Dodd zögerte einen

Augenblick auf der Schwelle, dann schloss auch er sich den Beamten an. In New York hätte man ihm zweifellos bedeutet, draußen zu bleiben, aber offenbar verfügte die englische Polizei über bessere Manieren.

Nachdem sie das Büro betreten hatten, blieb Hammond stehen und zog die Luft ein.

»Kordit«, stellte er sachlich fest und ließ seinen Blick auf Kendricks Leiche ruhen, die in dem Licht der Lampe gut erkennbar war.

»Kann nicht viel mehr als eine Viertelstunde her sein, weniger vielleicht.«

Er nahm eine kurze Untersuchung vor.

»Einwandfrei tot«, stellte er fest. »Genau durchs Herz geschossen. Der arme alte Herr musste auf der Stelle hinüber gewesen sein.« Er wandte sich ab und sah Bradley fragend an. »Sie waren doch vor einer Viertelstunde draußen, Bradley. Haben Sie den Schuss gehört?«

»Nein, Sir, ich habe nichts gehört.«

»Der Mörder kann natürlich einen Schalldämpfer benützt haben«, räumte der Inspektor ein und ließ seine Blicke durch den Raum schweifen. »Ziemliche Unordnung hier. Fassen Sie nichts an, Bradley.«

Sehr behutsam, um nur ja keine Fingerabdrücke zu hinterlassen, hob er den Telefonhörer ab und wählte Whitehall 1212. Er hatte jetzt nur einen Wunsch: Er wollte Scotland Yard erreichen und die Verantwortung für diesen Fall auf andere Schultern abschieben. Sein Bericht am Telefon war kurz und sehr anschaulich und setzte die Maschinerie von Scotland Yard unverzüglich in Bewegung. So kam es denn, dass Bill Cromwell und Johnny Lister, die nach einem harten, arbeitsreichen Tag nach Hause gehen wollten, wenig später mit einer unerwarteten und unerwünschten Arbeit dasaßen, die sie noch viel Zeit und Mühe kosten sollte.

Bis zu ihrem Eintreffen in Kendricks Büro wurde Mr. Dodd dort langsam lästig, aber da es sich um einen von Kendricks Kunden handelte, den die Tragödie persönlich anging, und da dieser Kunde ein außerordentlich reicher Besucher aus Übersee war, warf ihn Hammond nicht hinaus.

»Mein Kopf, mein Kopf ist weg!«, schrie er in fürchterlicher Aufregung. »Sie haben ihn gestohlen - Kendrick ermordet und den Kopf gestohlen.«

Dabei rannte er im Büro herum, suchte in allen Ecken und zwang Hammond, dauernd hinter ihm herzulaufen.

»Sie müssen sich jetzt allen Ernstes fassen, Sir«, redete ihm Hammond beruhigend zu. »Nein, nein, Sir, Sie dürfen nichts berühren. Bitte nicht. Es darf nichts angefasst werden.«

»Wollen Sie sich denn nicht überzeugen, ob etwas gestohlen ist«, fragte Dodd in fieberhaftem Ton. »Der Kopf kann ja noch hier sein.« Und wieder blickte er sich wild nach allen Seiten um, in der Hoffnung, etwas zu entdecken.

»Machen Sie doch Licht! Warum zum Teufel, kann man hier nicht mehr Licht machen?«

»Kein schlechter Gedanke«, meinte Hammond bedächtig und knipste die Deckenbeleuchtung an. »So, das ist schon viel besser. Aber Sie dürfen wirklich nichts berühren«, wiederholte er. »Ich nehme an, Sir, dass Sie Kendrick gut gekannt haben.«

»Nicht gut. Nicht näher, meine ich. Ich kannte ihn als Kunsthändler, das ist alles«, gab Dodd zurück, der immer noch ruhelos im Raum herumwanderte und alles durchsuchte. »Mein Gott! Jemand muss gewusst haben, dass er den Borgia-Kopf für mich gekauft hat und dass der Kopf heute Abend hier sein würde. Es ist mein Kopf«, fügte er hartnäckig hinzu. »Ich sage Ihnen, dass er mir gehört. Ich habe tausend Pfund angezahlt und hier in meiner Tasche ist ein Scheck...«

»Hat Mr. Kendrick Ihnen gegenüber angedeutet, dass er in Gefahr sei?« unterbrach der Inspektor schnell den Redestrom.

»Gefahr? Unsinn! Natürlich nicht. Warum hätte er annehmen sollen, dass er in Gefahr sei?« Dodd war gar nicht interessiert und kam sofort auf seine einzige Sorge zurück. »Der Kopf gehört mir, hören Sie! Sie müssen ihn herbeischaffen.« Beinahe hätte er Hammond bei den Rockaufschlägen gepackt. »Ich habe gehört, dass ihr hier auf der Höhe seid in England. Also los, jetzt zeigt doch, was ihr könnt. Der Borgia-Kopf ist weg! Ihr müsst ihn schnellstens finden! Warum geschieht denn nichts? Was lümmelt dieser Mann da an der Tür herum und tut nichts?« Der Mann war Bradley, der an der Tür Wache hielt. »Warum wird nicht gesucht?« Dodds Stimme überschlug sich fast.

»Bitte, Sir«, sagte Hammond mit bewundernswerter Selbstbeherrschung, »Sie sind aufgeregt und sehr in Sorge. Sie werden sich noch schaden, Sir. Wie wäre es, wenn sie ins Hotel zurückgingen? Sie können uns die Sache hier ruhig überlassen.«

»Ich will nicht ins Hotel zurück!«, erklärte Dodd wie ein eigensinniges Kind. »Ich mache mir Sorge, jawohl, aber es ist albern, zu behaupten, dass ich aufgeregt bin. Ich hatte erwartet, um diese Zeit im Besitz des Borgia-Kopfes zu sein. Und was ist jetzt? Kendrick ermordet und der Kopf gestohlen. Da, sehen Sie sich das mal an.« Er zog seine Brieftasche und entnahm ihr ein Bündel Banknoten. »Für Sie, Inspektor, wenn sie mir den Kopf beschaffen ... Es ist mir egal, was es kostet und...«

»Stecken Sie das Geld weg, Mr. Dodd«, sagte Hammond ungehalten. »Nicht einen Penny kann ich davon annehmen.«

Mr. Dodd war maßlos erstaunt. »Warum denn nicht?«

»Weil wir das in London nicht machen, Sir«, sagte Hammond mit scharfer Betonung. »Wenn es einen Weg gibt, Kendricks Eigentum sicherzustellen, so wird das geschehen, keine Sorge.«

Preston Dodd suchte weiter in dem Zimmer herum. Des leidenschaftlichen Sammlers brennendes Bedürfnis nach Besitz schien ihn zu verzehren, und der Gedanke, das heißbegehrte Stück verloren zu haben, und das wenige Minuten, bevor es ihm endgültig gehört hätte, versetzte ihn in helle Verzweiflung.

»Halt mal! Halt!«, schrie er plötzlich, und sein Gesicht nahm einen neuen Ausdruck an. »Der Safe! Fällt mir eben erst auf... sehr komisch...«

»Was ist komisch, Sir?«

Mr. Dodds Hut war längst abhandengekommen. Jetzt fuhr er sich wild durch das graue Haar.

»Jemand hat was von dem Kopf gewusst - und von meiner Verabredung mit Kendrick«, folgerte er, große Mühe darauf verwendend, langsam und deutlich zu sprechen. »Ist das klar?«

»Scheint so, Sir.«

»Dieser Jemand ist kurze Zeit vor meinem Eintreffen gekommen und hat Kendrick umgebracht. Auch klar! Und dann? Was geschah dann? Der Dieb hat doch den Borgia-Kopf gesucht und erwartete, ihn im Safe zu finden. Sie sehen ja, der Safe ist offen.«

»Das weiß ich alles, Mr. Dodd...«

»Ja, aber, Menschenskind, verstehen Sie denn gar nichts?« zeterte Dodd und erwischte den Inspektor diesmal wirklich bei den Rockaufschlägen. »Er war gar nicht im Safe, der Kopf. Wenn er im Safe gewesen wäre, wäre der Dieb sofort gegangen. Aber er ist nicht gegangen. Er hat noch den ganzen Raum durchsucht.«

Der Millionär machte eine bezeichnende Bewegung mit der Hand. »Der Kopf war nicht im Safe. Das ist der Grund für dieses Durcheinander hier. Bei der Suche ist der Dieb dann gestört worden, als dieser Polizist da läutete. Kapiert, was ich meine?«

»Nicht ganz, Mr. Dodd.«

»Ich meine, dass die allergrößte Wahrscheinlichkeit besteht, dass der Kopf überhaupt nicht gestohlen wurde«, erklärte Preston Dodd. »Der Dieb hat ihn nicht finden können. Er wurde durch die Türglocke gestört und musste türmen. In diesem Fall ist der Kopf noch hier.« Die Augen des Millionärs glänzten gierig. »Kendrick hat ihn hier irgendwo versteckt. Er gehört mir. Ich fordere mein Eigentum.«

»Mein sehr verehrter Mr. Dodd, das alles müssen Sie zur richtigen Zeit und am entsprechenden Ort mit Mr. Kendricks Anwälten besprechen«, sagte der Inspektor mit kaum verhohlener Wut. »Wenn dieser wertvolle Kopf hier ist, werden wir ihn finden, aber Sie dürfen nicht glauben, dass Sie ihn dann unter den Arm nehmen und als stolzer Besitzer hier herausspazieren können.«

»Ich habe doch den Scheck in meiner Tasche«, rief Dodd in wieder steigender Erregung. »Hier sehen Sie!« Und schon wieder erschien die Brieftasche, aus der Mr. Dodd diesmal ein längliches Stück Papier herausnahm und damit herumfuchtelte. »Mein Scheck über neunundvierzigtausend Pfund.«

»Tun Sie ihn weg, Sir«, sagte der Inspektor, dessen Geduld jetzt am Ende war. »Mr. Kendrick ist tot, und ob der Kopf nun hier ist oder nicht, Sie kriegen ihn bestimmt nicht. Sie müssen sich mit Kendricks Erben und seinen Anwälten auseinandersetzen. Das geht mich überhaupt nichts an. Und jetzt gehen Sie bitte in Ihr Hotel«, setzte er hinzu. »Ihre Gegenwart, Sir, stört.«

Mr. Dodd hörte überhaupt nicht zu.

»Da fällt mir gerade ein, dass Kendrick überhaupt nicht gesagt hat, er habe den Kopf hier«, murmelte er nachdenklich vor sich hin. »Er rief mich heute Abend an und verabredete sich mit mir. Kendrick war ein vorsichtiger Mann. Er hat vielleicht geahnt, dass etwas durchgesickert ist. In diesem Fall«, schloss Mr. Dodd mit einem tiefen Atemzug, »ist der Kopf in seinem Hotel oder bei seiner Bank deponiert. Natürlich! Er hat mir nicht gesagt, dass er ihn hier hat. Wenn er hier gewesen wäre, hätte er ihn in den Safe geschlossen. Er war nicht im Safe, sonst würde der Dieb nicht den Raum durchsucht haben.«

»Ich glaube, wir missverstehen uns, Mr. Dodd«, erklärte Hammond, der jetzt endgültig genug hatte. »Sie suchen diesen Kopf und können von nichts anderem reden. Ich suche Mr. Kendricks Mörder und pfeife auf Ihren verdammten Kopf. Von mir aus kann ihn gern der Teufel holen!« wetterte er plötzlich los. »Und jetzt gehen Sie bitte hier raus, ich will arbeiten.«

Preston Dodd verstummte. Er war namenlos verblüfft und starrte Hammond mit plötzlich erwachtem Respekt an. Aber er ging nicht weg. Er suchte sich ganz einfach den nächsten Stuhl, ließ sich hineinfallen und wischte sich die Stirn mit einem großen Taschentuch.

Der Inspektor wandte sich an Bradley. »Die Leute von Scotland Yard müssen jede Minute hier sein. Sie werden Ihnen eine Menge Fragen über Kendrick stellen, Bradley. Haben Sie Kendrick gut gekannt?«

»Mr. Kendrick? Nein, Sir.«

»Aber Sie sind doch schon längere Zeit in diesem Revier?«

»Ich kenne Mr. Gale ganz gut, Sir«, sagte der Wachtmeister. »Habe mich oft mit ihm unterhalten, wenn ich vorbeikam. Er leitet jetzt die Firma. Seit vielen Jahren schon. Mr. Kendrick ist fast nie mehr nach London gekommen.«

»Wissen Sie, ob Kendrick Verwandte hat?«

»Darüber kann ich nichts sagen, Sir.«

»Wenn er welche hat, muss man sich mit ihnen in Verbindung setzen«, meinte Hammond »Wie heißt Mr. Gale mit Vornamen?«

»Ich glaube Michael. Ja, natürlich, Michael Gale. Sehr feiner alter Herr.«

Hammond sah im Telefonbuch nach. Jawohl, Michael Gale hatte Telefon. Er wohnte in Balham. Aber ehe der

Inspektor anrufen konnte, hörte man Schritte im Laden. Die Beamten von Scotland Yard waren angekommen.

Chefinspektor Cromwell sah verschlossen und mürrisch aus, während er sich von Hammond berichten ließ. Kriminalsergeant Johnny Lister stand dabei und zog es vor, intelligent dreinzuschauen. Andere Beamte machten sich geschäftig und schweigend an die Arbeit.

»Danke«, brummte Ironsides endlich. »Sie wissen also nur, dass Kendrick einen Herzschuss bekam, und zwar ungefähr zu der Zeit, als der Wachtmeister zum ersten Mal läutete. Vielleicht auch etwas vorher. Niemand hat den Schuss gehört, niemand hat den Mörder gesehen, der vermutlich durch die Hintertür entkommen ist. Ziemlich wenig, Hammond.«

»Ich weiß, Mr. Cromwell.«

»Und wer ist dieser Herr?«, fragte Ironsides, der schon mehr als einmal Mr. Dodd interessiert angesehen hatte.

Der Millionär schnellte wie ein Stehaufmännchen von seinem Stuhl.

»Mein Name ist Dodd - Preston Dodd, und ich möchte Sie nachdrücklich darauf aufmerksam machen, dass es mein Kopf ist«, sagte er in bestimmtem Ton. »Ich nehme an, dass Sie von Scotland Yard kommen, und kann Ihnen nur sagen, dass ich immer großen Respekt vor dem Yard gehabt habe. Ich will hoffen, dass Sie mich nicht enttäuschen. Es ist an Ihnen, meinen Kopf zu finden...«

»Scheint mir mehr Ihre Aufgabe zu sein, nachdem Sie ihn so offensichtlich verloren haben«, warf Cromwell bissig ein. »Wohl Amerikaner, was?«

»Sie wissen ganz genau, dass ich nicht von meinem eigenen Kopf spreche«, fuhr Dodd beleidigt auf. »Der Zeitpunkt für Witze scheint mir nicht besonders gut gewählt. Jawohl, ich bin amerikanischer Bürger«, setzte er würdevoll hinzu.

»Mr. Preston Dodd ist ein Kunde von Mr. Kendrick«, erklärte Hammond. »Er wohnt im *Piccadilly-Hotel.* Mr. Kendrick hatte sich für acht Uhr mit ihm verabredet, aber als Mr. Dodd hier ankam, war alles zu und Mr. Kendrick bereits tot.«

»Danke, schon gut«, sagte Ironsides. »Wir kommen noch zu den Einzelheiten. Was ist das für eine Geschichte, dass etwas gestohlen sein soll, irgendein Kopf oder was?«

»Der Borgia-Kopf«, fiel Dodd atemlos ein. »Er gehört mir. Mr. Kendrick wurde von mir beauftragt und hat ihn für mich besorgt. Ich gab ihm eine Anzahlung von tausend Pfund, den Rest wollte ich ihm heute bezahlen.«

»Den Rest?«

»Dieser Kopf muss ziemlich wertvoll sein«, warf Inspektor Hammond erklärend ein. »Der Preis betrug anscheinend fünfzigtausend Pfund.«

»Wenn der Kopf Mr. Dodd fünfzigtausend Pfund wert ist, wird er vermutlich für andere den gleichen Wert besitzen, und das ist ein völlig ausreichendes Motiv für den Mord«, brummte Cromwell und sah sich im Raum um. »Wird irgend so ein Kuriosum sein, vermutlich?«

Johnny Lister räusperte sich diskret.

»Nun?«, fragte Ironsides.

»Sie haben doch sicher schon etwas über den Borgia-Kopf gehört«, meinte Johnny. »Jahrhundertelang hat man ihn für eine Art Sage gehalten. Es gab keinen schlüssigen Beweis dafür, dass er jemals existierte. Lucrezia Borgia soll ihn einem Mann namens Benvenuto Cellini in Auftrag gegeben haben. Dieser Cellini war nämlich so was wie ein Fachmann auf dem Gebiet. Aber das Ganze ist eben eine Sage.«

»Bis vor kurzem«, warf Preston Dodd ein und sah Johnny anerkennend an. »Ich freue mich, dass Sie so gebildet sind, junger Freund. Kurz nach dem letzten Krieg, als man die Ruinen des Klosters Monte Cassino untersuchte, wurde eine erstaunliche Entdeckung gemacht.«

»Also gut, Sir«, unterbrach Cromwell trocken. »Dieser sagenhafte Kopf existiert wirklich nach dem, was Sie mir sagten, und Kendrick hat ihn für Sie erworben. Es scheint, dass jemand anders davon gewusst hat und Ihnen zuvorgekommen ist.«

»Aber ist dieser Jemand mit dem Kopf auf und davon?« fiel Dodd ein. »Das ist die Frage. Wie ich gerade dem Inspektor auseinandersetzte, scheint mir die Unordnung hier sehr bedeutsam zu sein. Der Mörder muss verzweifelt gesucht haben, was vermuten lässt, dass der Kopf nicht im Safe gewesen ist. Er wurde dann durch das Läuten gestört, und es ist möglich, dass er mit leeren Händen fliehen musste. Ist das klar? Und wenn das so ist, dann ist der Kopf noch hier - und gehört mir. Sie müssen sich das ein für alle Mal merken. Er gehört *mir*!«

»Wenn er noch hier ist, Mr. Dodd, wird er Ihnen nur dann gehören, wenn Mr. Kendricks Erben bereit sind, ihn zu verkaufen«, sagte Cromwell. »Mr. Kendrick ist tot, und Ihr Geschäft mit ihm ist hinfällig geworden. Aber das ist Ihre Angelegenheit.« Er wandte sich an Hammond und ließ Dodd einfach stehen. »Haben Sie eine Ahnung, ob Kendrick Erben hat, Verwandte, mit denen wir uns in Verbindung setzen können?«

»Als Sie ankamen, wollte ich gerade einen Mr. Gale anrufen«, antwortete der Inspektor. »Mr. Gale leitet das Geschäft, seit Kendrick sich zur Ruhe setzte. Vermutlich kann er über alles Auskunft geben. Er hat Telefon.«

»Dann los, rufen Sie ihn an.«

Der Inspektor musste einige Minuten warten, bis die Beamten das Telefon nach Fingerabdrücken untersucht hatten. Und während dann Hammond Mr. Gale von der Tragödie in Kenntnis setzte, wandte sich Ironsides wieder an Preston Dodd.

»So wie Sie sich ausdrückten, Sir, hatte ich erwartet, einen abgeschlagenen Kopf hier herumliegen zu sehen«, meinte er mit gereizter Stimme. »Was ist nun dieser Kopf wirklich, und warum ist er so wertvoll? Fünfzigtausend Pfund ist sehr viel Geld.«

Dodd war glücklich, sprechen zu können. »Eine Menge Geld!«, rief er wegwerfend aus. »Kendrick war verrückt, einen so geringen Preis zu fordern. Ich hätte hunderttausend Pfund bezahlt, ohne mit der Wimper zu zucken. Der Borgia-Kopf ist einmalig. Das Hauptstück meiner Sammlung soll er werden. Es ist der Fund meines Lebens.«

»Sehr schön, aber wie sieht er aus? Eine Goldskulptur, die mit Brillanten gepflastert ist?«

Preston Dodd schauderte. »Großer Gott, nein. Nichts dergleichen. Er gehört zu den ersten Goldschmiedearbeiten von Cellini. Cellini war erst achtzehn Jahre alt, als er den Auftrag von Lucrezia Borgia erhielt, die übrigens ein Jahr später starb. Man sagt, dass sie von seiner Geschicklichkeit gehört hatte und sich wünschte, eine Arbeit von ihm zu besitzen.«

»Und wer, bitte, war Lucrezia Borgia?«

»Um Himmels willen, Old Iron«, protestierte Johnny schockiert. »Jeder Mensch weiß, wer Lucrezia Borgia war. Die Schwester des berühmten Cesare Borgia. Die Geschichte weiß einen Haufen über die Borgias zu sagen. Es heißt, sie waren Giftmörder von der Sorte: *Setz dich zum Essen mit den Borgias oder trink ein Glas mit ihnen, und du bist ein Kind des Todes*. Neuere Geschichtsforscher sind zu anderen Schlüssen gekommen, scheint es. Die Borgias sollen gar nicht so schlimm gewesen sein...«

»Hör zu, Johnny«, unterbrach ihn Ironsides mit unheimlicher Freundlichkeit, während seine Augen unter den buschigen Brauen wütende Blitze schossen, »wenn ich eine Geschichtsstunde nehmen will, kann ich zum Britischen Museum hinübergehen.«

»Aber der junge Mann hat vollständig recht«, sagte Preston Dodd. »Er hat die Geschichte ganz richtig im Kopf. Lucrezia Borgia beauftragte den jungen Cellini kurz vor ihrem Tod, diesen Kopf für sie zu bilden. Cellini war damals noch Lehrling bei einem berühmten Goldschmied in Florenz. Unglücklicherweise scheinen alle Goldschmiedearbeiten von Cellini verloren und vernichtet worden zu sein - mit einer Ausnahme. Das heißt, einer Ausnahme, bevor dieser Kopf gefunden wurde. Die Ausnahme, deren Echtheit nicht bezweifelt werden kann, ist das große Salzfass, das jetzt zum Wiener Kronschatz gehört. Cellini machte es für Franz den Ersten von Frankreich. Er hat auch Medaillen und Münzen und verschiedene Bildwerke in Bronze und Marmor geschaffen. Da ist zum Beispiel seine berühmte Perseus-Figur, das große Kruzifix im Escorial, seine *Nymphe von Fontainebleau* die zurzeit im Louvre...«

»Schon gut, Sir, schon gut«, schaltete sich Cromwell ein. »Cellinis Kunst und Können sind in Ordnung. Aber wir wollen uns jetzt mit dem Kopf beschäftigen.«

»Natürlich, natürlich - ganz einverstanden«, sagte Dodd, der etwas außer Atem schien. »Seit Jahrhunderten haben sich Geschichtsforscher mit einigen unbestimmten Andeutungen in Lucrezia Borgias erhaltenen Briefen beschäftigt und, vor allen Dingen, mit Hinweisen, die in Briefen von Cellini selbst enthalten sind. Es besteht kein Zweifel darüber, dass Lucrezia dem jungen Cellini den Auftrag gab, ihr einen Totenkopf aus Gold anzufertigen - ein, den Überlieferungen nach, entsetzliches Ding, fürchterlich anzuschauen, das sie einem ihrer Feinde zu schicken wünschte. Aber bis vor kurzem war dieser Kopf nicht mehr als eine Sage. Dann kamen die Bombenangriffe auf den Monte Cassino, und Jahre nach dem Krieg, im vorigen Jahr genau, wurde ein herrliches Kunstwerk, ein Totenkopf aus getriebenem Gold und geradezu erschreckend anzusehen, unter den Trümmern einer Mauer gefunden. Von der Entdeckung wurde nur im Flüsterton gesprochen. Kunstkenner aller Länder, darunter auch Kendrick, hatten den Kopf geprüft und endgültig als das Werk von Benvenuto Cellini anerkannt. Die Arbeiter, die den Kopf gefunden hatten, verunglückten kurze Zeit darauf tödlich, und ein berühmter italienischer Kunsthändler, der den Kopf erwarb, starb vor wenigen Monaten an den Folgen eines Verkehrsunglücks in Rom.«

Es wurde still im Büro. Das unheimliche Grollen des Gewitters draußen unterstrich noch das Schweigen in dem kleinen Raum.

»Und jetzt ist Kendrick, der augenblickliche Besitzer des Borgia-Kopfes, ermordet worden«, unterbrach Johnny Lister die Stille. »Ziemlich bedeutsam, finde ich. Auf dem grässlichen Ding scheint ein Fluch zu liegen.«

»Jedenfalls wird ihm nachgesagt, dass es jedem, der es besitzt, zum Verhängnis wird«, sagte Preston Dodd mit einer Befriedigung, die etwas Dämonisches an sich hatte. »Wo immer der Kopf auftaucht, bringt er den Tod. Das ist ein Grund, den die Historiker für sein Verschwinden angegeben haben. Er war ein Gegenstand der Furcht und des Schreckens und ist deshalb eingemauert worden. Er ist böse, sieht böse aus und schafft Böses.«

Bill Cromwell bewegte sich unbehaglich, als wollte er den Eindruck dieser Erzählung von sich abschütteln.

»Nach dem, was heute Abend hier geschehen ist«, meinte er rau, »sollte man annehmen, dass Sie nicht sonderlich daran interessiert sein können, das verdammte Ding zu kaufen. Kendricks tragischer Tod scheint die Fluch-Geschichte zu bestätigen, wenn ich auch nicht an solchen Nonsens glaube. Ich bin nicht abergläubisch - nie gewesen«, fügte er mit einer wegwerfenden Handbewegung hinzu.

»Vielleicht ist es ein Zufall, vielleicht auch nicht«, sagte Dodd mit einem sonderbaren Ausdruck in den Augen. »Ich weiß es nicht, will es auch gar nicht wissen. Dieselben Geschichten hat man über das Grab des Tut-anch-amun und den Hope-Diamanten erzählt, wie Sie sich erinnern werden, und wer könnte sagen, was an so einer Geschichte dran ist. Ich habe keine Angst vor Flüchen«, fügte er eigensinnig und herausfordernd hinzu. »Kendricks Tod ändert nichts an meinen Wünschen. Ich will den Borgia-

Kopf. Jeder Sammler in Amerika wird mich beneiden. Der Kopf gehört mir. Ich habe das Geschäft mit Kendrick abgeschlossen, er hat meine Anzahlung angenommen, und hier bin ich, um den Rest zu bezahlen. Der Borgia-Kopf ist also mein Eigentum.«

Drittes Kapitel

Bill Cromwell hatte keine Lust, Mr. Preston Dodd noch einmal auseinanderzusetzen, dass er den Kopf nur mit der Zustimmung von Kendricks Erben erhalten könne. Selbstverständlich hatte das Geschäft durch Kendricks Tod jede Rechtskraft verloren.

»Sie sollten versuchen, uns zu helfen«, forderte der Chefinspektor den Amerikaner auf. »Haben Sie eine Vermutung - irgendeinen Verdacht ~, auf welche Weise ein Außenstehender von Ihrem Übereinkommen mit Mr. Kendrick gehört haben könnte?«

Preston Dodd nahm die Brille ab, fuhr sich durch seine graue Mähne und schüttelte den Kopf.

»Ich jedenfalls habe keine Menschenseele eingeweiht«, sagte er. »Ich hatte viel zu große Angst. Sie müssen begreifen, Mr....?«

»Cromwell, Sir - Chefinspektor Cromwell.«

»Vielen Dank. Also Sie müssen begreifen, Mr. Cromwell, dass es bei einer solchen Sache auf strengste Geheimhaltung ankommt. Sobald etwas bekannt wird, stürzen die Kunsthändler der ganzen Welt wie die Aasgeier auf den fetten Bissen und versuchen, einem Knüppel zwischen die Beine zu werfen. Es ist deshalb auch höchst unwahrscheinlich, dass Kendrick etwa nicht dichtgehalten haben sollte.«

»Und doch muss unser Mörder Witterung bekommen haben und war noch schneller als Sie«, stellte Ironsides fest. »Wir wollen hoffen, dass wir bald eine brauchbare Spur finden, die uns zu ihm hinführt.«

»Meinen Sie Fingerabdrücke?«

»Nein, Sir, dazu sind die Verbrecher heute viel zu schlau. Aber bei Gewaltverbrechen, ich meine bei Raubüberfällen oder Morden, stößt man oft auf eine Art *Firmen-Logo*. Bestimmte Verbrecher haben ihre eigenen Methoden.«

»Ich will von ganzem Herzen hoffen, dass Sie bald eine Spur entdecken, die zu diesem Schuft führt«, sagte Preston Dodd nachdrücklich. »Mein Gott! Wenige Minuten bevor ich den Schatz meines Lebens, den Borgia-Kopf, besessen haben würde, geht so ein Kerl auf und davon damit; das heißt, wenn er wirklich mit ihm davon ist. Ich habe das Gefühl, dass der Kopf noch hier ist. Sie müssen diese Bude einmal durchsuchen.«

Johnny Lister wandte sich angewidert ab. Nicht ein Wort des Mitgefühls für das unglückliche Opfer hatte dieser Dodd gefunden. Er war ganz und gar erfüllt und besessen von seinem Verlust. Kendricks Tod bedeutete für ihn nur, dass man ihn um den Besitz einer seltenen alten Skulptur gebracht hatte.

»Gewaltverbrecher sind immer hinter großen Geldbeträgen her - Lohngeldern einer Fabrik oder so was«, meinte Johnny nachdenklich. »Aber was kann der Kerl mit diesem Borgia-Kopf anstellen. Der ist doch viel zu heiße Ware. Wer würde denn den Teufelskopf zu kaufen wagen?«

Preston Dodd machte ein äußerst erstauntes Gesicht.

»Wer ihn zu kaufen wagen würde, junger Mann?«, wiederholte er. »Ich kann Ihnen sofort mindestens sechs Leute nennen. Reiche Amerikaner, die genauso wilde Sammler sind wie ich. Die alle hab ich überrunden wollen, jetzt wird vermutlich einer von ihnen mich überrunden. Der Dieb braucht meinen Kopf nur nach Amerika zu schaffen, und er kann ihn im Handumdrehen verkaufen - und zwar für den doppelten Preis! Sie müssen sich nämlich vorstellen, mein Lieber, dass der größte Teil dieser Sammler mehr oder weniger verrückt ist. Ich bin so die Mittelsorte. Ich sammle mein Zeug auf geradem Weg und in ehrlicher Weise; aber ich kann Ihnen drei oder vier Männer nennen - und ich sage Ihnen, es sind normalerweise feine Kerle -, die sich den Teufel darum scheren, mit welchen Mitteln sie das Zeug erbeuten. Hauptsache, sie kriegen es. Es gibt regelrechte Hamsterer. Die kaufen ein bekanntes Kunstwerk, von dem sie wissen, dass es unredlich erworben ist, und verstecken es, um sich ganz allein daran freuen zu können. Glauben Sie mir, der Gauner, der den Borgia-Kopf erwischte, hat ein Vermögen in den Händen - und er weiß es.«

»Sie haben natürlich Recht«, stimmte ihm Cromwell erbittert zu. »Was ein wirklich wilder Sammler ist, der hat keine Skrupel. Er hat keine Zeit, sein Mitgefühl an einen armen Kerl zu verschwenden, der ermordet wurde.«

»Wie bitte?«, stieß Dodd hervor.

»Jawohl!«

»Was, zum Teufel, soll das heißen?«, erkundigte sich der Millionär in scharfem Ton. »Wenn Sie damit mich meinen...«

»Wenn Sie sich getroffen fühlen...?«, kam es augenblicklich zurück, und nach einer kleinen, gespannten Pause: »Ich will Ihnen genau sagen, was ich meine. Ich pfeife auf Ihren verdammten Kopf. Mich interessiert an dieser ganzen Sache nur die Person, die diesen harmlosen alten Mann kaltblütig umgelegt hat. Wenn dies verflixte Ding überhaupt nicht mehr auftaucht, in Gottes Namen, mir soll's recht sein.«

Zum Glück für die erheblich erhitzten Gemüter ergab sich in diesem Augenblick eine Unterbrechung. Michael Gale erschien im Büro, ein zitternder, schwer getroffener alter Mann.

»Es ist also doch wahr«, rief er aus, nachdem er einige Worte mit Cromwell gewechselt hatte. »Natürlich, es muss ja wahr sein, sonst hätte man mir nicht eine solche Nachricht gegeben... Verzeihen Sie, ich bin ganz durcheinander. Armer alter Gus! Er war gesund und rüstig und hätte sicherlich noch viele Jahre gelebt. Hat er - hat er sich wohl sehr quälen müssen?«

»Er hat einen Herzschuss bekommen und war sofort tot.«

»Gott sei dafür gedankt! Es ist eine Beruhigung, wenigstens das zu wissen. Wenn ich irgendetwas helfen kann...«

»Ich würde gern einige Fragen stellen, Mr. Gale, wenn Sie sich nicht zu angegriffen fühlen. Was wussten Sie zum Beispiel über dieses Geschäft?«, erkundigte sich Cromwell.

»Welches Geschäft? Ich wusste nur, dass Kendrick hier in London einen Kunden treffen wollte.«

»Dieser Herr hier ist der Kunde«, erklärte Ironsides, auf Dodd weisend. »Er verhandelte mit Mr. Kendrick über den Erwerb eines Gegenstandes, der unter Bezeichnung *Borgia-Kopf* bekannt ist.«

Michael Gale riss seine wässerigen Augen weit auf.

»Großer Gott! Der Borgia-Kopf!«, flüsterte er überwältigt. »Das war's. Ich hatte keine Ahnung, nicht den blässesten Schimmer hab' ich gehabt. Ich wusste, dass er eine große Sache plante, aber Kendrick war nie sehr mitteilsam, müssen Sie wissen. Er hatte die unglückliche Angewohnheit, alles für sich zu behalten.« Der alte Mann machte ein vorwurfsvolles Gesicht. »Diesmal hätte er mich wirklich ins Vertrauen ziehen können.«

»Hat er denn überhaupt nichts angedeutet?«

»Ich weiß nicht recht - angedeutet schon... Heut' Abend hat er etwas gesagt. *Warte, Michael,* sagte er mehrmals, *bei dieser Sache springt auch für dich was raus, und nicht zu knapp*, und dann lachte er. Ich bin vollkommen davon überzeugt, dass ich an dem Geschäft verdient hätte. Er war immer sehr großzügig, und ich habe manche unverdiente Gratifikation erhalten. Also der Borgia-Kopf! Und ausgerechnet Kendrick hat diesen legendären Schatz erwischt. Sieht ihm ähnlich. Ich will nicht hoffen, dass der Kopf gestohlen wurde...«

»Wir wissen es nicht«, fuhr Dodd dazwischen. »Es ist nicht festzustellen, ob sich der Kopf tatsächlich hier befand. Der Safe war geöffnet, aber trotzdem ist der ganze Raum durchwühlt. Warum sollte der Mörder das getan haben, wenn der Kopf im Safe war. Haben Sie vielleicht beobachtet, dass Kendrick, als er heute ankam, einen Gegenstand im Safe eingeschlossen hat?« Dodd hatte Gale beim Arm gefasst und starrte ihn voller Hoffnung an.

»Wenn Kendrick einen Anfall von akuter Geheimniskrämerei hatte, ließ er sich nicht beobachten. Und außerdem war ich beim Mittagessen, als er kam.« Gale schüttelte bedauernd den Kopf. »Den anderen Angestellten ist es nicht erlaubt, sein Büro zu betreten«, fügte er nach kurzer Pause hinzu.

»Verlassen Sie sich nicht zu sehr darauf, dass der Raum durchsucht worden ist, Mr. Dodd«, sagte Cromwell barsch,

»und unterbrechen Sie mich gefälligst nicht.« Dann wandte er sich wieder an Gale. »Vielleicht können Sie uns etwas über Kendricks Verwandtschaft sagen. Hat er Angehörige? Man müsste sie ja unverzüglich in Kenntnis setzen, nicht wahr?«

»Um des Himmels willen, natürlich«, rief Gale erschrocken aus. »Verwandte? Ich kenne nur seine Nichte. Ein bezauberndes Mädchen, Vicky heißt sie. Das wird ein furchtbarer Schlag für sie sein, armes, armes Kind! Sie lebt bei ihm in Cumberland, müssen Sie wissen - lebte, muss ich jetzt wohl sagen. Es ist unbegreiflich, dass er tot ist.«

»Und ist diese Nichte seine einzige Verwandte?«

»So viel mir bekannt ist, ja. Jedenfalls hat er niemals andere Verwandte erwähnt, und ich kenne ihn seit zwanzig Jahren.«

»Wir müssen uns mit ihr in Verbindung setzen«, erklärte Cromwell. »Wissen Sie die Adresse in Cumberland?«

»Selbstverständlich. Ich habe Mr. Kendrick zweimal wöchentlich geschrieben. *Mere Croft* heißt sein Besitz; Mere Croft, Buttermere, genügt. Ich bin ein paarmal dort gewesen. Ein zauberhaftes Haus auf einem Hügel mit dem Blick auf das Meer. Es liegt sehr einsam. Mr. Kendrick hat Tausende für sein Heim ausgegeben - ich nehme an, alles dem Kind zuliebe. Er hat sie sehr geliebt.« Gale lächelte jetzt traurig. »Als er sie adoptierte, war sie noch ein Kind. Das war vor zwölf Jahren. Lieber Himmel, wie die Zeit vergeht. Vicky muss zwanzig sein - beinahe schon erwachsen.«

»Sie sprechen von ihr, als hätten Sie sie lange nicht gesehen.«

»Ich war vor drei Jahren zum letzten Mal in *Mere Croft*. Da besuchte sie noch die Schule«, erklärte Gale. »Ihr Vater war Sir Hubert Kendrick, der berühmte Herzspezialist«, fuhr er fort. »Er und Lady Kendrick sind im Rhonetal bei einem Flugzeugunglück umgekommen. Ich habe immer schon gedacht, dass mir das Fliegen nicht gefallen würde.« Der alte Mann wiegte sinnend den Kopf hin und her. »Man behauptet ja, dass es ganz sicher sei; es gibt Statistiken, die das beweisen. Aber ich sage mir, bei einem Eisenbahnunglück oder einem Schiffsunglück werden nur einige Leute getötet. Bei einem Flugzeugunglück sind immer alle tot.«

»Vollkommen richtig, Sir, man kann auch diesen Standpunkt einnehmen«, stimmte Ironsides mit einem nachsichtigen Lächeln zu. »Aber wir sprachen nicht von Flugzeugunglücken. Ich wäre Ihnen dankbar, wenn Sie Safe und Schreibtisch und überhaupt den ganzen Raum jetzt überprüfen würden. Vielleicht können Sie uns sagen, ob irgendetwas fehlt - irgendetwas außer diesem Unglückskopf natürlich.«

»Unglückskopf ist eine unzutreffende Bezeichnung«, widersprach Gale bedächtig. »Der Borgia-Kopf ist die Sensation der ganzen Kunstwelt, obwohl vermieden wurde, die Presse davon zu verständigen. Wenn Mr. Kendrick es wirklich fertiggebracht hat, dieses Wunderding zu erwerben, hat er damit das Geschäft seines Lebens gemacht. Ich kann es gut verstehen, dass er noch viel heimlicher zu Werke ging als sonst.«

Hier konnte Preston Dodd sich nicht mehr zurückhalten. »Wie kommen Sie dazu, *wenn* zu sagen«, verwies er Gale mit ärgerlicher Stimme. »Kendrick hatte den Kopf, er rief mich an und sagte mir, dass er ihn habe. Er verabredete sich mit mir für acht Uhr, aber irgendein dreckiger Gauner...«

»Ganz richtig, Mr. Dodd, wir wissen das jetzt alle auswendig«, schnitt Ironsides dem Millionär das Wort ab. »Ich glaube wirklich, es wäre besser, wenn Sie jetzt in Ihr Hotel zurückgingen. Sie können hier nichts helfen.«

Mr. Preston Dodd machte nur ein eigensinniges Gesicht, aber er rührte sich nicht. Es gab zweifellos nur einen einzigen Weg, ihn loszuwerden: Gewalt. Aber selbst Cromwell, der sich bereits eine äußerst schlechte Meinung über Dodd gebildet hatte, war nicht besonders versessen darauf, einen reichen Amerikaner mit so drastischen Maßnahmen zu verärgern. Leute in seiner Stellung und mit seinem Einfluss konnten die Hölle über Scotland Yard loslassen, wenn man sie nicht zu nehmen wusste.

Inspektor Hammond gab zu verstehen, dass er Cromwell einen Augenblick allein sprechen wolle, und sie zogen sich in den Laden zurück.

»Keine Fingerabdrücke, Mr. Cromwell. Und nirgends eine Spur von dem verdammten Kopf. Keine charakteristischen Merkmale, die auf einen der bekannten Gauner weisen. Dem Mann, der heute Abend hier gewesen ist, sind wir noch nie begegnet - meiner Meinung nach.«

»Eine Erkenntnis, die uns entschieden weiterhilft«, stellte Ironsides leicht ironisch fest. »Wie steht es mit dem Geschoss?«

»Muss noch rausgeholt werden, Sir, und solange wir nicht wissen, welche Waffe benutzt wurde, bringt uns das auch nicht weiter.«

Michael Gale gesellte sich zu ihnen und berichtete, dass ein oder zwei Kleinigkeiten aus dem Safe und vom

Schreibtisch fehlten. Wenigstens käme es ihm so vor. Sicher sei er nicht. Ein wertvoller Skarabäus, ein kleines Goldkästchen, eine chinesische Brosche und noch einiges andere. Natürlich könne sie auch Kendrick fortgenommen haben.

»Mit anderen Worten, Mr. Gale, es ist unmöglich, zu behaupten, dass der Mörder diese Sachen mitgenommen hat«, stellte Cromwell fest. »Hat er sie wirklich, könnte uns das weiterhelfen, denn wenn er versucht, die Dinger loszuwerden, kommen wir ihm auf die Spur. Riesenhoffnungen sind das!«, schnaufte er verächtlich. »Aber trotzdem sollten Sie uns eine genaue Liste und Beschreibung dieser Dinge geben. Wir werden den gewohnten Weg verfolgen und jedes Leihhaus in England verständigen.«

»Die Tatsache, dass diese Gegenstände fehlen, überzeugt mich davon, dass der Mörder auch den Borgia-Kopf mitgenommen hat«, verkündete Hammond. »Der Kopf lag auf Mr. Kendricks Schreibtisch zur Übergabe an Mr. Dodd bereit. In der obersten Schublade des Schreibtisches liegt ein alter Revolver, und ich denke, dass der Mord sich ungefähr folgendermaßen zugetragen hat: Kendrick ließ den Mörder ein. Er glaubte, sein Kunde wäre etwas früher gekommen, und erkannte seinen Irrtum zu spät. Daraufhin hat er wahrscheinlich versucht, den Revolver aus der Schublade zu holen, und wurde hierbei erschossen. Der Mörder öffnete nun den Safe, durchwühlte den Raum und raffte so viele Wertgegenstände zusammen, wie er irgend tragen konnte. Auf Bradleys Läuten verduftete der Kerl durch die Hintertür.«

»Könnte richtig sein«, stimmte Cromwell nachdenklich zu.

In diesem Moment wurde Ironsides' und Hammonds Aufmerksamkeit durch eine frische, junge Frauenstimme abgelenkt, die sich von der Ladentür her vernehmen ließ. Der Beamte, der dort Wache hielt, schien sich mit der Dame nicht einigen zu können.

»Tut mir leid, Miss«, hörten sie ihn sagen, »aber Sie dürfen nicht rein.«

»Selbstverständlich darf ich rein«, gab die sympathische Stimme zurück. »Was ist denn überhaupt hier los? Onkel Gussy wird doch nicht beraubt worden sein?«

»Großer Gott!«, flüsterte Ironsides entgeistert. »Die Nichte! Ich denke, sie lebt in Cumberland. Und wie vergnügt sie noch ist! Hat keine Ahnung, was hier los ist. Was für eine verdammte Situation.«

Dann raffte er seinen ganzen Mut zusammen - er wusste ja, dass ihm niemand diese schreckliche Aufgabe abnehmen konnte - und ging auf die Ladentür zu.

»Geht in Ordnung - die junge Dame kann hereinkommen!«, rief er dem Beamten zu. Dann wandte er sich sehr ernst an die unerwartete Besucherin. »Miss Kendrick? Mein Name ist Cromwell - von Scotland Yard.«

»Hu, wie aufregend, Scotland Yard ist auch da«, rief das junge Mädchen. »Kein Wunder, dass Onkel Gussy mich versetzt hat. Hier ist's ja viel interessanter. Ich wette, dass er wie ein brüllender Löwe in seinem Büro herumrennt. Stimmt's? Ist er im Büro? Ich muss ihn doch trösten gehen.«

Tief in seinem Polizeiherzen fluchte Bill Cromwell heftig. Da hatte er nun ein fröhliches, hübsches Mädchen in einem zauberhaften Abendkleid vor sich, das keine Ahnung von der fürchterlichen Wahrheit hatte, die er ihr jetzt sagen musste.

Aber bevor Ironsides den Mund aufmachen konnte, merkte sie, wie ernst er war, und ihre blauen Augen öffneten sich weit.

»Ist meinem Onkel etwas passiert?«, fragte sie schnell. »Bitte, sagen Sie es mir gleich. Versuchen Sie nicht, mich zu schonen.«

»Ich danke Ihnen, dass Sie mir meine schwere Aufgabe erleichtern, Miss Kendrick«, sagte Cromwell. »Ja, es ist etwas geschehen. Mr. Kendrick ist tot.«

Vicky Kendrick blieb regungslos stehen. Die Nachricht hatte sie einen Augenblick gelähmt, aber in diesem Augenblick zerriss ein greller Blitz den Himmel, tauchte die ganze Ladenfront in ein gespenstiges blauweißes Licht, und gleichzeitig donnerte es, als wäre eine schwere Bombe neben ihnen eingeschlagen. Der plötzliche Lärm riss Victoria Kendrick aus ihrer Betäubung.

»Was ist geschehen?«, fragte sie tonlos. »Hat er einen Schlaganfall gehabt? Wo ist er? Oh, wo ist er? Im Büro? Ich muss ihn sehen.«

»Ja. Miss.«

»Ich bin froh, dass es nicht auf der Straße geschah. Bitte, ich will ihn sehen.« Sie hatte sich hoch aufgerichtet, und ihre Augen waren feucht, hatten aber einen entschlossenen Ausdruck angenommen. »Ich habe keine Angst«, sagte sie ruhig, »aber ich muss ihn sehen.«

Und mit diesen Worten lief sie an Cromwell vorbei, ehe der lange, gelenkige Mann auch nur eine Bewegung machen konnte, um sie aufzuhalten. Er verfluchte seine Ungeschicklichkeit.

»Miss Kendrick, warten Sie, Sie wissen ja nicht...«, rief er ihr nach.

Aber Vicky beachtete ihn gar nicht. Sie stürzte durch den langen, dunklen Laden auf das Büro zu und lief mit vollem Schwung Johnny Lister in die Arme, der gerade nachsehen wollte, was im Laden vorging.

»Festhalten, Johnny!«, befahl Ironsides.

»Festhalten?«, wiederholte der verblüffte Johnny, »aber verdammt noch mal - Oh, Verzeihung, Miss, aber der Chefinspektor sagt...«

»Ihr Onkel starb nicht an einem Schlaganfall, Miss Kendrick«, teilte ihr Cromwell mit, als er die beiden erreicht hatte, und legte seine große Hand beruhigend auf ihren Arm. »Er wurde mitten durchs Herz geschossen. Verzeihen Sie mir, dass ich Ihnen so brutal die Wahrheit sage, aber es ist besser so. Er ist ermordet worden, Miss Kendrick, und ich glaube nicht, dass Sie ihn sehen sollten.«

»Ermordet?«, flüsterte Vicky Kendrick, und ihre Stimme war erfüllt von Grauen. »Wie entsetzlich! Von wem? Das kann ja gar nicht sein! Er sagte mir, dass er mit Mr. Dodd etwas besprechen wolle. Es würde etwa eine Stunde dauern. - Er hatte doch Theaterkarten für uns besorgt. Wir wollten uns im Theater treffen, und dann kam er nicht. Ich habe mich nicht einen Augenblick gesorgt, weil er immer alles vergisst. Ich nahm ein Taxi und bin hergekommen... Armer Onkel Gussy! Ermordet! Ich kann es einfach nicht fassen.«

Sie warteten schweigend, bis Vicky den ersten Schrecken überwunden hatte. Johnny und Ironsides bewunderten ihre tapfere Haltung. Kein hysterischer Anfall - kein

Tränenstrom, nur das hübsche, eben noch so fröhliche Gesicht war jetzt vor Kummer verzerrt.

»Ich hatte mich so auf diese London-Fahrt gefreut«, erzählte sie mit tonloser Stimme. »Es war ein seltenes Vergnügen für mich. Mein Onkel nahm mich nicht oft mit, und bei uns in Buttermere ist es sehr still...« Sie schüttelte verständnislos den Kopf, und ihr schönes, blondes Haar leuchtete golden im Lampenlicht. »Es ist grauenvoll, dass ganz plötzlich so entsetzliche Dinge geschehen. Ich war im Taxi noch aufgebracht über Onkel Gussy, weil er nicht gekommen war. Ich wollte ihn tüchtig zusammenschimpfen, und nun...«

Sie brach mit einem trostlosen, trockenen Schluchzen ab, wandte sich um und bemerkte gerade noch, dass der schlanke junge Mann einen schnell aufgerafften Regenmantel über die Gestalt geworfen hatte, die auf dem Schreibtischstuhl saß. Es ist sehr fraglich, ob Johnnys rücksichtsvolle Tat ihren Zweck erfüllte, denn der formlose Haufen unter dem Regenmantel sah eigentlich noch grauenvoller aus als Old Gus Kendricks lebloser Körper.

»Diese junge Dame...«, begann Preston Dodd, verstummte aber wieder.

»Mr. Kendricks Nichte«, brummte Cromwell. »Kennen Sie den Kunden Ihres Onkels, Miss Kendrick?« fügte er in ganz anderem Ton hinzu. »Das ist Mr. Preston Dodd.«

»Nein, wir haben uns niemals gesehen. Ich wusste, dass mein Onkel um acht Uhr mit einem Mr. Dodd verabredet war. Er sagte mir, dass wir dann noch zum zweiten Akt zurechtkommen würden.« Vicky brach ab und drückte das Taschentuch an die Augen, fand aber ihre Fassung gleich wieder. »Es tut mir schrecklich leid, Mr. Dodd, auch für

Sie muss Onkel Gussys Tod ein furchtbarer Schreck gewesen sein.«

»Und was das für ein Schrecken war, mein liebes Kind«, stimmte Dodd eifrig zu. »Ich habe einen Scheck über neunundvierzigtau- send Pfund in der Tasche, und ich rechnete fest damit, dass ich um diese Zeit längst der Besitzer des Borgia-Kopfes sein würde.«

»Zur Hölle mit dem Borgia-Kopf!« explodierte Cromwell. »Wie können Sie es wagen, Miss Kendrick in diesem Augenblick mit Ihrem dreimal verfluchten Kopf zu kommen. Fällt Ihnen überhaupt nichts anderes ein?«

Vicky war bei Cromwells Ausbruch erschrocken zusammengefahren.

»Ich verstehe gar nichts«, sagte sie einfach.

»Ihr Onkel hatte von Mr. Dodd den Auftrag erhalten, ein altes Kunstwerk für ihn zu erwerben, den sogenannten Borgia-Kopf«, erklärte Cromwell, Dodd mit wütenden Blicken durchbohrend. »Nach allem, was man hört, ein außerordentlich interessantes Stück.«

»Ein einmaliger Schatz, der Kauf seines Lebens«, fiel Mr. Gale ein. »Hat Ihr Onkel Ihnen davon erzählt, Miss Vicky?«

»Oh, Mr. Gale«, rief das Mädchen, und ein Lächeln erhellte einen Augenblick ihr trauriges Gesicht. »Ich hab' Sie Ewigkeiten nicht gesehen. Nein, mein Onkel hat mir nichts erzählt.« Sie brach ab, und plötzlich breitete sich ein Ausdruck des Verstehens über ihr Gesicht.

»Jetzt weiß ich auch, warum er in den letzten Wochen so ruhelos und aufgeregt war - die ganze Zeit seit dem Besuch des italienischen Herrn. Er war in freudiger Erwartung wie ein Kind vor Weihnachten, und wenn ich ihn fragte, was er vorhabe, wollte er niemals mit der Sprache heraus. Er hat mir immer nur gesagt, dass ich bald eine große Überraschung erleben würde. Daraus schloss ich, dass er irgendein großes Geschäft plante. Mehr weiß ich nicht. Mein Onkel war sehr zurückhaltend, was seine Geschäfte anging. Seit Jahren wusste ich, dass es zwecklos war, ihn auszufragen.«

»Sie haben einen Italiener in Buttermere zu Besuch gehabt?«, erkundigte sich Cromwell aufhorchend.

»Ja, vor drei Tagen. Er blieb über Nacht und fuhr am nächsten Tag ab. Ein kleiner, dürrer älterer Mann, der nur wenig Englisch konnte.«

»Der Kurier aus Italien«, sagte Gale. »Das ist natürlich der Mann gewesen, der den Kopf gebracht hat. Ihr Onkel muss den Kopf also heute mit nach London genommen haben, um ihn Mr. Dodd zu übergeben.«

»Wahrscheinlich«, stimmte Vicky ohne jedes Interesse zu. »Ist das so wichtig? Offen gestanden, es ist mir ganz egal, was mit dem Unglückskopf geschehen ist.«

»Wie groß ist er denn eigentlich?«, erkundigte sich Cromwell. »Hat einer von Ihnen eine Ahnung?«

»Lebensgröße und höchstwahrscheinlich sehr schwer, da er aus Gold ist. Vielleicht ist er innen hohl, aber auch dann muss er ein anständiges Gewicht haben.«

»Lebensgröße«, überlegte Ironsides laut, »und dann wird so ein Wertobjekt doch sicherlich noch gut verpackt, mit viel Papier und so... Da müsste also schon ein Koffer sein. Ist hier ein Koffer gefunden worden?«

»Aber Onkel Gussy hatte keinen Koffer mit«, sagte Vicky, deren Interesse wider Willen erwacht war, »er hatte nur eine kleine Aktentasche.«

»Sind Sie ganz sicher, Miss Kendrick?«

»Ganz sicher. Wir sind zusammen hergefahren«, antwortete sie. »Er sagte mir noch zu Hause, dass wir im *Savoy-Hotel* übernachten würden, und ich habe ihn dann gefragt, ob er Pyjama, Zahnbürste und Rasierzeug mithätte. Er behauptete, dass alles in der Aktentasche sei, aber ich kann es mir kaum vorstellen, Jedenfalls war sie ganz dünn, die Aktentasche.«

»In Aktentaschen geht oft mehr hinein, als man von außen sehen kann«, meinte Cromwell.

»Großer Gott!« Dodd hielt es nicht mehr aus. »Der Kopf ist nicht in einer Aktentasche transportiert worden. Es ist albern, so etwas auch nur in Betracht zu ziehen. Kendrick hat ihn nicht mit nach London gebracht. Er hat ihn einfach in Buttermere gelassen. Da ist er noch - und nicht gestohlen. Hören Sie zu, Miss Kendrick, der Kopf gehört mir. Ich habe das Geschäft mit Ihrem Onkel abgeschlossen.«

»Aber natürlich ist der Kopf zu Hause«, stimmte Vicky zu. »Ist denn das jetzt so wichtig? Mein Onkel ist tot. Wie kann man sich da überhaupt mit diesem Kopf beschäftigen.«

»Miss Kendrick«, sagte Dodd sehr langsam und bestimmt, »ich bedaure sehr, dass Sie mich für gefühllos halten. Diese Polizeileute hier sagen mir das schon seit einer Stunde. Sie müssen sich aber auch in meine Lage versetzen. Ich kannte Ihren Onkel kaum. Für mich war er der Kunsthändler, der mir den Borgia-Kopf besorgen sollte. Ich bedauere diese Tragödie aufrichtig, bedauere Sie als seine nächste Anverwandte und bedauere auch ihn, aber ich habe mit Mr. Kendrick ein Geschäft eingeleitet, und wenn der Kopf in Buttermere ist, will ich ihn haben. Geschäft bleibt Geschäft, und ich bin Geschäftsmann. Haben Sie den Kopf eigentlich jemals gesehen?«

»Nein, ich wusste nicht einmal etwas davon. Der Italiener hatte eine große Kiste mit, und diese Kiste hat mein Onkel bestimmt nicht mit nach London gebracht. Folglich muss sie noch zu Hause sein. Dabei fällt mir etwas ein. Kurz vor seiner Abreise hat mein Onkel noch etwas zu Mrs. Broughton gesagt.«

»Und wer ist Mrs. Broughton?«

»Oh, unsere Haushälterin«, beantwortete Vicky Cromwells Zwischenfrage. »Er sagte, dass wir einen Gast aus London mitbringen würden, der ein oder zwei Tage bleiben wolle, und bat sie, das Gästezimmer zurechtzumachen.«

»Hatte Mr. Kendrick Sie nach Buttermere eingeladen, Mr. Dodd?«, erkundigte sich Cromwell.

»Nein. Ich hatte gedacht, dass ich den Kopf hier in Empfang nehmen könnte.«

»Echt Kendrick«, unterbrach Gale eifrig. »Immer so geheimnisvoll wie möglich. Natürlich hatte er Angst, den Borgia-Kopf nach London zu transportieren. Viel zu großes Risiko. Wüsste man nur, ob er einen bestimmten Verdacht hatte. Es sieht doch beinahe so aus. Er wollte also Mr. Dodd nach Buttermere mitnehmen, und die Übergabe sollte dort erfolgen. Dann wäre es Mr. Dodds Sorge gewesen, den Kopf fortzuschaffen.«

»Sehr wahrscheinlich hat er diesen Plan gehabt«, stimmte Cromwell zu. »Aber das ist Ihre Angelegenheit, Miss Kendrick - und Mr. Dodds natürlich. Was in Buttermere geschah und was für geschnitzte, getriebene oder goldene

Köpfe dort herumstehen, geht mich überhaupt nichts an. Ich untersuche diesen Mordfall und...«

»Aber auch in dieser Beziehung ist jetzt eines klar«, sagte Dodd mit Überzeugung. »Der Kopf wurde nicht gestohlen. Der Mörder hat sein Ziel nicht erreicht. Das erklärt, warum das Büro durchsucht wurde. Der Kopf ist in Kendricks Landhaus. Ich kann gar nicht sagen, wie erleichtert ich bin.«

»Es tut mir leid, Mr. Dodd, ich möchte Sie nicht enttäuschen, aber ich würde nicht zu sehr erleichtert sein, wenn ich Sie wäre«, meinte Vicky. »Ich glaube nämlich nicht, dass wir den Borgia-Kopf je finden werden.«

»Und warum um des Himmels willen nicht?«, erkundigte sich Dodd maßlos verblüfft. »Der Kopf ist dort, muss da sein. Er liegt natürlich in Buttermere im Safe.«

»Wir haben keinen Safe in *Mere Croft*«, erwiderte Vicky mit besorgtem Kopfschütteln. »Es gibt nur einen Ort, wo der Borgia-Kopf versteckt sein könnte, und das ist die *Schwarze Höhle*.«

Viertes Kapitel

Die Männer in *Old Gus* Kendricks Büro starrten Vicky in äußerster Verwunderung an. Draußen hatte das Unwetter noch nichts von seiner Kraft verloren. Es blitzte fast ununterbrochen, und der Donner war so heftig, dass die Fenster klirrten.

Johnny Lister hatte Vickys Bemerkung nicht besonders aufgeregt. Überhaupt hatte er nur wenig Interesse für den Borgia-Kopf. Viel mehr berührte ihn die Selbstbeherrschung, mit der dieses junge Mädchen der Tragödie begegnete, die einen Schlußstrich unter ihr ganzes bisheriges Leben zog. Er bewunderte Vicky schrankenlos. Es kam schließlich nicht alle Tage vor, dass man einem so wunderhübschen Mädchen begegnete. Vicky war klein und zierlich und von einer zarten, blonden Schönheit, dass es ihm fast den Atem benahm. Aber hauptsächlich war es ihre tapfere Haltung, die ihn so für sie einnahm. Das tragische Unglück hatte sie schwer getroffen, aber in einer Lage, die bei anderen Mädchen nur hysterische Weinkrämpfe hervorgerufen haben würde, hatte sie sich fest in der Hand und begegnete der Situation mit Entschlossenheit und Mut.

Wie nicht anders zu erwarten, war es Mr. Preston Dodd, der das Schweigen brach.

»Die *Schwarze Höhle*?«, wiederholte er verständnislos.

»Ich weiß, es klingt albern, aber...«

»Es klingt völlig unwahrscheinlich«, unterbrach Dodd sie sichtlich gereizt. »Sie können den Borgia-Kopf nicht finden, weil er in der *Schwarzen Höhle* steckt. Wenn das nicht verrückt ist!«

»Es ist wirklich nicht verrückt - aber muss das alles jetzt sein?«, sagte Vicky mit einem flehenden Blick auf Cromwell und einer verzweifelten, hilflosen Handbewegung, »muss das jetzt sein, während mein armer Onkel dort liegt...«

»Sie sollten Mr. Dodd vielleicht doch eine kurze Erklärung geben«, meinte Ironsides. »In gewisser Weise hat er ja Recht. Vielleicht sind wir etwas ungerecht gegen ihn. Mr. Kendricks Tod betrifft ihn nicht persönlich. Seine ganze Sorge gilt dem Borgia-Kopf, von dem Sie behaupten, dass er niemals gefunden wird, weil er, ganz wie im Märchen, in einer *Schwarzen Höhle* verborgen sei. Ich hasse Zeitverschwendung, aber Sie könnten Mr. Dodd sicher in wenigen Worten mitteilen, was das heißt.«

»Ach, das ist ein alter Familienscherz. Seit meiner Kindheit existiert er schon«, erzählte Vicky. »Mrs. Broughton, Trimble und ich hatten uns das ausgedacht, das heißt, ich glaube, es war Trimble, der den Namen *Schwarze Höhle* zum ersten Mal gebrauchte.«

»Trimble?«

»Trimble ist unser Butler. Ein lieber alter Mann. Er ist viel länger bei Onkel Gussy gewesen als ich; er sorgte schon für ihn, als mein Onkel noch in London lebte. Später, als Onkel Gussy mich dann adoptierte, fand er das Haus hier für ein Kind zu ungesund, und da er sich sowieso zurückziehen wollte, hat er dann *Mere Croft* gekauft und für einen Haufen Geld instand setzen lassen. Ja - und seitdem lebten wir eben dort.«

»Gut und schön, aber wann kommen wir denn nun zu Ihrer *Schwarzen Höhle*?« drängte der ungeduldige Dodd.

»Jetzt gleich, ich wollte gerade davon sprechen«, sagte Vicky. »Auch nachdem wir aufs Land gezogen waren, hat mein Onkel niemals aufgehört, sich für Kunstschätze zu interessieren. Von Zeit zu Zeit reiste er ins Ausland - nach Paris, nach Wien oder nach Kopenhagen - und brachte irgendeinen Gegenstand zurück, an den er sein Herz gehängt hatte. Dann saß er nachts in seinem Arbeitszimmer - manchmal stundenlang - und betrachtete seinen Schatz. Ich habe ihn immer damit aufgezogen. Irgendwann einmal fuhr er natürlich doch nach London und verkaufte ihn, aber bis dahin, solange wir das Ding im Haus hatten - lag es in der *Schwarzen Höhle.*«

»Leider kann ich noch immer nichts begreifen...«, fing Dodd an.

»Das ist es ja gerade, Mr. Dodd«, fiel Vicky schnell ein. »Ich nämlich auch nicht. Mein Onkel war ein schrecklicher Geheimniskrämer. Aus den geringsten Kleinigkeiten konnte er ein wahres Mysterium machen. Wir wussten nur, dass er seine Schätze an einem Geheimplatz versteckte, wahrscheinlich irgendwo im Haus. Aber wir haben niemals herausbekommen, wo, ob im Erdgeschoss oder oben oder gar im Keller oder auf dem Boden. Was habe ich alles angestellt, um etwas über seine seltsame *Schwarze Höhle*, wie ich sie immer nannte, aus ihm herauszuholen. Er hat dann meistens ganz verschmitzt gelacht und mir erklärt, dass ich sie niemals, auch in hundert Jahren nicht, finden würde. Er schwor hoch und heilig, dass niemand außer ihm das Versteck kenne und jemals kennen würde.«

»Ziemlich sonderbarer Mensch, Ihr Onkel«, bemerkte Ironsides.

»Ja, aber nur in dieser Beziehung«, erwiderte Vicky schnell. »In jeder anderen Richtung war er der liebste, beste Mensch auf Erden. Nur mit seinen Kunstschätzen tat er immer so geheimnisvoll - überhaupt mit Wertsachen jeder Art«, fügte sie nach kurzer Überlegung hinzu. »Wenn wir schon mal über Nacht ausblieben, was alle Ewigkeiten einmal vorkam, habe ich ihn immer ausgelacht, weil er alle Wertsachen, sogar dumme Kleinigkeiten wie Kragenknöpfe und silberne Löffel versteckte.«

»Aber, liebes Kind, wenn Sie das wussten, müssen Sie ihn dabei doch irgendwann einmal beobachtet haben«, entrüstete sich Dodd. »Sie müssen doch wenigstens wissen, in welches Zimmer er ging...«

»Sie können meinem Onkel wirklich nur ganz flüchtig gekannt haben, Mr. Dodd«, unterbrach Vicky ihn mit leichtem Kopfschütteln. »Nie in seinem Leben wäre er auch nur in die Nähe der *Schwarzen Höhle* gegangen, wenn wir dabei waren. Das machte er mitten in der Nacht, oder wenn zufällig niemand im Haus war. - Vielleicht existiert diese *Schwarze Höhle* auch gar nicht«, fügte sie hinzu. »Er lachte sehr, als wir den Scherz erfanden, und mag ihn vielleicht nur unseretwegen mitgemacht haben. Mein Onkel war so lustig, er hatte immer Freude am Humor, an jedem Scherz - und ... er wird mir so entsetzlich fehlen«, setzte sie mit zitternder Stimme hinzu und brach in Tränen aus. »Müssen wir noch darüber sprechen«, bat sie leise, um dann aber gleich mit wiedergewonnener Fassung fortzufahren: »Die dumme, alte *Schwarze Höhle* kann ebenso gut seine Schreibtischschublade gewesen sein. Ich sagte Ihnen ja, es war ein Familienscherz.«

Preston Dodd sah keineswegs befriedigt aus.

»Ganz richtig, aber ob es nun eine Schublade oder eine Höhle unter dem Fußboden oder in den Dachsparren ist, die Tatsache bleibt bestehen, dass der Borgia-Kopf irgendwo im Haus Ihres Onkels steckt und - Er gehört mir!«, rief er mit wilder Beharrlichkeit aus. »Ich werde Sie nach Cumberland begleiten und...«

»Ich bedauere außerordentlich, Mr. Dodd, aber Sie werden nichts dergleichen tun«, unterbrach ihn Vicky empört. »In einer Woche vielleicht, wenn die Beerdigung vorbei ist und alle etwas zur Ruhe gekommen sind... Dann können Sie nach *Mere Croft* kommen, wenn Sie wollen. Aber jetzt nicht. Ich werde es nicht dulden.«

»Saubere Abfuhr«, brummelte Johnny begeistert, und er bemerkte auch in Cromwells Augen vollste Zustimmung.

»Aber mein Scheck...«

»Sie hörten doch, was die junge Dame sagte, Mr. Dodd«, fuhr ihn Ironsides an. »Sie müssen sich gedulden - und überhaupt sehe ich nicht ein, dass Sie uns hier noch länger aufhalten. Johnny, bitte begleite Mr. Dodd zur Tür.«

»Mit Vergnügen«, war Johnnys prompte Antwort. »Wenn ich bitten darf, Mr. Dodd.«

Der Millionär zog schon wieder seine Brieftasche, holte den Scheck heraus und gestikulierte wild damit in der Luft herum.

»Lassen Sie mich Ihnen wenigstens diesen Scheck übergeben, Miss Kendrick«, drängte er. »Neunundvierzigtausend Pfund. Damit wäre das Geschäft perfekt. Ich werde warten. Es macht mir gar nichts aus zu warten. Aber mit dem Scheck in Ihren Händen hätte ich ein ruhigeres Gefühl.«

Vicky wandte sich flehend an Cromwell, und dieser drängte Mr. Dodd mitsamt seinem Scheck schleunigst zur Bürotür hinaus. Mit einem erschütterten und verängstigten Blick auf die formlose Masse am Schreibtisch verließ auch Vicky Kendrick den Raum.

Um sicherzugehen, dass Mr. Dodd wirklich verschwand, begleitete Cromwell ihn hinaus. An der Tür blieben sie stehen, denn es goss immer noch in Strömen.

»Dieses Mädchen hat Schneid, und ich bewundere es«, sagte Dodd, »aber ich befürchte, dass sie Schwierigkeiten machen wird. Sie wird mich sicherlich an Kendricks Anwälte verweisen, und das bedeutet Verzögerungen und ewigen Ärger. Ich hasse Anwälte!«

»Wir haben alle unsere Sorgen, Mr. Dodd«, bemerkte Ironsides trocken. »Meine Sorge ist augenblicklich, Kendricks Mörder zu finden. Und ich glaube, dass Sie mich lange genug aufgehalten haben.«

Dodd überhörte die Spitze. Er schien einen Einfall zu haben, und schon wieder erschien die Brieftasche in seiner Hand. Dieses Mal entnahm er ihr ein Paket Fünfpfundnoten.

»Da, alter Freund, stecken Sie das ein«, sagte er leise. »Nur eine Kleinigkeit für besondere Gelegenheiten, und ich werde noch fünftausend Pfund - Pfund, nicht Dollar dazulegen, wenn ich den Borgia-Kopf von Ihnen kriege.«

»Was Sie ganz sicher kriegen werden, ist ein Jahr Gefängnis für Beamtenbestechung, Mr. Dodd, wenn Sie so weitermachen«, knurrte Ironsides. »Weg mit dem Geld.«

»Was? Sie wollen es nicht haben?«, fragte Dodd in fassungslosem Staunen.

»Nein.«

»Und wenn es gar keine Bestechung ist, nur ein Geschenk?«

»Nicht berechtigt, Geschenke anzunehmen«, fuhr ihn Cromwell an. »Guten Abend.«

Er drehte sich auf dem Absatz um, knallte die Ladentür zu und überließ es Mr. Dodd, allein durch den Regen in sein Hotel zu finden. Im Laden trat Johnny Lister zu ihm.

»Irgendjemand sollte Miss Kendrick in ihr Hotel bringen, Old Iron«, sagte er leise. »Sie hält sich phantastisch, aber die Reaktion muss jeden Augenblick kommen. Armes Kind! Und sie hat niemanden, der sich um sie kümmern kann.«

»Was ist denn mit Gale?«, fragte Ironsides ebenso leise. »Gale ist bestimmt verheiratet und hat irgendwo ein gemütliches Haus. Für sie war' das jetzt bestimmt besser als irgend so ein kaltes Hotel. Vielleicht kann er sie mitnehmen. Alles in allem, Johnny, es ist doch ein Höllenleben!«

»Heh?«, erkundigte sich Johnny und starrte Cromwell mit Besorgnis an.

»Dieser Dodd hat mir gerade noch fünftausend Pfund angeboten, wenn ich ihm seinen blöden Kopf herbeizaubere«, schimpfte der Chefinspektor. »War ich jetzt Sherlock Holmes oder Hercule Poirot oder ein anderer dieser berühmten Detektive, hätt' ich einen feinen Auftrag in der Tasche. Wie konnte ich nur diesen Beruf ergreifen! Was für ein Leben, Johnny!«

Sie fanden Michael Gale und Vicky hinten im Laden, und es war nur natürlich, dass die Unterhaltung der beiden sich ausschließlich um *Old Gus* Kendrick drehte. Cromwells Vorschlag, dass Vicky bei Gale übernachten solle, wurde von diesem mit Begeisterung angenommen.

»Selbstverständlich, ganz selbstverständlich!«, rief er aus. »Dass ich nicht selbst darauf gekommen bin! Meine Frau und meine Tochter werden alles tun, um es gemütlich für Sie zu machen, Miss Vicky. Es ist ganz ausgeschlossen, dass Sie jetzt allein ins Hotel gehen.«

Vicky bedeckte ihre Augen mit der Hand.

»Das ist furchtbar lieb von Ihnen«, sagte sie mit unsicherer Stimme. »Ich möchte wirklich sehr gern mit Ihnen gehen, Mr. Gale. Wenigstens für eine Nacht, denn morgen - morgen werde ich ja die Beerdigung vorbereiten müssen.«

»Mr. Kendricks Anwälte werden alles besorgen«, sagte Gale. »Wir gehen morgen zusammen hin und besprechen das.«

»Ich werde meinen Onkel nach Cumberland überführen lassen«, sagte Vicky. »Er hat mir oft gesagt, dass er dort begraben werden will. Er liebte die Cumberlander Seenplatte - jeden Hügel und jeden kleinen See.« Einen Augenblick schien sie sich in Erinnerungen zu verlieren, aber sie nahm sich schnell wieder zusammen.

»Ich kann so gar nicht mit Ihnen gehen, ich muss erst zurück ins Hotel, um mich passender anzuziehen. Ich habe ja noch mein Abendkleid an.«

»Deine Aufgabe, Johnny«, fiel Cromwell prompt ein. »Vor der

Tür steht unser Wagen. Fahr Miss Kendrick in ihr Hotel, bleib da, bis sie alles erledigt hat, und bring sie wieder her. In der Zwischenzeit werden Mr. Gale und ich das Büro noch einmal durchsehen.«

In diesem Augenblick erschien Inspektor Hammond.

»Ich habe eben mit Sergeant Beckett gesprochen«, sagte er. »Er hat eine Frau entdeckt, die Hausmeister-Frau, von dem Haus gegenüber. Sie sagt, dass sie kurz nach halb acht Uhr aus dem Fenster gesehen hat, und da wären gerade zwei Männer hier in diesen Laden gegangen.«

»Das ist wenigstens etwas«, meinte Cromwell. »Jedenfalls stimmt die Zeit. Noch was?«

»Leider herzlich wenig. Sie meint, ihr wäre das komisch vorgekommen, weil der Laden geschlossen war, und sie hat am Fenster gewartet, aber die Männer sind nicht wiedergekommen. Und dann blitzte es, und sie erschrak so, dass sie schleunigst vom Fenster weglief.«

»Zwei Männer also«, überlegte Cromwell. »Das kann stimmen. Ich dachte mir gleich, dass nicht nur einer hier war. Konnte sie die Männer beschreiben?«

»Nur sehr ungenau. Einer war ziemlich groß, und sie glaubt, dass er einen dunklen Regenmantel und einen weichen Hut hatte. Der andere war kleiner.«

»Ist das alles?«

»Alles, Mr. Cromwell.«

»Gut, ich werde mich gleich selbst mit ihr unterhalten. Ihr fahrt jetzt am besten los, Johnny. Gute Nacht, Miss Kendrick. Es kann sein, dass ich schon fort bin, wenn Sie wiederkommen.«

Sie schüttelten sich die Hand, und Johnny führte das Mädchen auf die Straße. Es goss noch immer, so dass sie im Laufschritt in den Wagen flüchteten.

Johnny fuhr ziemlich schnell, während Vicky stumm und verkrampft neben ihm saß. Im Stillen betete der junge Mann, dass sie nicht gerade jetzt zusammenklappen würde. Allein mit einem schluchzenden Mädchen in einem Wagen eingesperrt zu sein - wie entsetzlich!

»Gott sei Dank, dass das Gewitter losgebrochen ist«, bemerkte er, als sie den Piccadilly Circus überquerten. »Das gibt wenigstens frische Luft.« Er sprach, nur um zu sprechen. Es fielen ihm auch nur Gemeinplätze ein, aber alles war besser als dieses lastende Schweigen. »Wahrscheinlich wird es jetzt die ganze Nacht regnen«, fuhr er fort. »Ein Polizeiwagen wird Sie und Mr. Gale nach Balham bringen. Es war doch Balham, wo er wohnt, nicht wahr?«

»Ja«, sagte Vicky teilnahmslos.

Sie bogen in den Haymarket ein, und das Mädchen starrte mit blicklosen Augen aus dem Fenster. Ein Autobus bog vor ihnen in die Fahrbahn ein, und Johnny musste langsam fahren.

Plötzlich beugte sich Vicky vor und preßte ihr Gesicht an die Scheibe. »Halt!«, rief sie atemlos.

»Wie bitte? Geht nicht - mitten im Verkehr.«

Er sah verwundert zu ihr hinüber und bemerkte, dass sie auf den Rücken eines großen, jungen Mannes im Regenmantel starrte, der gerade vorbeiging.

»Das ist jemand, den ich kenne«, sagte sie. »Wenigstens glaube ich, dass...«

Sie brach ab, da der junge Mann plötzlich in einem Gebäude verschwand. Dann lachte sie etwas nervös auf und ließ sich in den Sitz zurückfallen.

»Zu dumm von mir«, meinte sie. »Ich muss mich geirrt haben. Er ist gar nicht in London.«

»Wenn Sie sich überzeugen wollen...«

»Nein, nein, bitte fahren Sie weiter. Ich bin nur völlig durcheinander. Es muss der gleiche Mantel gewesen sein, das ist alles«, sagte Vicky. »Außerdem spielt es auch keine

Rolle.« Sie lächelte, als sie sah, dass er sie besorgt beobachtete.

Johnny stellte keine Fragen.

Er wartete am *Savoy-Hotel*, bis sie - viel schneller als er gedacht hatte - wieder herunterkam. Sie trug jetzt ein leinenes Sommerkostüm, darüber einen durchsichtigen Nylonregenmantel und an den Füßen feste Straßenschuhe. In der Hand hielt sie einen kleinen Reisekoffer.

Als sie einstieg, stellte Johnny mit großer Erleichterung fest, dass sie viel gefasster war. Entweder hatte er eine ungewöhnlich gefühlsarme junge Dame vor sich, überlegte er, oder Victoria Kendrick verfügte über ganz besondere Charakterstärke. Persönlich neigte er zu der zweiten Möglichkeit.

Mr. Gale wartete schon, als sie in der Sackville Street ankamen. Ein Polizeifahrer nahm Johnnys Platz am Steuer ein, und der Wagen fuhr ab.

»Gott sei Dank! Endlich allein!«, stöhnte Bill Cromwell, als Johnny das Büro betrat. »Vielleicht können wir jetzt ein bisschen Arbeit hinter uns bringen. - Übrigens, wie hält sich das Mädchen?«, erkundigte er sich kurz.

»Prima!«

»Dacht' ich mir. Die ist aus gutem Holz geschnitzt. War die beste Lösung, sie mit Gale nach Hause zu schicken.«

Johnny war zufrieden, dass Cromwell seine Meinung teilte.

»Was Neues?«

»Nichts. Ich habe mit der Hausmeister-Frau gesprochen. Ganz dumme Person«, brummte Cromwell verächtlich. »Ist nicht in der Lage, die Männer zu beschreiben. Dabei hat sie sie mindestens eine Minute gut gesehen. Na schön, sicher ist, dass die beiden diesen Laden kurz nach halb acht betreten haben - und das ist die entscheidende Zeit.«

»Irgendwas hier drinnen zu finden?«

»Hoffnungslos. Viel zu schlaue Brüder. Kein einziger Fingerabdruck. Gale sagt, dass ein paar Kleinigkeiten fehlen, aber auch das ist nicht sicher. Vollgepropft ist diese Bude mit dem alten Krempel aller Erdteile. Ich glaube, Johnny, wir müssen uns damit abfinden. Wir haben einen Verbrecher ohne eine einzige brauchbare Spur, und wir stecken fest, ehe wir angefangen haben.«

Zur gleichen Zeit ungefähr betrat Mr. Frederick Charles Brody ein Zimmer im dritten Stock des *Piccadilly-Hotels*, wo er bereits seit einigen Wochen wohnte, zunächst, weil es ein teures Hotel war und er gern gut untergebracht war, und dann auch, weil es sich ganz in der Nähe der Sackville Street befand.

Ted Willis, der im Zimmer auf und ab ging und nervös an einer Zigarette zog, fuhr bei Brodys Eintritt herum.

»Was, zum Teufel, hast du so lange gemacht?«

»Reg' dich doch ab, Ted«, sagte Brody. »Informationen habe ich gesammelt. Ich weiß jetzt, dass der Kopf in Kendricks Landhaus an den romantischen Gestaden des Buttermere-Sees verborgen ist, wohin wir uns begeben werden.«

»Wie hast du das herausgebracht?«

Brody erklärte es ihm lang und breit.

Fünftes Kapitel

Vicky Kendrick stand vor der Tür von *Mere Croft* und schaute sinnend auf die friedliche Landschaft. Vor ihr lag der Buttermere-See still und zauberhaft im Abendsonnenschein. Hinter dem See erhoben sich die Berge, in deren tiefen Schluchten die Bäche rauschten, die sich zu Vickys Füßen in den See ergossen. Im Westen ballten sich schwarze Wolken.

Vicky fröstelte trotz der Hitze.

»Hoffentlich kriegen wir kein Gewitter, Mrs. Broughton«, sagte sie. »Es würde mich an die schreckliche Nacht in London erinnern.«

»Ich fürchte, Liebes, Sie werden noch oft an diese Nacht erinnert werden«, gab die freundliche alte Frau zurück, die mit Vicky vor der Tür stand.

»In diesem Sommer hatten wir hier oben täglich ein Gewitter. Und der August ist sowieso der schlimmste Monat. Ich sage immer, dass die Hügel schuld sind. Sie ziehen den Regen an. Und trotzdem - ich liebe dieses Land. Mehr Regen als wir jemals brauchen können, das ist richtig, aber, Gott sei Dank, das schlechte Wetter hält nie lange an. Schnell gekommen und schnell vorüber und viel, viel Sonne zwischendurch.«

Vicky hörte gar nicht zu. Sie hatte sich in den fünf Tagen, die seit dem Unglück vergangen waren, erholt und sah gesund und lebenssprühend aus. Wenn sie auch innerlich noch schwer an ihrem Kummer trug, so zeigte sie es doch nicht und war bereit, vernünftig in die Zukunft zu sehen.

»Wir werden wohl nicht mehr lange hier bleiben, Mrs. Broughton«, sagte sie plötzlich.

»Ich weiß, Miss Vicky«, erwiderte die alte Frau, »das hatte ich mir schon gedacht...«

»Aber sagen Sie doch selbst«, unterbrach das Mädchen sie lebhaft, »warum soll ich mich hier in dieser Bergeinsamkeit vergraben? Mein Onkel ist tot, und ich bin ganz allein. Ich konnte es ihm niemals sagen, wie schwer es für ein junges Mädchen ist, in dieser ländlichen Stille zu leben. Ich wollte ihm nicht wehtun. Aber jetzt gibt es doch überhaupt keinen vernünftigen Grund mehr, warum ich hier bleiben sollte. Ich will nach London.«

»Auch das habe ich gewusst«, sagte Mrs. Broughton lächelnd. »Sie werden es einige Zeit in London aushalten, Miss Vicky, aber nicht lange, und Sie bekommen wieder Sehnsucht nach dem Lande.«

»Vielleicht. Ich weiß es nicht. Aber wohin ich auch gehen werde, ich brauche Sie, liebe Mrs. Broughton«, sagte Vicky, sich an die alte Frau schmiegend. »Wir müssen morgen noch darüber sprechen. Jetzt muss Mr. Murray jede Minute kommen. Finden Sie es schlecht, von mir, dass ich tanzen gehe? So bald nach der Beerdigung, meine ich?«

»Unsinn, Kind«, entgegnete Mrs. Broughton herzlich. »Ich halte gar nichts von diesen altmodischen Sitten, dass man nirgends hingehen darf, wenn man um einen lieben Menschen trauert. Im Gegenteil, Sie müssen etwas unternehmen, damit Sie wieder klare Augen kriegen. Mr. Murray ist ein sehr netter junger Mann und ein sehr guter Tänzer.«

»Ach, er tanzt himmlisch«, sagte Vicky mit Gefühl.

»Ich brauche Ihnen nicht zu sagen, dass Sie auf sich aufpassen müssen. Sie sind ja ein vernünftiges Kind«, sagte die alte Frau gütig. »Aber Sie kennen Mr. Murray erst seit vierzehn Tagen, seit er im *Old-England-Hotel* auf Ferien ist. Er scheint auch eine Menge Geld zu haben, aber, Kindchen, Sie werden vorsichtig sein, nicht wahr?«

Vicky lachte. »Wenn du nicht vorsichtig sein kannst, sei brav«, zitierte sie fröhlich. »Schon recht, Mrs. Broughton, ich werde fürchterlich vorsichtig sein und schrecklich brav. Sind Sie jetzt zufrieden?«

Eine kurze Pause entstand.

»Haben Sie etwas aus London gehört, Miss Vicky?«, erkundigte sich Mrs. Broughton, das Thema wechselnd. »Hat man schon eine Ahnung, wer der Mörder ist?«

»Ich weiß nur, dass die Polizei im Dunkeln tappt. Sie haben keine Ahnung, wer der Täter ist, und ich fürchte, sie werden niemals eine Ahnung haben. Jedenfalls irgendwer, der glaubte, dass Onkel Gussy diesen Borgia-Kopf in seinem Büro hatte, und der ihn stehlen wolle. Ein schrecklicher Gedanke, dass Onkel Gussy sinnlos ermordet wurde.«

»Die Polizei tut immer wer weiß wie klug, aber wenn es darauf ankommt, ist nicht viel los mit ihr«, erklärte Mrs. Broughton mit strenger Missbilligung. »Diesen Kerl hätten sie längst fassen sollen. Man weiß wirklich nicht mehr, wo das noch hinführt auf dieser Welt. Überfälle und Morde alle Tage! Jetzt brechen sie sogar schon ein, um Fernsehapparate zu stehlen!«

»Es ist eine merkwürdige Sache mit dem Borgia-Kopf«, verfolgte Vicky ihren Gedankengang weiter. »Mein Onkel kann ihn nicht nach London mitgenommen haben, und hier im Haus ist er auch nicht. Er muss einfach in unserer *Schwarzen Höhle* sein.«

Vicky hatte mit Mrs. Broughton zusammen am Vortag Stunden damit zugebracht, das Haus vom Keller bis zum Boden zu durchsuchen. *Old Gus* Kendricks Arbeitszimmer war besonders sorgfältig geprüft worden. Sie hatten jedes Möbelstück abgerückt, jeden Schrank Stück für Stück geleert. Vicky selbst hatte mit Hilfe von Trimble den Teppich aufgehoben und die Fußbodenbretter untersucht, nur um festzustellen, dass sie alt und dick und seit Jahren nicht entfernt worden waren.

»Wir haben immer im Spaß von Mr. Kendricks *Schwarzer Höhle* geschwatzt, meinte Mrs. Broughton, »aber ich glaube nicht mehr daran. Ich lebe hier, seit Mr. Kendrick das Haus übernahm, und wenn jemand etwas wissen müsste, dann bin ich es.«

Die Unterhaltung wurde jetzt durch die Ankunft eines eleganten Aston-Martin-Sportwagens mit einem gutaussehenden, hutlosen jungen Mann am Steuer unterbrochen. Die schmale Straße, die am See entlangführte, lag etwas unterhalb des Hauses. Eine kurze Privatauffahrt führte zum Hausportal. Der Wagen hielt, und Vicky lief ihm schnell entgegen.

»Hallo, Vicky!«, rief der junge Mann und sprang aus dem Wagen. »Unser erstes Wiedersehen seit... Mein Gott, mir kommt es vor, als seien Wochen und Monate vergangen.« Er betrachtete sie kritisch und besorgt. »Sie sehen besser aus, als ich erwartete.«

»Den ersten Schock habe ich jetzt überwunden«, erwiderte das Mädchen ruhig. »Es war lieb von Ihnen, gestern und Montag anzurufen, aber ich konnte wirklich erst heute. Erst war die Beerdigung, und dann kam Mr. Spink, der Anwalt. Gott sei Dank, ich habe keine Minute Zeit zum

Nachdenken gehabt, und jetzt bin ich froh, dass Sie mich mitnehmen. Finden Sie es sehr herzlos, dass ich mich auf das Tanzen freue?«

»So'n Unsinn, Dummchen«, sagte Harold Murray schnell. »Genau das brauchen Sie jetzt. Deshalb bitte schnell einsteigen!«, fügte er fröhlich lachend hinzu.

Harold Murray war groß, braungebrannt und sah bemerkenswert gut aus. Er hatte dunkles, welliges Haar, und wenn er lachte, zeigte er zwei Reihen herrlicher, schneeweißer Zähne, die genau so echt wie die Wellen auf seinem Kopf waren. Er trug tadellose graue Flanellhosen, ein weißes Hemd mit weichem Kragen und einen marineblauen Pullover mit dem Abzeichen seines Cricket-Clubs auf der Brusttasche.

Murray wendete geschickt, und sie fuhren in der gleichen Richtung davon, aus der er gekommen war. Die Straße führte am *Buttermere-Arms-Hotel* vorbei. Etwas weiter zurück an einem kleinen Abhang lag noch ein Hotel, aber Murray bog rechts in die Straße nach Keswick ein, die über den Newlands-Pass führt. Zwei spazierengehende Feriengäste sahen dem Wagen nach, als er an ihnen vorbeibrauste.

Vicky und ihrem Begleiter bedeuteten die Männer nichts, aber für diese beiden war zum mindesten Vicky von größter Wichtigkeit.

»Dies, mein lieber Ted, war Victoria Kendrick«, stellte der größere der beiden etwas einseitig vor.

Wie man sieht, haben wir es hier mit alten Bekannten zu tun: Mr. Frederick Charles Brody und Mr. Edward Willis, diese Woche in *Buttermere-Arms-Hotel* abgestiegen, wo sie sich den Reizen eines Ferienaufenthalts an den Cumberland-Seen hingeben - allerdings als Mr. Henry Simpson, Federhändler, und Mr. George Ryder, Großhändler. Sie waren im eigenen Wagen gekommen und verbrachten ihre Zeit mit Ausflügen an den See und leichten Klettertouren in den Bergen.

Brody hatte also sein Versprechen gehalten. Er war dem Borgia-Kopf zu seinem wahrscheinlichen Versteck nachgefahren. Als außerordentlich hartnäckiger Bursche, der in keiner Weise gewillt war, eine Niederlage hinzunehmen, war er auch mindestens ebenso vorsichtig und überlegt, wenn ihn nicht unerwartete Ereignisse zu drastischen Maßnahmen zwangen.

Im Augenblick sah er keinen Grund zu besonderer Eile. Ohne sich von vornherein auf einen bestimmten Plan festzulegen, wollte er zunächst die Lage peilen und prägte sich jede Einzelheit der Landschaft gründlich ein.

»Sie sah nicht besonders gebrochen aus, Charlie«, bemerkte Willis. »Lachte über das ganze Gesicht.«

»Du kannst von einem jungen, hübschen Mädchen nicht verlangen, dass es wie eine Trauerweide herumläuft, nur weil ihr Onkel nicht mehr mitmacht«, meinte Brody mit einem Achselzucken. »Mit der müssen wir rechnen, Ted. Sieht ganz so aus, als ob sie weiß, was sie will. Man hat schon viel zu großen Lärm um den verdammten Kopf gemacht. Sie wird ihn mit aller Kraft festhalten, um den Preis in die Höhe zu treiben.«

»Wenn sie weiß, wo er ist.«

»Idiot! Im Haus natürlich - und sie hat ihn. In London ist er nicht, das wissen wir. Er kann nur hier sein. Manchmal wird man mit Männern besser fertig als mit Frauen, aber wenn diese halbe Portion von einem Mädchen glaubt, sie kann mich übers Ohr hauen, wird sie verdammt schnell umlernen müssen.«

Inzwischen hatte Harold Murrays Wagen den Newlands-Pass längst hinter sich und fuhr im Abendsonnenschein durch Keswick. Um den Windermere-See zu erreichen, musste man einen Umweg fahren, da die steilen Hügel und Schluchten unpassierbar waren. Von Buttermere nach Windermere gab es keine direkte Verbindung. Man war gezwungen, über Keswick nach Ableside und Bowness zu fahren, wo das *Old-England-Hotel* am äußersten Ende des Windermere-Sees liegt.

Murray parkte seinen Wagen.

»Tanzen kann man erst in ungefähr einer Stunde«, sagte er, »aber eins von den Motorbooten legt gerade an. Wollen wir nicht eine kleine Fahrt auf dem See machen? Wir werden Ruhe haben, denn ich muss mit Ihnen sprechen.«

Es waren nicht viele Leute an der Anlegestelle, und das Boot legte bald wieder ab. Es fuhr nach Lakeside und würde in etwa einer Stunde nach Bowness zurückkehren - eine schöne Fahrt durch den kühlen Abend.

Vicky und ihr Begleiter hatten ein einsames Plätzchen an der Reling gefunden. Die meisten anderen Passagiere waren auf dem Oberdeck und rekelten sich in den Liegestühlen.

»Hier ist's fein«, meinte Murray. »Hier können wir in Ruhe reden. Ist der See nicht zauberhaft bei dieser Beleuchtung?«

Vicky war schweigsam. Sie kannte Harold Murray erst seit vierzehn Tagen, dies war jetzt seine dritte Ferienwoche im *Old-England-Hotel.* Sie hatte ihn dort kennengelernt. Irgendjemand aus Windermere, der mit ihm verwandt war, hatte ihn ihr vorgestellt. Seine gute Erscheinung und sein fröhliches Lachen hatten ihr von Anfang an gefallen. Sie betrachtete ihn jetzt von der Seite. Ob er nicht doch zu hübsch war? Sie wusste nichts von ihm. Murray schien eine Menge Geld zu haben und es leicht und gern auszugeben. Er interessierte sich ganz offensichtlich für sie und hatte mit allen Mitteln versucht, sich ihr immer wieder zu nähern. Umso dankbarer war sie ihm für die taktvolle Zurückhaltung, die er in den letzten fünf Tagen gezeigt hatte. Er hatte sie wohl zweimal angerufen und ihr damit sein Mitgefühl gezeigt, aber bis heute nicht versucht, sie zu sehen. Das sprach für ihn.

Murray hatte ihr erzählt, dass er Architekt sei bei einer bekannten Londoner Firma, und eine gute Stellung habe. Aber das wusste sie nur von ihm, und sie erkannte zum ersten Mal, wie sie so neben ihm an der Reling stand, dass er kaum mehr als eine Ferienbekanntschaft war. Vicky hatte ein sehr stilles Leben in *Mere Croft* geführt, und wenn sie auch ein selbständiger Mensch war und einen ausgeprägten Charakter besaß, so hatte sie doch sehr wenig Erfahrung mit jungen Männern. Harold Murrays Aufmerksamkeit schmeichelte ihr, aber mit einem sechsten Sinn spürte sie, dass sie vorsichtig sein müsse.

Völlig ohne Grund fühlte sie sich unbehaglich. Vielleicht lag es am Wetter. Eine Schwüle lag über dem See - wie an jenem Abend, da ihr Onkel ermordet worden war.

Die leichte Brise, die sie ab und zu spürten, entstand nur durch die Bewegung des Schiffes, sonst war es vollkommen windstill. Der helle Sonnenschein war einer unheimlichen und ungemütlichen Gewitterbeleuchtung gewichen. Die Bäume an den Seeufern standen regungslos, kein

Blättchen rührte sich. Es war bleiern schwül, und über den Claife-Höhen ballten sich schwere, schwarze Wolken zusammen.

»Ich hoffe, dass wir zurück sind, ehe es losgeht«, sagte Vicky, die sich plötzlich verlassen und verschüchtert fühlte.

»Hier kann uns nichts passieren, wenn es losgeht. Massenhaft Platz unter Deck.« Murray betrachtete den Himmel mit kritischen Blicken. »Vermutlich zieht das Wetter in Richtung Coniston ab. Aber hier in den Bergen weiß man es nie. Wir sind jedenfalls für die nächste Zeit sicher.« Plötzlich wurde auch ihm die unbehagliche Stimmung bewusst. »Was ist los, Vicky? Traurig?«

»Ich habe ein schlechtes Gewissen«, gab sie mit scheuem Lächeln zurück. »Wegen des Tanzens, meine ich. Vielleicht sollte ich Sie doch bitten, mich...«

»Aber natürlich, Kind. Wenn Sie so darüber denken, ist der Fall für mich erledigt. Es wird ziemlich dämmrig sein, wenn wir zurückkommen, und wir können uns still in den Hotelgarten setzen. Ehrlich gestanden, mir wäre das sogar...«

»Ach nein, wir wollen doch lieber tanzen«, fiel Vicky schnell ein, als sie das Zittern in seiner Stimme bemerkte.

»Wie ist's gegangen in London?«, erkundigte sich Murray, das Thema ohne Überleitung wechselnd. »Ich las in der Zeitung, dass Chefinspektor Cromwell den Fall bearbeitet. Er soll der beste Mann im Yard sein.«

»Jedenfalls sieht er nicht so aus«, erklärte Vicky mit einer komischen kleinen Grimasse. »Er brummt die ganze Zeit und ist schrecklich kurz angebunden, und außerdem trägt er einen blauen Anzug, der überall glänzt und seit Jahren in den Ruhestand gehört. Trotzdem - ich mag ihn gern, und sein Adlatus ist ein ganz hinreißender junger Mann. Sie würden niemals glauben, dass er Kriminalbeamter ist, wenn Sie ihn sähen.«

»Und der geschäftliche Kram? Die Rechtsanwälte, meine ich. Ich hoffe doch, dass gut für Sie gesorgt ist, Vicky?«

»Mr. Spink, er ist der Chef der Firma Spink und Tutmouse in Lincolns Inn, war sehr freundlich zu mir und sehr geduldig«, sagte sie warm. »Er hat die Beerdigungsformalitäten erledigt und mich zu Onkel Gussys Bank begleitet. Nur mit dem Borgia-Kopf, das ist eine komische Geschichte, Harold«, fuhr sie nachdenklich fort und legte ihre hübsche Stirn in ernste Falten. »Er muss im Haus sein. Ich weiß doch, dass mein Onkel ihn nicht mit nach London genommen hat, und ich bin ziemlich sicher, dass dieser Italiener ihn nach *Mere Croft* brachte. Mein Onkel fuhr drei oder vier Tage vor dessen Ankunft nach London, und Sie wissen ja, was er da machte.«

»Woher in aller Welt soll ich das wissen?«

»Er hat fünfunddreißigtausend Pfund abgehoben«, sagte Vicky mit feierlicher, ehrfurchtsvoller Stimme. »Mr. Spink meint, das sei sonst nie vorgekommen. Mein Onkel soll immer größere Beträge per Scheck bezahlt haben. Aber dieses Mal hob er fünfunddreißigtausend Pfund ab, Harold.«

»Die hat der Italiener für den Kopf bekommen, das ist klar«, warf Murray ein, »es sei denn, das Geld ist noch im Haus.«

»Aber es ist nicht da«, unterbrach ihn Vicky. »Wir haben es jedenfalls nicht gefunden. Es könnte in der *Schwarzen Höhle* sein, aber auch das ist unwahrscheinlich. Er hat den

Borgia-Kopf damit bezahlt und sollte fünfzigtausend Pfund von Mr. Dodd dafür bekommen.«

»Macht fünfzehntausend Pfund Provision für ein einziges Geschäft. Ganz nettes kleines Taschengeld.«

»Nicht wahr? Es kommt einem schrecklich viel vor. Aber vielleicht hatte mein Onkel schon vorher eine Summe hinterlegt. Ich weiß nur eines sicher, einen hübschen Teil dieser Provision wollte er mir schenken. Wie oft hat er mir in den letzten Wochen erzählt, dass ich eine Überraschung erleben würde...« Ihre Augen füllten sich mit Tränen. »Mein Gott! Eine Überraschung habe ich erlebt, und was für eine. Armer Onkel Gussy! Und nichts hat er erreicht, nur sein Vermögen um fünfunddreißigtausend Pfund verringert.«

»Das kann man noch nicht sagen, Vicky. Der Unglückskopf muss ja im Hause sein, und wenn Sie ihn finden, wird Mr. Dodd sofort bezahlen.« Murrays Augen glänzten vor Erregung. »Ach, Vicky, ich würde mich so gern in *Mere Croft* umsehen. Ich mit meinen Architektenaugen könnte vielleicht etwas entdecken, was Ihnen entgangen ist, eine Unstimmigkeit in den Mauern etwa.«

»Daran habe ich noch gar nicht gedacht!«, rief Vicky lebhaft aus. »Würden Sie das übernehmen, Harold?«

»Natürlich, sagte ich doch eben, mit Begeisterung. Feine Sache! *Der Schatz von Mere Croft*... Und ich werde nach ihm graben«, fügte er in jungenhaftem Enthusiasmus hinzu. »Ich reg' mich jetzt schon maßlos auf. Aber von den fünfunddreißigtausend Pfund abgesehen, Vicky, Sie sind doch einigermaßen gesichert?«, erkundigte er sich mit forschendem Blick.

»Mr. Spink sagt, dass mein Onkel mir alles vermacht hat, *Mere Croft*, die Galerie und einen unvorstellbar großen Haufen Geld auf der Bank. Mr. Spink behauptet, dass ich reich bin.«

Murray sah sehr befriedigt aus.

»Das ist ja prächtig«, sagte er mit deutlicher Erleichterung. »Ich hatte Angst, dass der alte Knabe seine ganzen Ersparnisse abgehoben hätte, um diesen blöden Kopf zu kaufen und dass Sie mehr oder weniger in den Mond schauen müssten. Mein Gott, Vicky, das freut mich wirklich.«

Sie sah in sein gerötetes und erregtes Gesicht und fühlte wieder einmal leise Zweifel in sich aufsteigen. Seine offensichtliche Freude über ihre gute Vermögenslage löste ein Warnsignal in ihr aus. Wirklich, sie wusste einfach nichts von ihm, nichts außer dem, was er ihr selbst erzählt hatte...

»Darf ich morgen rüberkommen?«, fuhr Murray eifrig und ahnungslos fort. »Ich finde, weitere fünfunddreißigtausend Pfund schaden niemandem. Dieser Amerikaner nimmt den Kopf mit Handkuss, lassen Sie mich morgen rüberkommen und alles ansehen.«

»Es ist zu dumm«, sagte Vicky. »Diese alte *Schwarze Höhle*. Der Name allein ist schon kindisch. Aber ich war ja noch ein Kind, als wir ihn erfanden, um Onkel Gussy aufzuziehen. Jetzt fange ich an zu zweifeln, ob dieses Geheimversteck überhaupt existiert. Ich habe überall gesucht.«

»Das Haus ist doch sehr alt, nicht wahr?«

»Zwei- oder dreihundert Jahre wahrscheinlich. Es war ganz verfallen, als Onkel Gussy es kaufte. Damals war ich noch klein und habe es im ursprünglichen Zustand nicht gesehen. Aber ich weiß, dass er Tausende für die Instandsetzung ausgegeben hat. Es ist vollständig renoviert worden.«

»Und dabei kann er leicht einen Geheimtresor angelegt haben. Sie wissen nur nichts davon, weil Sie nicht da waren, als das Haus umgebaut wurde. Das gleiche gilt für Mrs. Broughton und das Personal.«

»Natürlich, Sie können recht haben«, stimmte Vicky zu. »Wenn Onkel Gussy an Altersschwäche gestorben wäre oder an irgendeiner Krankheit, hätte er mir sicher gesagt, wo die *Schwarze Höhle* ist. Oder er hätte Mr. Spink eingeweiht. Aber als wir jetzt nach London fuhren, war er frisch wie ein Fisch im Wasser und voller Lebensfreude und guter Laune. Wie sollte er ahnen, dass er in den Tod fuhr. Natürlich hat er niemandem etwas gesagt. Er hat nicht einmal ein Testament gemacht. Ich erbe sein Vermögen, weil niemand anderes da ist. Ich bin seine einzige Verwandte.«

»So ein plötzlicher Tod ist fürchterlich«, sagte Murray mitfühlend. »Aber wir müssen nun zusehen, wie wir ohne die Hilfe Ihres Onkels zurechtkommen. Ich will wirklich nicht angeben, Vicky, aber es könnte doch sein, dass ich etwas sehe, was Ihnen niemals aufgefallen wäre. Dabei fällt mir ein - was ist denn mit dem Architekten, der den Umbau vornahm? Der müsste doch eigentlich etwas über die *Schwarze Höhle* wissen.«

Vicky schüttelte den Kopf. »Mr. Spink hat daran gedacht und sich mit der Firma in Verbindung gesetzt. Nichts zu machen. Sie haben meinem Onkel auf Verlangen sämtliche Pläne ausgehändigt und wissen nichts.«

»Dann muss einer der Handwerker das Versteck eingebaut haben.«

»Auch daran hat Mr. Spink gedacht«, gab Vicky lächelnd zurück, »aber die Arbeiten wurden vor dem Krieg ausgeführt, und die Baufirma hat jetzt lauter neue Leute und kein Ahnung, wo sie die alten finden könnte, die damals hier waren. Die meisten sind im Krieg gewesen, einige wahrscheinlich gefallen. Sie sehen, dass wir alles versucht haben, aber es ist bis jetzt nichts dabei herausgekommen.«

»In diesem Fall«, sagte Murray mit verändertem Optimismus, »müssen wir die blöde Höhle selber finden. Ich darf doch morgen kommen, Vicky?«

Sie konnte nur Zusagen, und bis zum Schluß der Fahrt war Murray freudig erregt und voller Tatendrang.

Der Rest des Abends verging sehr schnell und angenehm für Vicky. Der Tanzabend im *Old-England-Hotel* war eine fröhliche, übermütige Veranstaltung. Die Feriengäste, meistens junge Leute, vergnügten sich und lachten. Der Saal war schön, die Musik ausgezeichnet und der ganze Abend voll unbeschwerter Ferienstimmung. Für Vicky genau die richtige Umgebung, alle ihre Zweifel zu vergessen.

Harold Murray tanzte ausgezeichnet, und sie hatte das Gefühl, durch den Ballsaal zu schweben. Als sie das Hotel verließen, war sie sehr glücklich und angenehm müde, und die kühle Luft erfrischte ihr erhitztes Gesicht. Mitternacht war vorüber, und eine kleine Brise hatte sich erhoben. Es blitzte so heftig, dass es aussah, als würde der Himmel in zwei Teile gespalten. Ein langer, grollender Donner folgte. Man konnte die ersten schweren Regentropfen fallen hören.

»Sieht so aus, als ob wir es jetzt gründlich abbekommen sollten«, sagte Murray, als er Vicky unterhakte, um sie zum Wagen zu führen.

Das Gewitter war offenbar um den See herumgezogen. In den letzten Stunden hatte es Windermere verschont, aber jetzt rächte es sich dafür mit doppelter Gewalt. Die beiden hatten kaum den Wagen erreicht, als ein Wolkenbruch herunterprasselte.

»Puh! Das war Rettung in letzter Minute«, rief Vicky atemlos. »Wir wären bis auf die Haut nass geworden. Können Sie bei diesem Wetter überhaupt fahren, Harold?«

Er lachte. »Kinderspiel gegen das, was ich letztes Jahr beim Rennen in Monte Carlo erlebte«, sagte er wegwerfend.

»Waren Sie dabei? Jede Wette, dass Sie als letzter ankamen.«

»Um der Wahrheit die Ehre zu geben, als erster«, sagte Murray mit offensichtlicher Verlegenheit, die er mit Forschheit zu verdecken suchte. »Tut mir leid, Sie zu enttäuschen.«

Einen Augenblick kam es ihr in den Sinn, dass er aufschneiden könne. Sie besaß keine Möglichkeit, seine Angaben zu prüfen. Von der Monte-Carlo-Fahrt hatte sie nur ganz unbestimmte Vorstellungen. Es schien ihr eine Angelegenheit zu sein, bei der eine Anzahl geistig minderbemittelter Leute in sinnlos unbequemer Weise durch Europa rasten, und sich und andere totfuhren.

Aber zum mindesten bewies Murray jetzt, dass er ein erstklassiger Fahrer war. Er steuerte den Aston-Martin-Sportwagen mit überlegener Gelassenheit in der losgelassenen Hölle dieser Gewitternacht durch Keswick, über den gefährlichen Pass und hinunter nach Buttermere. Der Sturm raste mit fast unglaublicher Wut, während sie die schlimmsten Stellen des Passes überquerten, aber Murray blieb ungerührt und behielt den Wagen mühelos in der Hand. Vicky konnte die Straße nicht mehr erkennen. Die Wassermassen, die an der Windschutzscheibe herniederströmten, nahmen jede Sicht. Murray schien das nicht zu stören. Hin und wieder fuhr er etwas langsamer, das war alles.

Als sie endlich in *Mere Croft* ankamen, hatten Donner und Blitz aufgehört, aber der Sturm trieb noch immer den strömenden Regen vor sich her. Vicky kroch aus dem Wagen und rannte zur Haustür. Murray erreichte sie gerade, als sie ihren Schlüssel gefunden und die Tür aufgeschlossen hatte.

»Himmlische Heerscharen«, stöhnte Vicky atemlos und stürzte in die schwach erleuchtete Diele. »Schnell, Harold, kommen Sie herein, und machen Sie die Tür zu.«

Er kam der Aufforderung nach, hatte aber einige Mühe, die Tür zu schließen. Als er sie endlich ins Schloss gedrückt hatte, und Sturm und Regen ausgeschlossen waren, atmete er auf und sagte mit einem verlegenen Lächeln: »War nicht vorgesehen, dass ich noch reinkommen sollte - jedenfalls nicht um diese Stunde, noch dazu, wo alle schon schlafen.«

»Ich habe Mrs. Broughton gesagt, dass sie nicht auf mich warten soll...« Vicky zögerte einen Augenblick. »Aber Sie können unmöglich zurückfahren, ehe der Sturm nicht nachlässt. Kommen Sie, Harold, wir wollen etwas trinken. - Was mag denn das sein?«, fuhr sie fort, nahm ein Telegramm von dem alten Eichentisch, riss es auf und zog ein

Gesicht. Es war von Mr. Preston Dodd und am gleichen Abend in London aufgegeben.

Stillschweigen unverständlich. Ist Kopf gefunden? Bin besorgt. Warum keine Nachricht? Will Geschäft abschließen.
Möchte morgen nach Buttermere kommen. Bitte Rückantwort.
Preston Dodd.

»Was werden Sie antworten?«, fragte Murray, nachdem auch er das Telegramm gelesen hatte.

»Ich will diesen Dodd nicht im Haus haben und mir jede Minute anhören, wem der Kopf gehört und dass ich ihn herbeizuschaffen habe«, sagte Vicky. »Ich werde ihn mit irgendeiner Ausrede abschieben. Und jetzt wollen wir uns was zu trinken suchen.«

Sie gingen in das gemütliche Wohnzimmer, und Murray machte sich einen Whiskysoda zurecht, während Vicky einen Sherry trank. Er goss seinen Whisky in einem Zug herunter und setzte sich neben Vicky auf die Couch. Seine Augen blitzten vergnügt.

»Was für ein schönes altes Haus«, rief er aus und ließ seine Blicke durch den ganzen Raum wandern. »Hier allerdings ist alles ziemlich neu, die Täfelung jedenfalls. Es bleibt jedem überlassen, dahinter zu vermuten, was ihm Spaß macht. Es wird herrlich werden, das Haus zu untersuchen, und es wird Tage dauern.« Er sah Vicky forschend an. »Es ist Ihnen doch recht, wenn es Tage dauert, oder nicht?«

»Ich hatte mir gedacht, dass Sie es morgen einmal durchgehen könnten«, wich Vicky aus und rückte etwas von ihm ab. »Vielleicht ist es doch besser, wenn Sie jetzt gehen, Harold. Es ist ziemlich spät, und Mrs. Broughton hat so altmodische Ansichten...«

»Ach, die schläft ja fest in ihrem Bett«, unterbrach er sie und ergriff ihre Hand. »Wirklich, Vicky, Sie haben noch niemals so bezaubernd ausgesehen, und das will etwas heißen. Ich darf Ihnen doch sagen, dass ich Sie wahnsinnig bewundere? Ich meine die Art, wie Sie Haltung bewahrt haben in dieser ganzen schrecklichen Geschichte. Sie sind nämlich ganz großartig, sozusagen ein ganz großes, winzig kleines Mädchen.«

»Ich bin scheußlich müde, Harold, und...«

Murray konnte nichts mehr aufhalten. »Mich hat's erwischt, Vicky«, rief er mit leuchtenden Augen, »wie die Grippe im Frühling. Ich kenne einen Haufen Mädchen, aber nicht eine einzige ist so wie Sie. Kein Engel vom Himmel kann auch nur halb so himmlisch sein...«

»Bitte, Harold, keine Dummheiten reden«, unterbrach sie ihn und sprang vom Sofa auf. »Bitte, bitte nicht. Das ist nicht fair. Ich hätte nie gedacht, dass Sie die Situation so ausnützen würden.«

Murray sah niedergeschmettert aus.

»Tut mir leid, Liebes«, murmelte er, sehr blass geworden. »Ich weiß wirklich nicht, was mit mir los ist. Ich konnte einfach nicht anders. - Tief beschämt - am Boden zerstört - bitte demütig um Verzeihung - und so weiter, und so weiter. Ich glaube wirklich, dass ich jetzt schnellstens verschwinde.«

Seine ehrliche Bestürzung rührte sie.

»Der Regen hat auch nachgelassen«, sagte sie nach einem Blick aus dem Fenster. Dann sah sie ihm ruhig lächelnd in die Augen. »Möchten Sie noch einen Whisky? Für die Rückfahrt?«

»Nein, danke, nichts mehr. Und es tut mir so furchtbar leid. Darf ich trotzdem morgen kommen?«, fragte er etwas unsicher und ängstlich. »Ich könnte gleich früh erscheinen und anfangen.«

»Natürlich dürfen Sie«, beruhigte ihn Vicky lachend.

Die unangenehme Spannung war vorüber. Sie gingen zusammen in die Diele hinaus, und Vicky öffnete die Eingangstür. Erstaunlicherweise hatte es wirklich aufgehört zu regnen. Der Mond schien, und der Himmel war klar.

Murray machte keinen Versuch, ihr einen Gutenachtkuss zu ge- ben, obwohl sie ganz bereit dazu gewesen wäre. Er ging sofort zu seinem Wagen und stieg ein.

»Schlaf schön«, sagte er weich. »Auf Wiedersehen - morgen.«

Er drückte auf den Anlasser. Man hörte das Surren, aber das war auch alles. Der Motor sprang nicht an. Murray versuchte es immer und immer wieder.

Vicky wartete auf der Türschwelle, und die alten Zweifel meldeten sich leise und beharrlich von neuem.

Sechstes Kapitel

Wie schon erwähnt, hatte Vicky keine großen Erfahrungen mit Männern - und schon gar keine schlechten. Aber sie hatte immerhin eine Menge Filme gesehen und viele moderne Romane gelesen. Wenn der Wagen eines seit kurzem schwerverliebten jungen Mannes sich ohne ersichtlichen Grund plötzlich weigert anzuspringen, hatte sie das Gefühl, dass ein Stirnrunzeln am Platz war.

Zugegeben, der Wagen hatte nicht gebockt, als sie den einsamen Newlands-Pass überquerten. Das hätte in jedem der ihr bekannten Romane geschehen können. Harold Murray hatte sie tatsächlich ohne Aufenthalt nach Hause gebracht. Aber könnte dies hier nicht eine noch viel genialere Erfindung sein? So stand sie voller Zweifel und mit leisem Unbehagen auf der Schwelle, während Murray langsam, aber sicher seine Batterie verbrauchte.

»Verflucht!« hörte sie ihn murmeln. Dann kletterte er aus dem Wagen. »Muss vielmals um Entschuldigung bitten«, fuhr er zu ihr gewendet fort. »Der alte Omnibus hat mich noch nie versetzt. Weiß nicht, was los ist.«

»Sind Sie sicher, dass Sie den Zündschlüssel umgedreht haben?«, fragte sie mit Betonung.

»So blöd bin ich schließlich noch nicht«, meinte er bekümmert, hob die Kühlerhaube auf und bastelte am Vergaser herum. Dann versuchte er es noch einmal. Der Motor sprang nicht an.

»Da soll doch der Teufel... Der Karre fehlte nichts, als wir hier ankamen. Batterie ist auch in Ordnung... Massenhaft Benzin... und nicht in Gang zu kriegen.«

Vicky verstand nichts von Autos. Ihr Onkel hatte ihr zwar einen kleinen Wagen geschenkt, aber sie hatte sich nie für sein Innenleben interessiert. So konnte sie die Lage nicht beurteilen, und das unbehagliche Gefühl blieb. Es konnte ja nicht schwer sein, einen Draht abzumontieren, oder was man in solchen Fällen machen musste, und dann zu erklären, man säße fest. Vielleicht tat sie ihm unrecht, aber wie die Dinge lagen, konnte sie sich nicht von ihrem Verdacht frei machen.

»Mir scheint, dass Sie ziemlich sinnlos Ihre Batterie ruinieren, Harold«, sagte sie endlich. »Ich würde Ihnen meinen Wagen borgen, aber er ist in Reparatur. Sie werden wohl wieder reinkommen müssen.«

»Er muss anspringen«, sagte er wild. »Das ist ja idiotisch. Wenigstens will ich noch versuchen, ihn anzuschieben.«

Wenn er ihr etwas vormachte, dann jedenfalls in vollendeter Form. Er stieg aus dem Wagen und machte sich daran, ihn anzuschieben. Aber der Motor weigerte sich hartnäckig.

»Hat keinen Zweck, tut mir leid«, stöhnte er ganz außer Atem und gab endlich auf. »Ich muss mich geschlagen geben.« Er richtete sich auf. »Kann ich den Wagen bis morgen früh hier stehenlassen? Nichts zu machen, ich muss laufen.«

Sein heroischer Entschluss, die vielen Kilometer bis nach Bowness in den frühen Morgenstunden über die Berge zu wandern, hatten Vickys Verdacht in keiner Weise zerstreut. Im Gegenteil, er nahm zu. Würde er angeboten haben, nach Bowness zurückzulaufen, wenn die Panne echt war? Es sah ganz nach einem Wink mit dem Zaunpfahl aus, ihn für die Nacht dazubehalten.

»Kommen Sie rein, Harold«, wiederholte sie.

Unzählige Entschuldigungen stammelnd, folgte er ihr in die Diele, und als sie ihn im Licht der Lampe betrachtete, kam ihr seine Verzweiflung so echt vor, dass ihre Unruhe nachließ. Sie war ja auch nicht allein im Haus und hatte kräftige, junge Lungen.

»Es ist ausgeschlossen, dass Sie den ganzen Weg zum Hotel laufen«, erklärte sie. »Ich frage mich nur, ob ich Mrs. Broughton wecken soll. Das Fremdenzimmer wird wohl in Ordnung sein...«

»Kommt überhaupt nicht in Frage«, protestierte Murray unglücklich. »Um Gottes willen, keine Umstände. Die Couch im Wohnzimmer genügt vollkommen. Und vielen Dank noch, Vicky, dass ich bleiben darf. Ich gebe offen zu, der Spaziergang hat mich nicht sehr gelockt.«

Vicky beschloss, die Haushälterin nicht zu wecken, gleichzeitig aber dieses Tete-á-tete so schnell als möglich zu beenden, ehe der zurzeit ganz klein gewordene Murray wieder auf Abwege geriet. Sie führte ihn deshalb sofort nach oben in das Gästezimmer und stellte erfreut fest, dass das Bett bezogen und alles in Ordnung war.

»Ich glaube, Sie haben alles, was Sie brauchen, Harold. Gute Nacht. Zum Frühstück werde ich Sie rechtzeitig rufen lassen.«

Harold Murray hätte begriffsstutzig sein müssen, um die Steifheit nicht zu bemerken, mit der sie sich von ihm verabschiedete.

»Was ist los, Vicky?«, erkundigte er sich. »Ich weiß, dass es eine Unverschämtheit ist, mich so aufzudrängen, aber...«

Sie lächelte ihm beruhigend zu. »Macht nichts, Harold, aber es ist sehr spät, und ich bin rechtschaffen müde. Vielen, vielen Dank noch für den wunderschönen Abend.«

Sie gab ihm einen warmen Händedruck und bemerkte, dass er vor Freude und Erleichterung ganz rot wurde. Im nächsten Augenblick hatte sie die Tür hinter sich geschlossen und blieb aufatmend auf dem Gang stehen. Dann drehte sie sich entschlossen um, ging nach unten, verschloss alle Türen und löschte die Lichter. Aber immer noch und obwohl sie sehr müde war, begleitete sie ein Gefühl der Unsicherheit.

Beim Ausziehen ging sie den ganzen Abend noch einmal in Gedanken durch. Bis auf das eine Mal hatte sich Harold einwandfrei benommen. Aber was wusste sie von ihm? Immer noch nichts. Auch, als sie im Bett lag und das Licht gelöscht hatte, konnte sie keinen Schlaf finden.

Murrays lebhaftes Interesse für die *Schwarze Höhle* fiel ihr ein. War der Wagen wirklich nicht in Ordnung, oder hatte er nur einen Vorwand gesucht? War er verliebt in sie, oder hatte er andere Gründe, ihr den Hof zu machen? Sein lebhaftes Interesse für ihre finanzielle Lage war offensichtlich. Sie hatte nicht vergessen, wie befriedigt er ausgesehen hatte, als sie ihm von ihrem Reichtum erzählte.

Vergeblich versuchte sie einzuschlafen, ihre Zweifel hielten sie wach.

Hätte sie in Murrays Zimmer sehen können, wäre ihr Verdacht nicht gerade gemildert worden! Der junge Mann war nicht einmal ausgezogen. Er ging im Zimmer auf und ab und rauchte. Außerdem sah er bemerkenswert aufgeregt aus. Jedenfalls benahm er sich nicht wie ein Mann, der nach einem ermüdenden Abend und einer ärgerlichen Autopanne Erholung im Schlaf sucht.

Und wie sah es zur gleichen Zeit im *Buttermere-Arms-Hotel* aus? Auch hier zwei vollständig angezogene Männer, von denen der eine sehr nervös war und eine Zigarette nach der anderen ansteckte, während der andere ruhig und vollständig unbeeindruckt in seinem Sessel saß.

»Bald zwei Uhr, Red, wir müssen los.«

»Mir gefällt die Sache nicht, Charlie. Ich hab' dir immer schon gesagt, dass es Wahnsinn war hierherzukommen und dass es noch wahnsinniger ist, heute Nacht in *Mere Croft* einzubrechen. Nicht unsre Masche, Charlie, und du weißt ja, wenn man nicht bei seiner Masche bleibt, geht's schief.«

»Du bist ein Esel, Ted. Du glaubst doch nicht, dass ich jetzt all die Wochen vertrödelt und das ganze verdammte Geld auf den Kopf gehauen habe für nichts und wieder nichts. Wenn der verfluchte alte Kendrick den Kopf nach London mitgenommen hätte, wie es sich gehört, dann hätten wir das Ding in fünf Minuten gehabt und wären jetzt fein raus. Nur weil dieser alte Trottel eine Idee hatte und den Kopf Gott weiß wo hier versteckte, ist alles schiefgegangen. Was kann denn ich dafür? Aber das heißt noch lange nicht, dass ich die Segel streiche. In dem Kopf steckt ein Vermögen. Und ich soll es mir entgehen lassen?«

»Aber was hast du denn davon, nach *Mere Croft* zu gehen? Der Kopf ist da - gut. Aber wo? Wir können doch nicht das ganze verfluchte Haus auseinandernehmen.«

»Er muss in Kendricks Arbeitszimmer sein, wenn er überhaupt da ist. Das muss doch sogar dir einleuchten.

Der misstrauische alte Knabe hat ihn irgendwo in einem Safe versteckt. Und den müssen wir finden.«

»So'n Einbruch, Charlie, ist nicht unsre Masche«, jammerte Willis beharrlich weiter. »Du wirst schon sehen, was wir davon haben. Wir fallen rein damit, das weiß ich jetzt schon. Wart lieber ab und dreh das Ding auf deine alte Tour. Musst immer schön bei deiner Masche bleiben. Mein alter Grundsatz.«

»Und Grundsätze hat er auch noch! Da kann einem ja schlecht werden. Hör bloß auf. Hätt' ich dich doch nicht mit hier raufgebracht. Hat der Mensch Worte? Jammert wie 'n Säugling nach der Flasche. Noch mehr so'n Gewinsel, und mit dir geht's ab nach London. Du weißt schon, was das heißt.«

Willis wusste es und verstummte, denn das hieß nichts anderes, als dass sein Anteil zum Teufel ging. Seine Rolle bestand darin, Brody blindlings zu unterstützen, aber jetzt war er mehr Hindernis als Stütze. Brody selbst war sattelfest in jeder Beziehung. Intelligent, geistesgegenwärtig und sicher, verstand er es, sich in jeder Gesellschaft zu benehmen. Er besaß einen kühlen, scharfen Verstand. Wie oft hatte er es schon bedauert, sich mit einem solchen Trottel eingelassen zu haben, aber für die schmutzige Arbeit war Willis oft sehr brauchbar, und noch niemals vorher hatte er so jämmerlich die Nerven verloren. Es lag nur daran, dass es diesmal nicht der übliche Trick war. Verbrecher seiner Klasse hatten eben einen beschränkten Horizont.

»Ich möchte nur wissen, was dir in die Knochen gefahren ist«, fuhr Brody verdrießlich fort. »Wir wohnen in diesem piekfeinen Hotel wie zwei ganz gewöhnliche Feriengäste. Ich bin Henry Simpson und handle mit Leder, und du bist George Ryder und Grossist. Die harmloseste Sache von der Welt. Zwei Freunde, die ihre Ferien zusammen verbringen. Nicht mal in London sind sie hinter uns her. Was willst du bloß? Ich kann es einfach nicht verstehen. Diese Scotland-Yard-Leute haben keine Ahnung. Nicht eine einzige Spur haben wir hinterlassen, und kein Mensch kann uns was anhaben. Dies Hotel ist goldrichtig für uns. Altmodisch, schrecklich vornehm und wenig Gäste. Im Augenblick schläft die ganze Bude, und wir können raus- und nachher wieder reinspazieren, ohne dass eine Seele etwas merkt. Kommst du jetzt mit oder lässt du's bleiben? Du musst ja wissen, was du tust, ich jedenfalls gehe gleich.«

»Wie redest du denn bloß mit mir?«, beklagte sich Willis. »Du weißt genau, dass ich zur dir halte. Ich will bloß nicht, dass du wieder was Dummes machst.«

Brody gab gar keine Antwort und ging aus dem Zimmer. Er dachte nicht daran, sich wie ein Idiot zu benehmen und etwa aus dem Fenster zu steigen. Sie schlichen sich leise die Treppen hinunter, Brody riegelte die Eingangstür auf, ließ Willis vorgehen und schloss sie lautlos hinter sich. Das war alles.

»Kleinigkeit«, flüsterte er zufrieden.

»Aber was ist, wenn uns die Leute im Hotel gehört haben?«

»Was soll denn sein? Das Unwetter hat uns gestört. Wir konnten nicht mehr schlafen. Gleich nach dem Gewitter haben wir uns zu einem Mondscheinspaziergang entschlossen. Wir sind doch keine Gefangenen in dem verdammten Kasten. Wir bezahlen unser Zimmer, und wir können Spazierengehen, wann es uns passt.«

»So wie du das erklärst, klingt es ganz richtig«, gab Willis zögernd zu. »Das Hotel ist mir auch egal. Aber was wir jetzt machen wollen - Einbrechen, weißt du, es ist nicht unsre Masche, Charlie! Und du wirst's erleben...«

»Verflucht!«, schrie Brody völlig außer sich. »Ich hab' dir doch gesagt...«

»Ich weiß, ich weiß«, japste Willis erschrocken. »Ist mir auch nur so rausgerutscht.«

»Einbrechen! Lächerlich! Ich hab' schon alles rausgefunden«, sagte Brody. »Ich weiß, wo Kendricks Arbeitszimmer ist. Und wer ist denn schon im Haus? Nur das Mädchen, eine alte Haushälterin, ein paar Dienstmädchen und ein vertrottelter alter Butler. Du kannst ruhig sagen, nichts als Frauen. Der Butler zählt nicht. Und zu dieser Stunde schlafen sie alle wie die Murmeltiere.«

Bei den folgenden Ereignissen sollte der Zufall eine große Rolle spielen. Wenn Brody und Willis sich dem Haus von der Straße her genähert hätten, wäre es ihnen unmöglich gewesen, Murrays Wagen zu übersehen. Sie hätten sich die Sache zweifellos überlegt und vermutlich das ganze Unternehmen abgeblasen. Der Wagen war ja ein Beweis, dass sich noch andere Leute im Haus befanden und möglicherweise weniger hilflose als ein paar Frauen und der alte Butler.

Aber Brody und Willis vermieden die Straße. Kurz bevor sie *Mere Croft* erreichten, zwängte sich Brody durch eine Hecke und führte Willis über eine kleine Wiese. Eine Minute später betraten sie den Garten, und von hier aus war die Einfahrt nicht zu sehen. Ein hohes Rhododendrongebüsch behinderte die Sicht. Das Haus lag still und dunkel vor ihnen. Eine schwarze Wolkenbank verdeckte den Mond. In keinem Fenster war Licht. Im Hintergrund erhoben sich dunkel und drohend die Berge.

Dem geschickten Brody fiel es nicht schwer, eine der Verandatüren in Kendricks Arbeitszimmer einzudrücken. Dazu brauchte man wirklich nicht Einbrecher von Beruf zu sein. Durchschnittliche Intelligenz, kräftige Finger und das entsprechende Werkzeug genügten vollkommen, und Brody besaß dies alles.

Vorsichtig stiegen sie in das Zimmer.

Im Hinblick auf die folgenden Ereignisse muss man die beiden wider Willen bedauern. Sie hatten Pech gehabt in der Galerie Kendrick, und jetzt hätten sie sich unmöglich eine ungünstigere Nacht aussuchen können, um in *Mere Croft* einzubrechen. Nicht nur, dass ein völlig unvorhergesehenes männliches Wesen, ein gesunder und beherzter junger Mann, sich im Hause aufhielt. Dieser junge Mann war zudem noch hellwach in seinem Zimmer auf der anderen Seite des Hauses. Unseligerweise schlief auch Vicky Kendrick nicht, und, um das Unglück vollzumachen, kamen andere Zwischenfälle hinzu, von denen noch zu berichten sein wird.

Es war reiner Zufall, dass Harold Murray, kurze Zeit nachdem Willis und Brody das Arbeitszimmer betreten hatten, endlich zu einem Entschluss kam. Murray hatte nichts gehört und keinen Grund zu Vermutungen. Er war überzeugt, dass Vicky jetzt schlief und das Erdgeschoss zu seiner ausschließlichen Verfügung stand.

Es muss zugegeben werden, dass Murray sich sehr verdächtig benahm. Er zog seine Schuhe aus und schlich sich in Strümpfen und mit äußerster Vorsicht auf den Gang.

Wenn ihn Vicky so gesehen hätte, atemlos, jeden Laut vermeidend und mit vor Erregung blitzenden Augen!

Einmal, auf dem Gang, blieb er einen Augenblick stehen und lauschte gespannt nach allen Seiten.

Kein Ton war zu hören. Das Haus schlief - oder schien zu schlafen. Vorsichtig, Schritt für Schritt, glitt Murray zur Treppe, blieb wieder stehen und versuchte, unten in der Diele etwas zu erkennen. Die Diele hatte zwei Fenster, und Murray war erstaunt, einen schwachen Lichtschein zu entdecken, der durch das eine Fenster fiel, an dem sich die Vorhänge leise zu bewegen schienen. Er war nicht ganz sicher, ob das Fenster t offen war, dazu war es unten doch zu dunkel.

Einbildung, sagte er sich. Vicky hatte das Fenster sicherlich nicht offengelassen, als sie zu Bett ging, und vorher, als sie ihn in sein Zimmer führte, hatte er bemerkt, dass beide Fenster geschlossen waren.

Langsam begann er den Abstieg.

Aber kaum hatte er seinen Fuß auf die zweite Stufe gesetzt, da krachte das alte Holz so laut, dass es ihm in der tiefen Stille ringsum wie Donnergetöse vorkam.

Er fluchte leise, aber ingrimmig und erstarrte zur Salzsäule, während sein Herz wie ein Schmiedehammer schlug. Aber alles blieb still. Keine Türen öffneten sich. Niemand schien etwas gehört zu haben. Das wilde Herzklopfen ließ nach, und er setzte seinen Abstieg mit verdoppelter Vorsicht fort. Er konnte ja nicht wissen, dass die übrigen Stufen nichts mehr verraten würden, sie waren fest und stumm. Schließlich und endlich erreichte er die Diele und verschwand im Dunkeln.

Murray irrte sich mit seiner Annahme, dass niemand ihn gehört habe. Vicky, die nach langer Ruhelosigkeit gerade anfing einzudämmern, fuhr in ihrem Bett hoch. Sie hatte das Krachen nur sehr undeutlich vernommen, aber sie kannte den Ton.

»Großer Gott!«, stöhnte sie erschrocken.

Jemand ging die Treppe hinunter. Sie kannte die verräterische Stufe von jeher. Wenn sie sich als Kind heimlich auf verbotenen Wegen befand, hatte sie diese Stufe tunlichst vermieden. Wie oft hatte sie ihren Onkel gebeten, sie in Ordnung bringen zu lassen, und ebenso oft hatte er es ihr versprochen. Aber es gibt Dinge, die niemals getan werden.

Für Vicky war der Ton nicht zu verkennen. Sie schlüpfte aus dem Bett und warf einen Morgenrock über.

Jeder Hausbewohner hätte diese Stufe vermieden. Sie kannten sie alle.

Also Murray!

Es musste Murray sein. Aber warum, in aller Welt, wanderte Murray mitten in der Nacht im Haus herum? Alle Zweifel waren wieder da.

Ich fange an, schwachsinnig zu werden, sagte sie sich. Falle auf ihn herein, nur weil er nett aussieht und wunderbar tanzt. Nach dem, was ich von ihm weiß, könnte er ebenso gut ein Gauner sein. Ich hätte ihn niemals einladen sollen. Die ganze Panne war erlogen.

Und auf dieses durchsichtige Manöver war sie mit Pauken und Trompeten hereingefallen. Kann leider den Wagen nicht in Gang bringend Lächerlich! Ein moderner Wagen benimmt sich nicht so wunderlich, er springt an, wenn man ihn startet, und damit fertig. Murray hatte also mit voller Absicht ein Scheinmanöver ausgeführt.

Aber zu welchem Zweck? Während sie lautlos zur Treppe schlich, wurde ihr heiß und kalt. Vielleicht suchte er sie, und sie hatte nicht einmal ihre Tür verschlossen vorhin. Sie hatte so fürchterliche Sachen in den Zeitungen gelesen.

Dumme Gans, rief sie sich gleich darauf zur Ordnung. Wenn er auf so was aus ist, was macht er denn dann unten im Haus?

Viel eher schien ihr Harold Murray zur Klasse der glatten, eleganten Gentleman-Verbrecher zu gehören. Er wusste von dem Borgia-Kopf, wusste, wie wertvoll er war und hatte ihr ganz offen erklärt, dass er die *Schwarze Höhle* finden könne. Das war es! Harold Murray war auf der Suche nach der *Schwarzen Höhle*.

Sorgfältig vermied sie die verräterische Stufe und stieg behutsam abwärts. Sie hatte keine Ahnung, was sie unten wollte. Sie wollte sich nur nichts gefallen lassen. Dies war ihr Haus, ihr Eigentum. Kein noch so charmanter Gentleman-Verbrecher hatte mitten in der Nacht herumzuschleichen und sie mit kaltblütiger Unverschämtheit zu bestehlen! Mit diesem Gedanken nahm sie, in der Halle angekommen, ihres Onkels knorrigen Spazierstock aus dem Ständer und biss in wilder Entschlossenheit die Zähne zusammen. Das Fenster am Fuß der Treppe stand auf. Sie wusste genau, dass sie es geschlossen hatte. Also hatte Murray es als Vorsichtsmaßnahme geöffnet.

Vicky war bis jetzt so lautlos vorgegangen, dass es Geister neidisch machen konnte. Während sie jetzt in der Dunkelheit der Diele entschlossen kommenden Ereignissen entgegensah, glaubte sie, ein leises Geräusch im Gang zum Arbeitszimmer zu vernehmen. Im nächsten Augenblick wurde sie von einer ganzen Serie höchst ungewöhnlicher Geräusche verwirrt. Sie hörte etwas rutschen, einen erschrockenen Ausruf, eine Tür, die aufsprang, und dann plötzlich einen scharfen, lauten Knall.

»Oh, du heiliger Himmel!«, stöhnte sie auf.

Entrüstung, Neugier und Schrecken befielen sie zu gleicher Zeit. Sie stürzte vorwärts, erreichte das Arbeitszimmer und fand die Tür sperrangelweit offen. Der Raum war dunkel, nur am Fenster hob sich gegen den Mondschein draußen eine Silhouette ab. Sie suchte nach dem Schalter und machte Licht. Die Silhouette am Fenster erwies sich als ein atemloser und sehr verstörter Harold Murray, dem sie nur einen einzigen Blick gönnte, denn ihre Aufmerksamkeit wurde sofort von einem Gegenstand festgehalten, der zwischen Tür und Schreibtisch auf dem Boden lag.

Es war ein Mann. Er lag mit ausgebreiteten Armen auf dem Gesicht, die Hände in den Teppich verkrampft. Sein eines Bein war in unnatürlichem Winkel vom Körper abgebogen.

Vicky schrie auf. Trotz Tapferkeit und Selbstbeherrschung schrie sie gellend.

Der Kopf des Mannes auf dem Boden war zur Seite gedreht, so dass sie das Gesicht gut sehen konnte - das Gesicht eines Toten.

Siebtes Kapitel

Harold Murray schien zu zögern. Er sah so aus, als ob er gerade im Begriff war, in die Nacht hinauszustürzen, aber durch Vickys plötzliches Erscheinen aufgehalten worden sei. Er starrte sie entgeistert an, und niemand konnte behaupten, dass er im Augenblick sehr gescheit aussah.

»Vicky!«

»Sie haben ihn erschossen«, flüsterte sie in namenlosem Grauen. »Oh, Harold, Sie haben ihn ermordet.«

»Ich? Was, zum Teufel, habe ich...«

»Wer ist es?«, fuhr sie fort, ohne auf seinen Einwurf zu achten. »Warum haben Sie ihn ermordet?«

»Großer Gott, Vicky, Sie glauben doch nicht... Vicky, Sie sind ja von Sinnen! Ich habe ihn nicht getötet.« Murray war entsetzt. »Ich habe keine Ahnung, was hier los ist. Als ich zum Fenster rannte, bin ich über etwas gestolpert. Vielleicht ist er nur verwundet... Oh, Himmel!«

Er war zu ihr getreten und konnte nun auch das Gesicht des Mannes erkennen. Ein einziger Blick genügte ihm. Er war tot, hier gab es keinen Zweifel. Eine große Blutlache bildete sich auf dem Teppich.

»Nicht, sehen Sie nicht hin«, bat Murray und drängte Vicky so sanft wie möglich zur Tür hinaus. »Mein Gott, was haben Sie denn jetzt?« entfuhr es ihm dann, denn Vicky hatte sich ganz steif gemacht und schauderte tatsächlich vor ihm zurück. »Vicky, um Gottes willen, hören Sie, Sie können doch nicht wirklich glauben... das ist doch absurd!«

Aber sie hörte nichts. Sie flüsterte mit zitternder Stimme abgerissene Worte vor sich hin. »Entsetzlich! Erst Onkel Gussy und jetzt... Und beide erschossen! Sie müssen wissen, wer es ist. Sie sind dabei gewesen. Und nur Sie können ihn umgebracht haben.«

»Ich habe ihn nicht umgebracht«, schrie er sie an. »Nehmen Sie doch endlich Vernunft an und hören Sie zu. Ich war in der Diele und sah eine Gestalt den Korridor entlang schleichen. Vielleicht habe ich Lärm gemacht, als ich mich auf sie stürzte. Es ist möglich. Ich kann mich nicht erinnern. Aber der Kerl riss die Tür auf und rannte in das Arbeitszimmer. Dann kam der Schuss, gerade, als ich in der Tür stand. Ich hab' gedacht, mein Trommelfell ist hin. Ich stürzte vor und stolperte über die Leiche. Ganz zu mir bin ich erst gekommen, als ich am Fenster stand. Aber ich habe nichts und niemanden gesehen.«

Vicky nahm all ihren Mut zusammen, kehrte in das Arbeitszimmer zurück und trat durch die Verandatür in den Garten. Harold Murray folgte ihr. Die Nacht war warm und friedlich. Still und verträumt lagen Garten und See im Mondschein. Nirgends ein Laut. Keine Schritte, die sich schnell entfernten, keine Andeutung, dass außer ihnen noch irgendjemand in der Nähe war.

»Vicky, Sie müssen mir endlich glauben«, bat Murray drängend. »Es muss jemand im Arbeitszimmer gewesen sein und diesen Mann, als er hereingestürzt kam, niedergeschossen haben. Ich hätte den Kerl sicherlich erwischt, wenn ich nicht über den Erschossenen gestolpert wäre. Das hat mich viel zu lange aufgehalten. Ich wusste auch gar nicht, was los war, und dass hier ein Toter liegt. Ich hörte nur den Schuss, und erst hab' ich gedacht, die Kugel hätte mir gegolten. Mein Gott, da fällt mir ein, vielleicht ist der Mann, als er vor mir floh und auf mich schießen wollte, irgendwo hängengeblieben und der Schuss hat ihn dann versehentlich selbst getroffen. Vielleicht war überhaupt niemand anderes mehr da.«

Er sprach so überzeugend, und seine Stimme klang so aufrichtig, dass Vicky zaghaft wieder anfing, ihm Glauben zu schenken. Entweder war das die Wahrheit, oder Harold Murray verstand es meisterhaft, sich zu verstellen - und sie wollte ihm doch so gern glauben. Während sie noch bemüht war, einen Entschluss zu fassen, kehrte Murray in das Arbeitszimmer zurück.

»Kein Revolver zu finden«, sagte er, als sie neben ihn trat. »Ich habe mich überall umgesehen, hab' auch unter der Leiche nachgeschaut. Keine Spur von einer Waffe. Es muss noch jemand dagewesen sein.«

Sie gab keine Antwort, denn an der Tür war soeben Mrs. Broughton aufgetaucht und prompt dem gleichzeitig herbeigeeilten Trimble in die Arme gesunken. Die gute alte Frau brauchte einige Minuten, um sich zu erholen.

»Der Himmel schütze uns, Miss Vicky, was ist geschehen?«, erkundigte sich der alte Mann.

»Ich weiß es nicht, Trimble.«

»Und was macht dieser Herr...«

»Sie kennen doch Mr. Murray, Trimble. Er war letzte Woche schon hier, ehe mein Onkel ... Er hat mich heute Abend von Windermere nach Hause begleitet, und dann ist sein Wagen nicht angesprungen.«

Vicky wurde ungeduldig. Sie hatte das Gefühl, Wichtigeres zu tun zu haben. Irgendetwas musste sie vergessen haben. Was war es nur...? Und plötzlich fiel es ihr ein.

»Aber natürlich! Ich muss doch die Polizei anrufen.«

Allein die Stimme des Polizeibeamten in Keswick beruhigte sie schon. Der Mann konnte sein ungläubiges Staunen nicht verbergen.

»Einen Augenblick, Miss Kendrick. Sind Sie auch ganz sicher? Ein unbekannter Mann in Ihrem Haus ermordet? Jetzt - kurz nachdem Ihr Onkel in London...? Das ist aber merkwürdig.«

»Es ist nicht merkwürdig, es ist grauenvoll!«, rief Vicky. »Aber Sie müssen mir schon glauben.«

»Entschuldigen Sie, Miss, aber...«

»Was aber? Es ist die reine Wahrheit. Bitte lassen Sie sofort jemanden herüberkommen, so schnell es geht.« Und ohne eine Antwort abzuwarten, hängte sie ein.

Zu ihrer großen Verwunderung wurde ihr plötzlich übel. Sie zitterte an allen Gliedern. Murray führte sie schnell ins Wohnzimmer und gab ihr einen ordentlichen Schluck Whisky.

»Ich glaube, ich hab' auch einen nötig«, meinte er. Nachdem sie das starke Zeug heruntergewürgt hatte, ging es besser. Murray ließ Vicky allein, öffnete die Tür und trat in den Garten hinaus. Er suchte nach Fußabdrücken, konnte aber keine finden. Der Kiesweg, der unter den Fenstern entlangführte, war so hart, dass auch der strömende Regen ihn nicht hatte aufweichen können. Vielleicht hätte ein Fachmann Spuren gefunden, Murray jedenfalls konnte nichts entdecken. Er vermied es sorgfältig, den Kiesweg zu betreten, und kehrte enttäuscht ins Haus zurück.

Mrs. Broughton machte sich im Wohnzimmer zu schaffen, Trimble schlurfte in der Diele herum, und zwei Mädchen in Morgenröcken hockten verstört am Fuß der Treppe. Der ganze Haushalt war am Rand der Hysterie... Mit einer Ausnahme: Vicky. Vicky hatte in der Zwischenzeit ihre Haltung wiedergefunden.

»Keine Fußabdrücke draußen, ich jedenfalls kann keine sehen«, meldete Murray.

»Sie sind vollständig angezogen?«, fragte Vicky kurz, ohne auf seine Worte einzugehen.

»Wie bitte?«

»Warum sind Sie angezogen?«

»Ja - also, wenn ich ehrlich sein soll...«

»Wenn Sie hinuntergegangen wären, weil Sie verdächtige Geräusche hörten, hätten Sie sich niemals angezogen«, fuhr sie schneidend fort. »Ich finde, dass Sie mir eine Erklärung schulden, Harold.«

»Ich habe ja gar keine Geräusche gehört.«

»Aber ich dafür.«

»Was heißt das, und warum sprechen Sie in diesem Ton mit mir?«

»Weil ich die Treppenstufe gehört habe und weiß, dass Sie es waren. Wir alle kennen diese Stufe ganz genau. Von uns ist sicher keiner darauf getreten.«

»Das stimmt«, gab Murray offen zu, »den Krach hab' ich gemacht und geflucht wie ein Stallknecht noch dazu. Sie haben es also gehört, Vicky. Aber Sie sehen die ganze Sache falsch, glauben Sie mir.«

»Ich will nur wissen, warum Sie vollständig angezogen nach unten gegangen sind, statt, wie es sich gehört, im Bett zu liegen.«

»Und ich will wissen, warum Sie hier dies Kreuzverhör anstellen?« brauste Murray auf. »Bin ich Ihr Angeklagter oder was? Nachdem Sie schlafen gegangen waren, habe ich dauernd an Ihre blödsinnige *Schwarze Höhle* denken müssen. Schlafen konnte ich auch nicht, und so ist mir der geistreiche Gedanke gekommen, die Gegend da unten zu besehen. Wollte die Wände ausmessen und so. Die Sache hatte mich gepackt. Ich wollte nicht bis morgen warten. Das ist der Grund. Mein Gott, ich konnte doch nicht wissen...«

»Die *Schwarze Höhle* scheint Sie ja mächtig zu interessieren.«

»Und warum soll sie nicht, zum Donnerwetter?«, rief er heftig. »Sie interessieren mich, Vicky, wenn Sie es wissen wollen. Ihnen wollte ich helfen.« Und plötzlich hatte er verstanden. »Herrgott im Himmel!«, stöhnte er erschüttert. »Sie können doch nicht im Traum glauben, dass ich Ihnen den Borgia-Kopf wegschnappen wollte?«

»Ich würde Ihnen gerne glauben, Harold, aber es ist alles etwas sonderbar. Ich will ganz ehrlich sein. Ich weiß nichts von Ihnen und...«

»Ich bin kein Mörder und auch kein schmutziger, kleiner Dieb«, sagte Murray bitter. »Sie können mir glauben oder nicht, das ändert gar nichts. Am besten warten wir die Polizei ab, und dann können Sie mich ja in sichere Obhut geben.«

»Ach, Harold, ich sage ja gar nicht...«

»Mrs. Broughton sieht mich schon an, als wäre ich ein Massenmörder, und sogar Trimble macht ein Gesicht, als ob er sich nach harten Gegenständen umschaute, für alle Fälle... Keine Angst, Trimble, ich bin ganz harmlos.«

»Sicher, sicher Mr. Murray, kein Mensch denkt...«

»Seien Sie nicht kindisch, Harold«, mischte sich Vicky ungehalten ein. »Das ist ja Wahnsinn, purer, heller Irrsinn. Wie kann man nur ein solches Zeug zusammenreden. Können Sie sich denn nicht in Ruhe unterhalten?«

»Das ist genau das, was ich die ganze Zeit tue. Ich erkläre Ihnen seit einer halben Stunde, dass ich die *Schwarze Höhle* einzig und allein Ihnen zuliebe finden wollte. Als ich runterkam, stand ein Fenster in der Diele offen und...«

»Das Fenster? Ich dachte, Sie hätten es aufgemacht.«

»Warum sollte ich? Ich habe es mir jetzt angesehen. Das Fenster muss von außen eingedrückt worden sein.« Er versank in Gedanken und zündete sich eine Zigarette an.

»Ich gebe es auf, Vicky«, fuhr er nach kurzer Pause fort. »Wer, in des Teufels Namen, hat dieses Fenster eingedrückt? Und die Verandatür im Arbeitszimmer dazu? Ich schwöre bei allem, was mir heilig ist, dass ich den Mann da nicht erschossen habe, ob Sie es nun glauben oder nicht.«

Vicky gab keine Antwort. Sie beobachtete sein Gesicht und jede Veränderung, die darin vorging, während sie gleichzeitig im Unterbewusstsein Mrs. Broughtons hysterisches Schluchzen vernahm. Sie dachte an die glücklichen Stunden, die sie mit Harold Murray verbracht hatte, an seine unerschütterliche, jungenhafte Fröhlichkeit, sein ansteckendes Lachen. Sie dachte auch an seine stille, taktvolle Zurückhaltung, als ihr Onkel starb, an seinen Eifer, ihr jeden Wunsch von den Lippen abzulesen. Er liebte sie. So etwas konnte man doch fühlen.

Ja - konnte man das wirklich? Nach diesem zweiten Unglück war sie nicht mehr sicher. Hatte er die Panne absichtlich selbst herbeigeführt? Sie wollte es nicht glauben. - Und wie sie ihn so still beobachtete, während er in nachdenklichem Schweigen seine Zigarette rauchte, schwanden auf einmal alle ihre Zweifel. Sie wusste ja, dass ihr eigenes Herz jedes Mal schneller schlug, wenn er in der Nähe war. Sie wusste, dass sie ihn namenlos bewunderte, und plötzlich wusste sie auch, dass sie ihn lieber hatte als je vorher einen Menschen auf der Welt.

Gleich jetzt musste sie es ihm sagen, dass sie zu ihm gehörte. Sie sprang von ihrem Platz auf und lief zu ihm hinüber.

»Ich glaube dir, Harold«, stieß sie atemlos und mit leuchtenden Augen hervor. »Ich glaube dir, und ich könnte mich ohrfeigen, dass ich an dir gezweifelt habe. Es ist ein fürchterliches Durcheinander. Wir wollen hoffen, dass die Polizei es bald aufklärt.«

Harold Murray hielt Vickys Hand mit beiden Händen fest.

»Danke, Vicky«, sagte er einfach. »Was die anderen denken, ist mir ganz egal. Nur du darfst mich nicht im Stich lassen. Das wäre das Ende.«

Vickys Augen strahlten. Sie hatte sich entschieden, und sie fühlte sich namenlos erleichtert. Der Alpdruck war von ihr genommen. Sie wusste nur zu gut, dass Mrs. Broughton und der alte Trimble mit ihr nicht einverstanden waren. Was tat das schon! Ihr war es gleich.

»Ich hätte gleich nach der Beerdigung von hier Weggehen sollen«, sagte sie. »Alles ist hier anders geworden. Ich fange an, das Haus zu hassen, das Haus, den See und auch die Berge.«

»Du bist überreizt, Liebes«, tröstete Murray sie, »du glaubst das jetzt, weil dir im Augenblick alles verleidet ist.

Wenn diese traurige Geschichte endlich vorüber ist, wirst du schon wieder anders denken.«

»War das nicht eben ein Wagen?«

Es war ein Wagen, und er brachte Inspektor Stayling und Wachtmeister Fisher von der Grafschafts-Polizei. Vicky berichtete, und Inspektor Stayling hörte ihr ernst, und ohne sie zu unterbrechen, zu. Stayling war ein großer, kräftiger Mann zwischen vierzig und fünfzig, der leicht schwitzte und sich fortwährend mit seinem Taschentuch Nacken und Stirn wischte.

»Das ist eine hässliche Geschichte, Miss«, meinte er, als sie geendet hatte. »Wir haben nicht eben viele Morde aufzuweisen hier in unserer Gegend. - Als erstes werde ich den Leichnam ansehen müssen, dann kann ich mich entscheiden, was geschehen soll.«

Während der ganzen Zeit hatte er Harold Murray mehrfach fragend angesehen, aber was er auch von ihm dachte, er sprach es jedenfalls nicht aus. Vicky begleitete ihn bis zum Arbeitszimmer, dessen Tür er hinter sich schloss.

Als er wieder in die Halle zurückkehrte, wo ihn Vicky und Harold erwarteten, war sein rotes Gesicht schweißüberströmt.

»Es ist so, wie Sie sagten, Miss. Die Kugel hat den Schädel zerschmettert. Dieser Fall ist mir zu hoch. Erst Mr. Kendrick und nun dies. Es müsste irgendwo einen Zusammenhang geben. Und wenn, dann ist das Arbeit für den Yard. Darf ich das Telefon benutzen?«

Inspektor Stayling rief den Polizeichef an, den er aus dem Bett holen lassen musste.

»Sie haben ganz recht, Stayling«, sagte dieser. »Da gibt's gewiss Zusammenhänge. Vor einer Woche wird Kendrick in London ermordet, und jetzt ist jemand in Kendricks Haus erschossen worden. - Machen Sie weiter mit Ihrer Untersuchung, aber bringen Sie möglichst wenig durcheinander. Die Leiche lassen sie am besten liegen.«

»Das wird nicht gehen, Sir«, meinte Stayling bedächtig. »Wir werden sie bewegen müssen. Dr. Fenley hat versprochen zu kommen und wird sicher jede Minute eintreffen. Er wird den Toten untersuchen wollen, und ich will mir seine Kleider ansehen.«

»Gut, tun Sie das. Sie könnten dabei vielleicht herauskriegen, wer der Kerl ist. Ob er hier in unsere Gegend gehört, oder ob wir ihn, was ich eher glaube, London zu verdanken haben. Ich würde ihn nur nicht aus dem Zimmer schaffen. Mit Scotland Yard setze ich mich jetzt in Verbindung. Die sollen jemand dorthin schicken. Das ist gefundenes Fressen für die Yard-Beamten, und von mir aus sind sie herzlich eingeladen. Bleiben Sie drüben, Inspektor, bis ich Ihnen Bescheid gebe. Sobald es hell wird, komme ich selbst rüber.«

Stayling legte erleichtert auf. Weder Berufsneid noch übertriebener Ehrgeiz plagten ihn. So war er es mehr als zufrieden, dass sein Chef den Yard hinzuziehen wollte.

Er ging zurück ins Arbeitszimmer, wo er Wachtmeister Fisher zurückgelassen hatte. Mit offensichtlichem Widerwillen kniete er sich schwerfällig neben der Leiche auf den Boden, sehr darauf bedacht, die Blutflecke auf dem Teppich zu vermeiden, und fing zögernd an, die Taschen des Toten zu untersuchen. Auch das Gesicht unterzog er einer genauen Prüfung.

»Der Revolver muss direkt vor seinem Gesicht losgegangen sein, Fisher«, meinte er nachdenklich. »Die Kugel ist durch den Schädel hinein und unterhalb des linken Auges wieder raus. Aber wenn das Geschoss wieder raus ist, muss es ja hier irgendwo im Zimmer stecken.«

Die schäbige Brieftasche, die er dem Toten abgenommen hatte, enthielt elf Pfund und einen Personalausweis auf den Namen Boris Kleschka, ferner einen Brief, der an Kleschka nach London adressiert war. Ein Absender war nicht zu finden, nur die Ortsangabe *Wien*.

»Das muss ich dem Chef sofort durchgeben«, sagte Stayling. »Scheint ein Ausländer zu sein und sieht auch danach aus. Schäbiger, kleiner Teufel... Glatze und schwarze Haare ringsherum und armselig gekleidet. Möchte nur wissen, was der Bruder hier zu suchen hatte? Ist ihm nicht gerade gut bekommen, finde ich.«

»Muss wohl um diesen Kopf gehen, von dem sie dauernd reden, Sir«, meinte Fisher in seiner schwerfälligen Art. »Aber haben Sie das schon gesehen? Fand es kurz bevor Sie zurückkamen. Könnte doch was zu bedeuten haben.«

»Was, zum Donnerwetter, meinen Sie«, erkundigte sich Stayling ungeduldig. »Drücken Sie sich doch wie ein Mensch aus, Mann! Aha - ich sehe schon.«

Er ging schnell zu dem alten Schreibtisch hinüber und besah ihn aufmerksam.

»Das ist das Geschoss, Fisher... gute Arbeit«, sagte er zufrieden. »Ich freue mich, dass Sie Ihre Augen gebrauchen. Wir müssen das Dings rausziehen... Oder nein, lieber nicht - lass das mal die andern machen«, schloss er boshaft und begab sich wieder in die Diele.

»Haben Sie jemals etwas von Boris Kleschka gehört, Miss?«, fragte er ohne Übergang.

Vicky sah ihn erstaunt an. »Wieso? Nein, noch nie. Heißt der Mann so?«

»Jawohl, scheint so. Darf ich das Telefon noch mal benutzen und« - er drehte sich unvermittelt zu Murray herum - »danach möchte ich mit Ihnen ein paar Worte reden, Sir. Nach dem, was mir die junge Dame erzählte, kann ich mir gar kein Bild von Ihnen machen. Hätte das gern noch erledigt, ehe der Oberst hierher kommt.«

Er ging zum Telefon, und Murray blickte Vicky an.

»Der Oberst?«, fragte er leise.

»Das ist der Polizeichef, glaube ich«, gab sie ebenso zurück. »Bitte, sage nur nichts Dummes, Harold. Du darfst dich nicht in eine Klemme bringen, hörst du. Wenn du willst, werde ich behaupten, dass wir zusammen herunterkamen, weil wir nach der *Schwarzen Höhle* suchen wollten.«

»Kommt nicht in Frage«, lehnte Murray ab. »Vielen Dank, Vicky, aber die Wahrheit ist mir lieber. Lügen ist das Allerdümmste, was man machen kann, wenn man mit der Polizei zu tun hat.«

»Woher weißt du das?«

»Großer Gott! Fängst du schon wieder an?«, rief er verzweifelt. »Ist doch sonnenklar, dass man reinfallen muss, wenn man es nicht gewöhnt ist zu lügen. Und bei einem Mord lässt man es lieber gleich. Die Polizei ist schließlich auch nicht von gestern. Mit dem, was du ihr erzählen willst, gibt sie sich noch lange nicht zufrieden. Sie fragt und fragt, und plötzlich, du weißt nicht wie, schlägt deine eigene Lüge dir ins Gesicht. Der reinste Bumerang. Wenn man bei der Wahrheit bleibt, gerät man wenigstens nicht ins Schwimmen.«

»Ja - natürlich... Du wirst schon recht haben.« Sehr überzeugt klang es nicht.

»Sei nicht traurig. Wirklich lieb von dir, einen Meineid zu riskieren, aber es wäre einfach ganz idiotisch...«

»Nun, Sir«, unterbrach der Inspektor, der sein Gespräch beendet hatte und die Halle wieder betrat, ihre Unterhaltung. »Jetzt hätte ich gern von Ihnen etwas gehört.«

»Denn man zu - was wollen Sie wissen?«

»Miss Kendrick sagte mir, dass Sie unten waren, als die Knallerei losging. Hier in der Diele sind Sie, soweit ich mich erinnern kann, gewesen. Sie liefen dann ins Arbeitszimmer, das unbeleuchtet war...«

»Ich bin etwas zu schnell gerannt«, fiel Murray ein. »Ich stolperte über die Leiche und fiel hin. Darum hatte der Mörder Zeit genug, sich aus dem Staub zu machen, ehe ich ihn erwischen konnte.«

»Sind Sie hier im Hause Gast?«

»Tja... Wie man's nimmt...«

»Was soll das heißen, Sir?«

»Ich verbringe meinen Urlaub hier in der Gegend und wohne drüben in Bowness im *Old-England-Hotel.* Heute Abend, oder gestern Abend vielmehr, habe ich Miss Kendrick nach Hause gebracht. Wir haben in Bowness getanzt und fuhren bei dem fürchterlichen Unwetter zurück. Als wie hier ankamen, goss es in Strömen, und Miss Kendrick nahm mich noch mit ins Haus, bis das Wetter etwas nachließ.«

»Das ist verständlich. Und hatten Sie die Absicht, später nach Bowness zurückzufahren?«

»Selbstverständlich. Aber mein Wagen sprang nicht an. Nicht ums Verrecken. Ich hab's einfach aufgeben müssen.

Miss Kendrick war dann so liebenswürdig, mich über Nacht dazubehalten.«

»Und anstatt in Ihrem Zimmer zu bleiben«, vervollständigte der Inspektor trocken, »sind Sie voll angezogen nach unten geschlichen - und zwar zufällig zur gleichen Zeit wie der Tote und dieser andere Mann im Arbeitszimmer, von dem Sie erzählten.«

»Ganz richtig«, gab der junge Mann unbefangen zu. »Miss Kendrick hatte mir von einem Geheimtresor oder Versteck erzählt, das ihr Onkel vermutlich hier im Haus einbauen ließ...«

»Wir wissen nicht einmal, ob das Versteck überhaupt vorhanden ist«, schaltete sich Vicky ein. »Ich habe meinen Onkel nur immer damit aufgezogen, wissen Sie. Wir nannten es die *Schwarze Höhle*, und wenn ich ihn darüber ausfragen wollte, lachte er mich nur aus. Vielleicht hat es niemals eine *Schwarze Höhle* gegeben.«

»Aber Sie haben daran geglaubt, Sir?«, erkundigte sich Stayling.

»Ich weiß nicht recht. Miss Kendrick und ich haben uns darüber unterhalten, und wir hatten besprochen, dass ich morgen - ich meine heute - herüberkommen sollte und das Haus absuchen.«

»Und ohne Miss Kendrick etwas davon zu sagen, sind Sie dann nachts allein heruntergegangen. Habe ich Sie jetzt richtig verstanden, Sir?«

»Jaja, das stimmt.«

»Sehr schön, das hätten wir. Das weitere werde ich Chefinspektor Cromwell überlassen.«

»Oh, kommt Mr. Cromwell her?«, rief Vicky überrascht.

»Er ist schon unterwegs, Miss. Ich habe eben mit dem Polizeichef gesprochen, und der sagte mir, dass er Scotland Yard verständigte und dass Chefinspektor Cromwell den Fall übernommen hat. Er und Sergeant Lister sind sofort losgefahren.«

Stayling wandte sich jetzt wieder an Murray. »Ich muss Sie bitten, hierzubleiben, Sir, bis der Polizeichef eintrifft. Sie, Miss Kendrick, können jetzt ruhig zu Bett gehen.«

»Dann bin ich also Verdächtiger Nr. 1«, stellte Murray leicht ironisch fest. »Keine Sorge, Inspektor, ich laufe nicht davon. Wie wär's, wenn Sie mich ebenfalls ins Bett entließen? Ich versichere Ihnen, dass ich meine Laken nicht zusammenbinden werde, um durch das Fenster zu verschwinden.«

»Die Sache kommt mir gar nicht komisch vor«, sagte Stayling kühl, »und ich möchte Sie bitten, es sich hier unten bequem zu machen.«

Er hatte ganz entschieden keine gute Meinung von Harolds Rolle in den tragischen Ereignissen dieser Nacht und war entschlossen, den jungen Mann nicht aus den Augen zu lassen.

Murrays Worte hatten zwar recht sorglos geklungen, jetzt wurde er aber doch blass, und Vickys Mitgefühl erwachte. Sie verabschiedete sich mit einigen tröstenden Worten von ihm und ging nach oben. Mrs. Broughton, Trimble und die Mädchen waren schon vorher von Inspektor Stayling in ihre Zimmer geschickt worden.

Im Bett wurde die arme Vicky erneut von ihren Zweifeln geplagt. Sie hatte sich zwar endgültig auf Murrays Seite gestellt, aber konnte seine Geschichte nicht doch frei erfunden sein? Vielleicht hatte er sich mit diesem Kleschka unten im Arbeitszimmer verabredet und dann Streit mit ihm bekommen, und der dritte Mann im Arbeitszimmer entstammte Harolds Phantasie. Murray hatte Zeit genug gehabt, die Waffe loszuwerden. Er konnte sie in den Garten geworfen und später - als er allein im Garten war - endgültig versteckt haben.

Mit solchen und ähnlichen unangenehmen Gedanken schlief sie ein, indessen Murray müde in der Halle hockte und von einem misstrauischen und schweigsamen Inspektor Stayling bewacht wurde. Vor dem verschlossenen Arbeitszimmer stand Fisher als Wache. Draußen war inzwischen ein warmer, sonniger Augusttag angebrochen.

Als Vicky zum Frühstück herunterkam, war es schon recht heiß, und die Sonne schien voll in die Halle. Harold Murray saß immer noch dort, mit tiefen Schatten unter den Augen, todmüde und verbittert.

»Guten Morgen, Vicky«, erwiderte er ihren Gruß. »Wenn die mich schon verhaften wollen, warum, zum Henker, tun sie es nicht gleich. Warum muss ich hier herumsitzen?«

»Ist irgendjemand hier gewesen«, erkundigte sich Vicky, ihn mitleidig ansehend.

»Ein Oberst Drayton kam vor ein paar Stunden. Muss wohl der Polizeichef sein. Dann war noch ein Arzt aus Keswick da. Die beiden sind mindestens eine halbe Stunde zusammen im Arbeitszimmer gewesen, und als sie herauskamen, blieben sie an der Tür stehen und sprachen leise miteinander, wahrscheinlich, damit ich nichts verstehen sollte, und natürlich über mich. Dauernd haben sie zu mir herübergeschielt.«

»Hat der Polizeichef sich denn nicht mit dir unterhalten?«

»Kein einziges Wort hat er zu mir gesagt. Für die bin ich der Hauptverdächtige und habe gefälligst zu warten, bis die Wundertiere aus London eingetroffen sind. Alles hat hier zu warten, bis diese Herren geruhen werden zu erscheinen. Eure Provinzonkels haben die ganze Sache sauber abgewimmelt, und ich sitze da. Ich warte darauf, dass mir ein Polizist den Blechnapf mit Gefängnissuppe serviert.«

»Ich kann mir vorstellen, wie dir zumute ist, Harold«, unterbrach Vicky seine bitteren Klagen. »Aber das wird ja nicht mehr lange dauern. Mr. Cromwell ist ein kluger Mann und hat mehr Weitblick als diese kleinen Landpolizisten. Hab nur noch kurze Zeit Geduld. Vorerst wollen wir ordentlich frühstücken miteinander. Du wirst dich sicherlich ein wenig waschen wollen. Das Badezimmer ist...«

»Wie stellst du dir das vor? Ich darf mich ja nicht von der Stelle rühren.«

Vicky brachte den unglücklichen jungen Mann einfach nach oben ins Badezimmer, und niemand hatte etwas dagegen. Als er nach einigen Minuten in erheblich besserer Verfassung wieder runterkam, stand Inspektor Stayling in der Halle, sagte aber nichts. Kein Einwand wurde erhoben, als Murray sich mit Vicky zum Frühstück setzte, aber noch ehe sie den ersten Schluck Kaffee trinken konnten, ereignete sich ein recht ärgerlicher Zwischenfall.

Durch die weit offenen Fenster des Frühstückszimmers drang das Geräusch eines Anlassers herein, augenblicklich gefolgt von dem heiseren Brummen des Motors. Murray sprang auf und stürzte zum Fenster. Am Steuer des Aston-

Martin-Sportwagens saß Inspektor Stayling, und der Motor des Wagens surrte fleißig und diensteifrig vor sich hin.

»Ich werde wahnsinnig«, entfuhr es dem vollständig überrumpelten Murray. »Hast du das gehört, Vicky? Der Motor - mein Motor läuft.«

Was konnte Vicky dazu sagen? Sie hatte es gehört, natürlich, leider. In all der Aufregung hatte sie Harolds Wagen und seine verdächtigen nächtlichen Launen vergessen.

Murray war völlig aus dem Häuschen. Er machte sich gar nicht erst die Mühe, zur Tür zu gehen, sondern sprang einfach zum Fenster hinaus, auf welchem Weg ihm Vicky augenblicklich und mühelos folgte.

»Da sind Sie ja, Sir«, stellte Stayling, deutliche Feindseligkeit in der Stimme, fest. »Wollte Ihren streikenden Motor mal ausprobieren. Sehr komische Sache. Kaum drückt man auf den Knopf - schon ist er da.«

»Das habe ich gehört«, rief Murray atemlos. »Ich verstehe überhaupt nichts mehr. Heute Nacht hat er's doch ums Verrecken nicht getan.«

»So? Wenn Sie mir jetzt vielleicht die Wahrheit sagen wollten«, forderte der Inspektor ihn mit würdevoller Amtsmiene auf. »Dieser Wagen ist hundertprozentig in Ordnung. Auch hat ihn niemand angerührt seit heute Nacht, was beweist, dass er nicht gelaufen ist, weil er nicht laufen sollte. Das ist logisch, und darum können Sie jetzt ruhig eingestehen, dass Sie gelogen haben.«

»Ich habe nicht gelogen.«

»Es ist wirklich sehr zu bedauern, Sir, dass Sie, angesichts entgegenstehender Beweise, weiter behaupten -«

»Ich behaupte die Wahrheit«, erklärte Murray mit kaum beherrschter Wut. »Eine Frechheit zu erklären, dass ich lüge.«

»Ruhe, Ruhe, Sir. Wir gewinnen gar nichts, wenn Sie die Nerven verlieren. Warum wollen Sie denn nicht zugeben, dass Sie Miss Kendrick heute Nacht täuschten. Die Tatsachen sprechen doch gegen Sie. Sie haben eben gewusst, dass Miss Kendrick Sie in einem solchen Fall einladen würde.«

»Das ist ja alles Quatsch, zum Teufel«, tobte Murray. »Was fällt Ihnen überhaupt ein, so etwas zu behaupten? Ich kann ja selber nichts verstehen. Wenn niemand meinen Wagen angerührt hat, wie Sie sagen...«

Er brach ab, da Stayling jetzt den Wagen verließ, lehnte sich hinein, steckte den Zündschlüssel wieder ein und drückte auf den Anlasser. Die Maschine surrte ebenso eifrig wie zuvor.

»Nun, Sir«, erkundigte sich der Inspektor mit eiskalter Höflichkeit, obwohl er Murray jetzt für einen kaltblütigen Mörder hielt. »Was sagen Sie nun? Das heißt, Sie brauchen nichts zu sagen, wenn

Sie es nicht wünschen - selbstverständlich aber ich möchte Ihnen doch den ganz entschiedenen Rat geben, sich die Sache zu überlegen.«

»Da gibt es nichts zu überlegen«, gab Murray kurz zurück. »Ich habe Ihnen die reine Wahrheit gesagt. Mehr kann ich nicht tun.« Mit diesen Worten drehte er sich auf dem Absatz herum und ließ Inspektor Stayling einfach stehen.

Vicky sagte nichts, als sie ihr Frühstück wieder aufnahmen, aber der nachdenkliche Ausdruck ihres Gesichts zeigte deutlich, dass der Zwischenfall sie sehr beeindruckt hatte. In stillschweigendem gegenseitigem Einverständnis vermieden sie es, das Thema zu berühren.

Es war immer noch recht früh am Tag - noch nicht acht Uhr, um genauer zu sein -, und zu diesem Zeitpunkt machten sich zwei Gäste des *Buttermere-Arms-Hotels* gerade fertig, sich zum Frühstück hinunterzubegeben. Mr. Henry Simpson sah wie immer ruhig, gelassen und wohlwollend aus, während Mr. George Ryder den Eindruck erweckte, als habe ihm ein sadistischer Zahnarzt die ganze Nacht auf einem bloßen Nerv herumgebohrt.

»Ich krieg' es nicht zusammen, Charlie«, klagte er, und sein Gesicht zuckte noch immer, ganz so, als habe er Zahnweh. »Kein Auge hab' ich zugemacht. Immerzu nur am Fenster gesessen und dein Geschnarche angehört.«

»Blöd genug«, erklärte Brody unbeeindruckt. »Wird erblich sein bei euch in der Familie.«

Ted überhörte die Beleidigung. »Ich möchte wissen, wie du so etwas fertigbringst. Wachst auf, genau als ob nichts wäre, und singst auch noch beim Anziehen! Und dabei wollten wir seit Stunden über alle Berge sein. Der Wagen stand draußen. Wenn wir abgehauen wären, kein Hahn hätte danach gekräht.«

»Wenn du nicht, wie ich bereits bemerkte, ein geborener Idiot wärst«, fing Brody mit der schleppenden Stimme eines Mannes an, der im Begriff ist, einen Wutanfall zu bekommen, »würdest du Mitleid mit mir haben, weil ich dich ertragen muss. Was glaubst du, was die örtliche Polizei gerade tut?«, fuhr er schon bedeutend temperamentvoller fort. »Sie suchen nach den Fremden, die heute Nacht in

Mere Croft eingebrochen sind. Und darf ich mich weiter nach deiner Meinung darüber erkundigen, was unser verehrter Herr Wirt dann unternommen hätte, wenn wir heute Nacht verduftet wären? Der wäre längst mit lautem Geschrei unterwegs zur Polizei.

Er hätte unsere Wagennummer gewusst und dann... Aber mit dir hat es noch niemals Zweck gehabt zu reden.«

»Du hast zweifellos recht«, erwiderte Willis unterwürfig. »Ganz dämlicher Gedanke, abzuhauen. Es sind bloß diese Toten, die mich fertigmachen, Charlie, und dabei hab' ich von dem von heute Nacht erst erfahren, als der Schuhputzer dir's erzählt hat. Immerzu hab' ich versucht, herauszukriegen, was wirklich heute Nacht passiert ist. Du hast auf irgendwen geschossen, der ist hingeschlagen, und dann sind wir getürmt. Wir konnten doch nicht wissen, dass er tot ist.«

Brody runzelte die Brauen. »Schuss im Dunkeln«, meinte er, »glatter Zufallstreffer. Wie der Kerl hereingestürzt kam, hab' ich einfach draufgehalten. Konnte ja gar nicht zielen in der Eile und im Dunkeln. Ich hab' gedacht, ich hätte ihn nur angeschossen. Na, nun wissen wir es besser, und zu ändern ist es auch nicht mehr.«

»Noch einer tot«, flüsterte Willis. »Damit hatten wir nicht gerechnet, als wir losgingen. Alles ist schiefgegangen...«

»Alles geht schief, weil der verdammte alte Kendrick originell sein wollte«, unterbrach Brody ihn angeekelt.

»Du kannst darüber denken, wie du willst, nur leugnen kannst du nicht, dass wegen diesem verfluchten Borgia-Kopf in einer Woche zwei Menschen umgekommen sind«, sagte Willis. »Ich sage dir, an dem verdammten Fluch ist etwas dran. Mensch, ich hab' Angst, wenn wir das Ding erwischen, werden wir die nächsten sein, die hopsgehen. Das Unglücksding muss ja verhext sein.«

»Oh, Himmel, womit habe ich das verdient«, stöhnte Brody. »Ein jämmerlicher, schlotternder Feigling zu sein, reicht ihm noch lange nicht, jetzt wird er auch noch abergläubisch. Wenn du dich nicht augenblicklich zusammenreißt, Ted, gehst du ins Bett, und ich sage den Leuten unten, dass du krank bist und nicht gestört werden darfst.«

»Lass mal, Charlie, ich fange mich schon wieder«, versicherte Willis mit einem verzweifelten Versuch, den Worten die Tat folgen zu lassen. »Ich lasse dich schon nicht sitzen. Bin nur schwer bedrückt, das ist alles. Nicht eine einzige Chance haben wir gehabt heut Nacht. Wir waren ja noch gar nicht ganz drin, da kommt der Kerl schon reingestürzt. Nicht einmal umgesehen haben wir uns in dem Zimmer.«

»Wer, in des Teufels Namen, kann das bloß gewesen sein?« überlegte Brody. »Soviel ich weiß, ist nur ein einziger Mann im Haus, der alte Butler, und dieser Kerl war weder alt noch Butler. Ich habe ihn kurz mit der Taschenlampe angeleuchtet. Sah aus wie ein Ausländer und war halb irrsinnig vor Angst - als ob er vor jemandem davonliefe.«

»Und da hat dich dein Zeigefinger wieder mal gejuckt, und du hast losgeballert, was?«

Brody überhörte die Anspielung. Er überhörte sie, weil er wusste, dass Willis Recht hatte. Er hatte wirklich überstürzt und unnötig geschossen. Ein Schlag über den Schädel mit dem Revolverkolben hätte sicherlich genügt. Brody kannte seine größte Schwäche nur zu gut: voreiliges Handeln in einer plötzlich auftretenden kritischen Situation.

»Was man nicht ändern kann. Nachträglich zu bereuen hat keinen Zweck«, meinte er philosophisch. »Die Hauptsache ist, dass wir in Sicherheit sind.«

»Sind wir das wirklich?«

»Geht es schon wieder los? Mensch, verschone mich. Ich weiß nicht, was du willst. Wir sind harmlose Feriengäste. Keine Seele hat uns heute Nacht Weggehen und zurückkommen sehen. Niemand sah uns in *Mere Croft*, und wir haben keine Spuren hinterlassen. Also jammre nicht. Etwas ganz anderes ist schiefgegangen«, fügte er langsam hinzu, »aber wir kämen augenblicklich in Verdacht, wenn wir plötzlich von hier verschwinden würden. Also bleiben wir da. Vielleicht nehmen diese Landpolizisten keine Notiz von uns. Ist eigentlich nicht einzusehen, warum sie hierherkommen sollten, um die Gäste zu vernehmen.«

Willis war beruhigt und hatte sich derart erholt, dass er beinahe fröhlich aussah, als sie das Zimmer verlassen wollten.

»Warte noch eine Minute«, rief ihn Brody zurück. »Ich habe noch was vergessen. Es ist gleich acht Uhr. Könnte nichts schaden, die Nachrichten zu hören.«

Sie hatten ein kleines Kofferradio mitgebracht, das Brody jetzt einstellte. Wenige Minuten später wurden die Nachrichten durchgegeben. Das Thema, das sie interessierte, kam ganz zum Schluß.

»Die Mordsache Kendrick hat eine sensationelle Wendung genommen«, verkündete der Ansager. »In dieser Nacht wurde ein Mann unter geheimnisvollen Umständen in Mr. Kendricks Landhaus in Cumberland ermordet. Ein neues Rätsel für Scotland Yard, denn zwischen beiden Morden gibt es zweifellos einen Zusammen-' hang. Chefinspektor Cromwell, einer der besten Männer von Scotland Yard, ist mit dem Fall betraut worden und befindet sich augenblicklich auf dem Weg zum Tatort.«

Harold Murray wurde nicht erwähnt und nichts über die Identität des Ermordeten gesagt. Frederick Charles Brody genügte das Gehörte auch so. Er stellte den Apparat ab.

»Also Cromwell«, wütete er. »Und ich hatte geglaubt, dass wir es nur mit diesen *Einheimischen* zu tun haben würden. Cromwell ist der einzige Mann, den wir fürchten müssen. Unterwegs nach hier, sagte das Radio. Wir müssen Einzelheiten haben, Ted, und der beste Weg, sie zu bekommen, ist der, die hiesigen Polizisten auszufragen.«

»Mein Gott, du wirst doch so etwas nicht machen!«, rief Willis erschrocken.

»Warte bis ich gefrühstückt habe«, sagte Brody, »und dann pass auf.«

Achtes Kapitel

Es war früher Nachmittag und die Hitze auf dem Höchststand angelangt. Heller Sonnenschein und wolkenloser Himmel! Das Wetter schien wirklich alles wiedergutmachen zu wollen.

Johnny Listers Sportwagen, der schon beinahe ein Rennwagen war, verschlang förmlich die Straße von London nach Buttermere. Bill Cromwell und er waren am frühen Morgen abgefahren, da man sie ohnehin noch beinahe in der Nacht aus dem Bett gerufen hatte. Keswick lag hinter ihnen, und Johnny nahm den üblichen Weg nach Buttermere über den Honister-Pass.

»Wir sind bald da, Old Iron, wach auf! Ein unterhaltender Reisebegleiter bist du, das muss man dir lassen! Keine drei Worte, seit wir losgefahren sind!«

»Ich habe einen Teil der Zeit mit Denken verbracht, mein Sohn«, gab Ironsides würdevoll zurück, »und die übrigen Stunden gebetet. Ich bete immer, wenn ich mit dir fahre. Scheint zu helfen, da du mich bis jetzt noch nicht umgebracht hast.«

»Gedacht und gebetet, so siehst du aus! Die ganze Zeit hast du geschlafen wie ein Murmeltier, während ich, todmüde, überarbeitet, aber immer wachsam, dein kostbares Leben durch halb England transportiere. Du wirst frisch wie ein Veilchen sein, wenn wir ankommen, und ich werd' so aussehen, wie ich mich fühle - wie abgestandenes Bier bei dreißig Grad im Schatten. Keine zwei Stunden Schlaf heute Nacht! Pfui Teufel!«

»Schadet dir gar nichts. Abwechslung muss sein«, belehrte ihn Cromwell. »Aber haben die nötig gehabt, uns hierher zu jagen?« fügte er gereizt hinzu. »Warum, in drei Teufels Namen, können diese Dorftrottel nicht allein mit ihren Morden fertig werden? Und das mir, Johnny!«

»Ach, hör doch auf! Du hast wohl noch nicht ausgeschlafen? Das kannst du anderen erzählen! Du wärst ja geplatzt vor Wut, wenn der Chef nicht dich beauftragt hätte. Mit der Kendrick-Sache sitzen wir fest, das weißt du ebenso gut wie ich. Der Mord hier oben ist der einzige Hoffnungsstrahl in unserem dunklen Dasein, weil er nämlich mit Kendricks Tod Zusammenhängen muss. Also schrei nicht!«

»Junger Mann, dein Ton gefällt mir ganz und gar nicht«, ermahnte Cromwell seinen Assistenten salbungsvoll. »Pfui Teufel, was für ein hässliches Stück Berg«, fuhr er gleich darauf mit äußerster Missbilligung fort. »Wenn wir hier bloß nicht rückwärts rutschen. Der reinste Knochenbrecherweg, und senkrecht wie die Mauern einer Kathedrale. Wir hätten besser eine Feuerleiter mitgebracht. Meinst du, dein Schlitten schafft es, Johnny?«

Johnny grinste schadenfroh. »Spar deine Sorgen, bis es wieder abwärtsgeht. Da lohnt sich's wenigstens, vor Angst zu greinen. Ich kenn' den Honister-Pass schon von früher, bildschöne Straße, sag' ich dir, romantisch, wild zerklüftet...«

»Womit du sagen willst, dass du mir jeden Augenblick den Hals brechen kannst«, fauchte Cromwell. »Wie können Menschen bloß an Orten leben, die man nur über einen Haufen verdammter Berge erreichen kann!«

Der Wagen schraubte sich ohne große Mühe weiter den steilen, gewundenen Pass weg hinauf.

»Wenn man keinen so guten Wagen hat wie wir, ist das eine ziemliche Plackerei, hier raufzufahren«, stellte Johnny fest. »Über tausend Fuß Steigung und dann die steile Abfahrt, alles Kurven bis Buttermere hinunter. Und dabei ist das nicht einmal einer von den höchsten Pässen, aber ganz sicher der gemeinste. Vor zwei Jahren bin ich durch das schottische Hochland gefahren und habe nicht einmal da eine Konkurrenz für diesen hier gefunden.«

Als der Wagen endlich den höchsten Punkt der Straße erreicht hatte und die halsbrecherische Abfahrt begann, breitete sich das Land unten in voller Schönheit vor den beiden Reisenden aus. Sie konnten die schmale Straße, die sich in zahllosen Kurven abwärts schlängelte, bis ins Tal hinein verfolgen. Warnschilder forderten die Kraftfahrer auf, besonders vorsichtig zu fahren.

»Herrlicher Blick«, bemerkte Johnny.

»Himmlisch«, brummte Ironsides ganz ohne Enthusiasmus. »Oh, Johnny, müssen wir wirklich diesen verdammten Maultiersteg hier runter?«

Obwohl sich der Pass an diesem klaren, sonnigen Tag von seiner besten Seite zeigte, machte er einen grimmigen und düsteren Eindruck. Auf allen Seiten war er von den Bergen eingeengt. Ganz besonders abweisend sah das Honister-Horn aus, dessen Hänge durch Schieferbrüche aufgerissen waren. Auf der anderen Seite der Straße, dem Honister-Horn direkt gegenüber, erhob sich der Yew-Berg genauso ernst und drohend. Kein anderer Wagen war zu sehen. Bill Cromwell kam es vor, als führen sie ganz allein durch eine prähistorische Landschaft. Nur die Straßeneinfassung erinnerte an das zwanzigste Jahrhundert.

Eine winzige kleine Wolke verdunkelte die Sonne, und schon machte der Pass einen noch wilderen und geheimnisvolleren Eindruck. Selbst Johnny Lister hatte es die Sprache verschlagen. Er fuhr mit äußerster Vorsicht und sehr langsam, denn die Straße neigte sich gefährlich steil. Er hatte den Gang heruntergeschaltet, so hatte er trotz erhöhter Aufmerksamkeit Zeit, sich umzudrehen und die düstere Stimmung in sich aufzunehmen.

»Diese Straße in einer stürmischen und dunklen Nacht«, unterbrach er endlich das Schweigen, »muss eine ziemlich teuflische Sache sein, Old Iron. Dagegen ist das heute ein Vergnügen.«

»Ein höllisches Vergnügen«, brummte Cromwell.

»Das Schlimmste haben wir gleich hinter uns... Großer Gott! Hast du das gesehen? Da oben? Mensch...«

Listers Stimme klang schrill vor Aufregung, und Ironsides folgte verwundert seinem Blick. Sie waren an der steilsten Stelle der Abfahrt angelangt, als Johnny zufällig den Blick nach oben wandte und einen riesigen Felsblock bemerkte, der sich gelöst hatte und mit ständig steigender Geschwindigkeit den Hang herabrollte. Er wog bestimmt einige Tonnen. Kleine Geröllstücke splitterten von ihm ab, während er immer schneller und schneller in die Tiefe stürzte.

»Heiliger Himmel! Das Ding kommt haarscharf auf uns zu«, brüllte Cromwell.

Es stimmte. Es war so, als hätte der Block seine Fallgeschwindigkeit mit mathematischer Genauigkeit berechnet. Wagen und Felsen mussten auf der Straße jeden Augenblick zusammenprallen. Aber Johnny hatte schon gehandelt. Zum Anhalten war es zu spät, das hatte er sofort erkannt, also die andere Möglichkeit! Er schaltete in den dritten Gang und ließ den Wagen in wahnwitziger Geschwindigkeit talwärts sausen, während Bill Cromwell sich mit geschlossenen Augen krampfhaft festzuhalten suchte.

Sie schossen in schwindelerregendem Tempo abwärts, und wenige Meter hinter ihnen erreichte der Riesenblock mit donnerndem Getöse die Straße. Es regnete von allen Seiten Steinbrocken, und Johnnys eleganter Wagen wurde an vielen Stellen eingebeult, aber zum Glück traf nur ein harmlos kleines Stück Ironsides in den Nacken - wie durch ein Wunder blieben sie unverletzt.

Johnny hatte jetzt alle Hände voll zu tun, den wahnsinnig gewordenen Wagen wieder in seine Gewalt zu bringen. Mit äußerster Konzentration versuchte der junge Sergeant, ihn auf der Straße zu halten und die Fahrt zu verringern. Das Auto rutschte, schlingerte und bockte. Wie ein Betrunkener torkelte es auf der unebenen Fahrbahn hin und her, Felsen und Bäume am Straßenrand nur um Haaresbreite vermeidend. Aber endlich brachte Johnny es zum Stehen. Das tolle Unternehmen hatte wenige Sekunden gedauert - den beiden Beamten kamen sie wie Stunden vor.

»Hoppla, das war knapp«, stieß Johnny atemlos hervor. Er war in Schweiß gebadet von der Anstrengung.

Cromwell kletterte aus dem Wagen. Auch er atmete schwer.

»Saubere Arbeit, mein Sohn«, sagte er kurz, und Johnny schoss die Freudenröte ins Gesicht. Was Anerkennung anbetraf, war Ironsides geizig wie ein Schotte, aber wenn er einmal lobte, kam es von Herzen und wog umso schwerer.

Er machte sich jetzt mit Fluchen Luft.

»Muss doch was dran sein an dem Fluch«, erklärte er erbost und wischte sich umständlich den Schweiß ab. »Der Borgia-Kopf bringt jeden um, der ihm zu nahe kommt.«

Johnny sperrte Mund und Augen sperrangelweit auf vor Verwunderung.

»Du glaubst doch nicht im Ernst an dieses Ammenmärchen?«, fragte er.

»Frag nicht so dämlich! Zufall natürlich! Aber ein verdammt komischer Zufall bleibt es doch. Wie ist der Klotz bloß losgegangen, und warum bitte, kommt das verdammte Ding gerade, wenn wir hier entlangkommen?«

»Heute Nacht ist hier ein fürchterliches Unwetter gewesen, und das Gestein muss sich gelockert haben«, fing Johnny an, aber gleich darauf ging ihm ein Ficht auf. »Zum Kuckuck, du misstrauischer alter Schnüffler, glaubst du, dass jemand uns mit Absicht das nette Oster-Ei geschickt hat, mitten im August? Jemand, der oben stand und uns 'ne Freude machen wollte?«

»Sollte mich nicht wundern«, erklärte Cromwell übellaunig. »Du weißt, der Borgia-Kopf hat einen schlechten Ruf. Es wäre doch ganz passend, uns durch einen *Unfall* aus dem Weg zu räumen. Schreckliches Unglück am Honister-Pass! Zwei Yard-Beamte mit ihrem Wagen unter Gesteinsrutsch begrabene Klingt fein, was? Ein einfallsreicher Kopf kann das spielend ausgeheckt und eine kräftige Hand das Ding im rechten Augenblick zu Tal befördert haben.«

»Keine Seele weit und breit zu sehen«, meinte Johnny zweifelnd.

»Wär' auch schön dumm von der Seele. Wir wollen lieber weiterfahren. Je eher wir aus dieser Mausefalle raus sind, desto besser. Mir hat die Gegend gleich nicht recht gefallen, und sie gefällt mir immer weniger, je länger ich sie genieße.«

Er kletterte in den Wagen, und sie setzten ihre Fahrt zu Tal recht schweigsam fort. Der Zwischenfall hatte einen hässlichen Nachgeschmack hinterlassen.

Und auf der Höhe, hinter einer schützenden Felsennase, stand Frederick Charles Brody und fluchte sich die Seele aus dem Leib, während er dem davonfahrenden Wagen mit einem Feldstecher nachblickte. Sein in aller Eile durchgeführtes Unternehmen war misslungen. Er hatte auch gar nicht mit sicherem Erfolg gerechnet, aber es war doch erbitternd, dass der Anschlag nur danebenging, weil Johnny Lister ein Fahrer war, der sich nicht erst mit Schrecksekunden aufhielt, wenn es galt, zu handeln. Von zehn Fahrern hätten neun bestimmt zu spät reagiert und hätten jetzt zerschmettert auf dem Pass gelegen.

Brody hatte am Vormittag den Polizeibeamten von Buttermere-Brücke getroffen und mit ihm in ganz harmloser Weise eine Unterhaltung über die nächtlichen Ereignisse in *Mere Croft* angefangen. Für Buttermere bedeutete der Mord eine unglaubliche Sensation, und dass auch Kendrick vor kurzem ermordet worden war, machte den Fall noch dramatischer.

Ohne Schwierigkeiten hatte daher Brody das Gespräch in herablassend freundlicher Art auf den Stand der Untersuchung gebracht. Bearbeitete die Grafschafts-Polizei den Fall allein, oder würde Scotland Yard zugezogen werden? Das war schließlich kein Geheimnis, und der gefällige Beamte gab bereitwilligst Auskunft. Chefinspektor Cromwell sei auf dem Weg, er käme per Auto, habe Inspektor Stayling gesagt. Nein, kein Polizeiwagen, es handle sich um den starken Sportwagen von Sergeant Lister. Man erwarte die beiden am frühen Nachmittag.

Mit dieser Auskunft ausgerüstet, hatte Brody den passenden Berg erstiegen. Man konnte es ja versuchen, und man konnte vielleicht auch Glück haben. Er hatte gejubelt, als er feststellte, dass die schweren Regenfälle einen Riesenblock so weit unterspült hatten, dass er jeden Augenblick in die Tiefe zu stürzen drohte. Ein einziger kräftiger Stoß würde ihn in Gang setzen. Ein Glückszufall, endlich mal eine Chance. Sonst hätte er für seinen Plan Dynamit und eine Brechstange besorgen müssen, und woher das nehmen in so kurzer Zeit?

Und jetzt stand er machtlos da, machtlos und fluchend. Dabei war der Erfolg so nah gewesen. Man hätte ihn mit Händen greifen können. Durch seinen Feldstecher konnte er die harten Züge des Chefinspektors gut erkennen.

»Ein Jammer ist das!«, stöhnte Brody laut. »Beinahe hätt' ich ihn gehabt, und so ein schöner Unfall wäre es gewesen! Jetzt wird er sicher einen Höllenstunk aufrühren. Der Teufel soll ihn holen!«

Brody war in der unangenehmen Lage, nicht wegzukönnen. Die Polizei hatte keine Erkundigungen im Hotel eingezogen, schien auch kein Interesse daran zu haben. Sie waren also nicht in Gefahr, aber der Mord an dem Unbekannten hatte die ganze Polizei auf die Beine gebracht, und jetzt saß Brody in der Falle. Er konnte es nicht mehr wagen, zu verschwinden. Jede überstürzte Abfahrt würde augenblicklich Aufmerksamkeit und Verdacht erregen, und in diesem wilden, abgelegenen Land, das nur von wenigen Straßen durchzogen war, konnte selbst ein robuster Wagen nicht weit kommen, ohne gestellt und angehalten zu werden. Er hatte keinen anderen Ausweg, er musste bleiben und das Beste hoffen. Aber die Sache gefiel ihm gar nicht. Er bereute seine übereilte Reise bitter.

Die Männer vom Yard beendeten ihre Fahrt ohne weitere Zwischenfälle. In *Mere Croft* empfing sie Inspektor Stayling, der Cromwell sofort Bericht erstattete. Der Chefinspektor begrüßte zunächst Vicky und drückte ihr sein Mitgefühl aus, dass sie so kurz nach der Londoner Schreckensnacht eine weitere Tragödie erleben musste, dann wandte er sich Stayling wieder zu.

»Bitte rufen Sie die zuständige Behörde sofort an«, forderte er diesen ohne Übergang auf. »Die Straße zum Honister-Pass ist blockiert. Ein Riesentrümmerhaufen mitten auf dem Fahrdamm. Der Pass muss schnellstens frei gemacht werden, ehe andere Autofahrer in Gefahr kommen.«

»Was für ein Trümmerhaufen«, erkundigte sich Stayling, der sich erst an Cromwells unvermittelte Art gewöhnen musste. »Verzeihen Sie, aber ich habe Sie nicht ganz verstanden.«

»Der halbe Berg war grad' dabei, uns auf den Kopf zu fallen. Wenn Lister nicht gefahren wäre, wie ich noch nie im Leben jemand habe fahren sehen - und nie im Leben wieder jemand fahren sehen möchte wären wir jetzt nicht hier, weder hier noch sonstwo, um genau zu sein.«

»Wollen Sie damit sagen, dass Sie fast erschlagen wurden?«, rief der Inspektor entsetzt aus.

»Genau das hab' ich damit sagen wollen.«

»Aber ich kenne dieses Land seit vielen Jahren, Mr. Cromwell. Noch niemals ist mir ein Felsen vorgekommen, der sich gelöst und den Pass blockiert hätte... Der Sturm muss schuld sein...«

»Hat es in den langen Jahren Ihrer Bekanntschaft mit diesem Land noch nie gestürmt?«, fuhr Cromwell ihm grob in die Rede. »Wie wäre es mit irgendeinem schlauen Kopf, der sich gedacht hat, dass wir als Marmelade ganz unschädlich wären? Na, ganz egal, feststellen kann man sicher nichts. Also lassen wir den Felsbrocken als Unfall gelten. - Haben Sie sich schon mit den Leuten hier in der Gegend näher befasst? Sind irgendwelche interessanten Fremden da?«

»Was in die Gegend gehört, lebt schon seit Ewigkeiten hier. Und Fremde sind auch nur sehr wenig da. Ich glaube nicht, dass einer von ihnen für unseren Mord in Frage kommt.«

»Wir wissen überhaupt nicht, wer dafür in Frage kommt«, meinte Cromwell. »Ich würde darum nicht so sicher sein mit dieser Annahme. Die Leiche liegt doch noch im Arbeitszimmer?« Er zog ein angewidertes Gesicht. »Dann müssen wir sie uns mal ansehen.«

»Wir haben nichts berührt, Mr. Cromwell. Der Chef sagte, dass Sie keine Veränderung wünschen. Das Geschoss steckt in diesem Möbelstück.«

Cromwell nickte und sah sich den Einschuss an.

»Los, Johnny, hol das Ding raus«, ordnete er an, »und sieh zu, dass du es nicht verkratzt. - Ich möchte bloß wissen, was das hier alles wieder soll«, fügte er klagend hinzu. »Warum war dieser Kerl hier im Haus, und was hat er mit

Murray zu tun? Den Namen habe ich doch wohl richtig behalten, wie?«

»Jawohl, Sir - Harold Murray.«

»Wo kommt er her?«

»Wir wissen nicht viel über ihn«, antwortete Stayling. »Ich weiß nur, dass er lügt, und würde mich nicht trauen, ihn aus den Augen zu lassen - ihn und seinen Motor, der nicht anspringt. - Er ist Feriengast im *Old-England-Hotel* in Windermere. Macht Miss Kendrick schöne Augen, wie mir scheint.«

»Was heißt das - *wie mir scheint*?«

»Tja, Sir, ich bin ja nicht so ganz überzeugt davon, dass er scharf auf das Mädchen ist. Scharf auf ihr Geld - das will ich gerne glauben. Sein Verhalten heute Nacht ist äußerst verdächtig. Wenn er diesen Kleschka umgelegt hat, kann er genauso gut auch Mr. Kendrick ermordet haben. Macht dem Mädchen einen blauen Dunst vor, wie er an ihrem Unglück teilnimmt und ihr helfen will, und heiratet sie dann, wenn alles vorbei ist. Wäre bestimmt nicht der erste Fall von Mitgiftjäger auf der Welt.«

»Ich werde mich mit Mr. Murray unterhalten müssen«, meinte Cromwell bestimmt. »Sie haben ihn hier praktisch seit heute Morgen als Gefangenen festgehalten. Wir können das nicht machen. Entweder muss er eingelocht oder in sein Hotel entlassen werden. Hast du es, Johnny?«

»Ein bisschen platt gedrückt, aber ich denke, es wird Ihnen gefallen«, meldete Johnny seinem Chef und Freund, in Gegenwart anderer Berufskollegen einen etwas respektvolleren Ton wählend.

»Da sieh mal an! Genau das gleiche Kaliber, mit dem Kendrick getötet wurde. Wenn dieses Geschoss nicht aus der Pistole stammt, mit der auch in London geschossen worden ist, lass ich mich pensionieren. Schick es zur Untersuchung nach London, Johnny. Tja..., also derselbe Mörder. War doch ganz gut, dass wir gekommen sind.«

In der verhältnismäßig kühlen Halle wiederholte Harold Murray bald danach seinen Bericht über die Ereignisse der Nacht. Cromwell hörte aufmerksam zu, und Johnny stenografierte mit. Vicky hatte bleiben dürfen und saß als interessierte Zuhörerin dabei.

»Gut Sir, das scheint mir alles klar zu sein«, erklärte Cromwell endlich. »Sie behaupten fest, dass der Mann tot war, als Sie den Raum betraten?«

»Ich wusste nicht, dass er tot war«, entgegnete Murray. »Es war ein wüstes Durcheinander. Der Mann schlich in der Halle herum, und ich stürzte hinter ihm her. Er rennt ins Arbeitszimmer - und dann fällt der Schuss. Wie ich hereingebraust komme, stolpere ich über was Weiches, Großes auf dem Boden und schlage lang hin. Ich habe erst später gesehen, dass ich über einen Menschen gestolpert bin, und natürlich habe ich dann auch gesehen, dass er tot war.«

»Wo sind Sie vorige Woche am Mittwochabend gewesen, Mr. Murray?«, fragte Ironsides ohne Übergang. »Das ist eine Routinefrage. Sie haben sicher nichts dagegen, sie zu beantworten.«

»Natürlich nicht. Warten Sie mal... Mittwoch?« Harold Murray hielt inne und machte ein erstauntes Gesicht. »Mittwoch?«, wiederholte er. »War das nicht der Tag...«

Jetzt verstummte er endgültig, und Ironsides beobachtete ihn gespannt unter seinen buschigen Augenbrauen hervor.

»Der Tag, an dem Mr. Kendrick ermordet wurde. Jawohl, Mr. Murray«, sagte er sanft. »Sie haben vollkommen recht.«

»Ich... ich...«

Wieder hörte Murray zu sprechen auf. Ein drückendes Schweigen lag über dem ganzen Raum. Die Luft war mit Spannung geladen. Johnny hob die Augen von seinem Stenogramm, und Vicky hatte sich kerzengerade aufgerichtet und starrte Murray an, der unter ihrem Bick erbleichte.

»Weiter, mein Junge«, sagte Cromwell freundlich.

»Wie...? Ja, natürlich«, fing Murray hastig wieder an. »Wo ich an diesem Abend war? Im *Old-England-Hotel* wahrscheinlich. Ich wohne da. Ich wusste, dass Miss Kendrick mit ihrem Onkel nach London fahren wollte. Natürlich war ich im Hotel... Wo sollte ich sonst gewesen sein?«

»Und können Sie das auch beweisen?«, erkundigte sich Cromwell. »Ich möchte Sie darauf aufmerksam machen, dass Sie auf meine Fragen nicht zu antworten brauchen, wenn Sie nicht wollen. Ich würde das dann allerdings für ziemlich aufschlussreich halten.«

»Ich weiß nicht, was Sie damit sagen wollen.« Murray war heftig errötet, und seine Stimme klang gleichzeitig ungeduldig und unsicher.

»Es tut mir leid, Sir, aber es ist meine Aufgabe, die Tatsachen zu ermitteln, und wenn Sie nichts verbrochen haben, brauchen Sie sich auch nicht zu fürchten«, sagte der Chefinspektor sehr bestimmt. »Sie haben sicher nichts dagegen, dass ich Ihr Hotel anrufe und Nachforschungen darüber anstelle, wo Sie letzten Mittwoch gewesen sind.«

»Nein, nichts dagegen einzuwenden... aber warten Sie, Mr. Cromwell, lassen Sie den Anruf bleiben. Nicht nötig, dass Sie sich die Mühe machen«, seine Stimme klang trotzig und entschlossen. »Ich war an diesem Abend nicht im Hotel.«

»Am Abend also nicht - und in der Nacht?«

»Auch nicht.«

»Harold! Du hast mir niemals gesagt...«

»Wenn Sie nichts dagegen haben, Miss«, schnitt Ironsides Vicky das Wort ab, »spreche ich mit Mr. Murray. - Also, Mr. Murray, warum sind Sie diese Nacht nicht im Hotel gewesen und wo waren Sie?«

»Ich hatte eine Panne«, berichtete Murray atemlos. »Ich bin mit dem Wagen losgefahren - ganz weit bin ich gefahren, dann konnte ich das verdammte Biest nicht mehr in Gang bringen...«

»Und heute Nacht schon wieder nicht?« Cromwell wunderte sich. »Das ist das zweite Mal, dass Ihrem Wagen so was Komisches passiert, junger Mann.«

»Aber...«, schaltete sich Johnny Lister ein.

»Ruhe! - Also, Mr. Murray, was ist das für eine Geschichte, dass Ihr Motor heute Nacht nicht ansprang, und heute Morgen, als Inspektor Stayling es versuchte, ging's gleich?«

»Ich weiß es nicht. Ich kann es nicht erklären.«

»Halt mal, halt!«, platzte Johnny gänzlich uneingeschüchtert heraus. »Sie können ihm das nicht unter die Nase reiben. Dafür gibt es eine verflucht einfache Erklärung.«

»Ach, gibt es die? Und was weißt du darüber, bitte schön?«

»Nur das, was der Inspektor und Mr. Murray uns erzählten«, erwiderte Johnny. »Als Mr. Murray Miss Kendrick nach Haus brachte, herrschte gerade ein fürchterliches Unwetter. Der Sturm hat den Regen vor sich hergetrieben. Ganz klar, dass der Verteiler oder die Zuleitung nass wurden. Wahrscheinlich ist der Regen durch die Seitenklappen in die Kühlerhaube eingedrungen. Mir ist das mehr als einmal passiert. Als Mr. Murray nach dem Regen herauskam, konnte der Motor gar nicht anspringen, weil Zuleitung oder Verteiler nass geworden waren.«

»Niemand hat ihn seitdem angerührt«, warf Inspektor Stayling ein, »warum ist er dann heute Morgen gleich angesprungen?«

»Weil die Feuchtigkeit inzwischen verdunstet ist«, erklärte Johnny. »Fragen Sie doch jeden beliebigen Autoschlosser, und er wird Ihnen bestätigen, dass das bei allen Wagen passieren kann.«

»Sehr anständig von Ihnen, vielen Dank«, sagte Harold, Johnny dankbar ansehend. »Ich bin ein guter Fahrer, aber kein Motorenfachmann. Ich habe das noch nicht gewusst. Heute Nacht ist mir gar nicht der Gedanke gekommen, dass so etwas passiert sein könnte.«

»Also gut, aber von den Launen Ihres Wagens abgesehen«, übernahm Cromwell wieder die Führung der Unterhaltung, »möchten wir noch einiges von Ihnen wissen. Sie waren also nicht im Hotel an dem Abend, und dass Wasser in Ihren Verteiler geraten ist, nehme ich Ihnen nicht noch einmal ab, junger Mann. Wo waren Sie? In London?«

»Nein«, stieß Murray hervor. »Ich... ich...«

»Harold!« Vickys Stimme klang beinahe hysterisch. Sie war aufgesprungen und stand jetzt vor Murray.

»Ruhe, Ruhe, Miss...«

Aber Vicky ließ sich nicht beruhigen.

»Du warst in London, Harold. Ich habe dich gesehen!«

Der junge Mann wurde aschfahl.

»Du - du hast mich gesehen?«, stammelte er.

»Sie sind dabei gewesen«, rief das Mädchen, sich an Johnny wendend. »Erinnern Sie sich denn nicht? Sie fuhren mich zum Savoy, und ich bat Sie, den Wagen anzuhalten, weil ich jemanden zu sehen glaubte. Dann nahm ich aber an, dass ich mich irrte, und wir sind weitergefahren.« Sie wandte sich Murray wieder zu. »Ich habe mich nicht geirrt. Und du warst in London, Mittwochabend. Harold, was hast du an diesem Abend in London gemacht?«

»Oh, du lieber Gott«, stöhnte der junge Mann verzweifelt. »Ausgerechnet du hast mich gesehen, Vicky...«

»Sie geben also zu, dass Sie in London waren«, stellte Cromwell mit strenger, kalter Stimme fest. »Das klingt böse, Mr. Murray. Warum, um Gottes willen, haben Sie uns das nicht selbst gesagt, anstatt es aus sich herauspressen zu lassen? Los, los, junger Mann! Warum haben Sie gelogen?«

Neuntes Kapitel

Von allen Anwesenden in dieser sonnendurchfluteten Halle sah niemand so erschüttert aus wie ihre Besitzerin. Vicky Kendrick war totenblass, und ihr Blick richtete sich mit so unheimlicher Konzentration auf Harold Murray, dass der junge Mann zusammenzuckte wie unter einem Schlag.

»Du kannst das nicht verstehen, Vicky...«

»Du warst in London«, klagte sie ihn mit tonloser Stimme an. »Du warst in London, und du hast es mir niemals gesagt. Du hast mich glauben lassen, dass du die ganze Zeit in Bowness gesessen hast.«

»Verflucht - Verzeihung Vicky -, es ist so schwer zu erklären, besonders dir kann ich...«

»Wenn Sie Miss Kendricks Gegenwart in Verlegenheit setzt, werden wir diesen Hinderungsgrund sofort entfernen«, sagte Cromwell eisig. »Miss Kendrick, würden Sie die Liebenswürdigkeit haben, uns einen Augenblick allein zu lassen.«

»Den Kuckuck werde ich!«, rief Vicky heftig. »Ich will genau so gerne wissen, was Mr. Murray in London zu suchen hatte, wie Sie.«

»Also schön, dann seien Sie wenigstens still.«

Vicky war ein sehr hübsches Mädchen und in keiner Weise gewöhnt, so angebellt zu werden, aber Ironsides war gegen Schönheit gänzlich unempfindlich, wenn er mitten in einem Verhör steckte. Johnny Lister sah seinen Chef empört an. Er hatte Vicky längst in die Kategorie *zauberhaft* eingeordnet. Ironsides Benehmen einem solchen Wesen gegenüber war durchaus ungehörig, zumal Vicky in ihrer augenblicklichen Aufregung schöner aussah denn je.

»Bitte, liebe Vicky, ich glaube, Mr. Cromwell hat recht«, bat Murray, während seine langen Hände verzweifelt die schönen Wellen seines Haares zerwühlten. »Es wäre mir sehr lieb, wenn du uns für einige Minuten allein lassen könntest.«

»Ich denke nicht daran«, erklärte sie wild. »Dies ist mein Haus und - Oh, Verzeihung, das habe ich natürlich nicht sagen wollen. Aber ich will alles wissen.«

Cromwells Geduld war zu Ende.

»Ich habe Ihnen gesagt, Sie sollen still sein, Miss!«

»Oh, Verzeihung!«

»Also, Mr. Murray«, nahm Ironsides die Vernehmung wieder auf. »Sie wollten mir jetzt sagen, warum Sie gelogen haben.«

»Es ist... ach, es ist so idiotisch«, stotterte der junge Mann und errötete schon wieder. »Ich habe Miss Kendrick vor zwei Wochen kennengelernt, gleich nachdem ich hierherkam und... also... Herrgott! Ich habe mich in sie verschossen wie... wie..., ach, ich weiß nicht wie... eben Hals über Kopf und bis über beide Ohren - wenn Sie verstehen, was ich meine.« Er sah jetzt wild entschlossen aus und starrte Cromwell krampfhaft an, ebenso krampfhaft Vickys Blick vermeidend. »Ich war so hin, wissen Sie, ich musste sie einfach jeden Tag sehen. Und als sie mir dann sagte, dass sie mit ihrem Onkel nach London fahren und zwei Tage fortbleiben würde, war ich verzweifelt und...«

»Und?« versuchte ihn der Chefinspektor wieder flottzumachen.

»Na, und ich hatte nichts zu tun. Ich habe Urlaub, müssen Sie wissen, und da dachte ich, es wäre ein blendender Gedanke, mich in den Wagen zu setzen und schnell nach London rüberzurutschen. Ich dachte, dass ich Vicky vielleicht sehen könnte. Eigentlich wollte ich sie überraschen - einfach bei ihr im Savoy hereinplatzen und sie zu einem Cocktail abholen.«

Murray war der Faden wieder ausgegangen. Er blickte ganz verstohlen zu Vicky hinüber, aber der Ausdruck ihrer Augen ließ ihn schnell wegsehen.

Seufzend nahm er seine Erzählung wieder auf. »Sie wissen ja, wie das manchmal ist mit diesen blendenden Gedanken, die man plötzlich hat«, murmelte er verlegen. »Wie ich glücklich in London bin, falle ich natürlich wieder um. Aber ich hatte mich so danach gesehnt, Vicky zu sehen..., da bin ich dann abends doch noch zum *Savoy-Hotel* gegangen und hörte dort, dass Vicky im Theater ist. Und dann, wie ich so an der Portiersloge - ich meine am Empfangstisch - stehe, schnappe ich ein paar Unterhaltungsfetzen der Hotelangestellten auf. - Die waren vielleicht aufgeregt! - Einer der Hotelgäste sei ermordet worden, flüsterten sie sich zu, und ich hörte Mr. Kendricks Namen. Ich war natürlich vollständig erschlagen.«

»Haben Sie versucht, Näheres zu erfahren?«

»Selbstverständlich. Ich habe mit dem Fahrstuhlführer gesprochen. Der schien nämlich alles zu wissen. Er erzählte mir, dass man Mr. Kendrick in seinem Büro in der Sackville Street ermordet aufgefunden habe. Der arme Kerl war auch ganz durcheinander. Er hatte nämlich kurz vorher Vicky heruntergefahren und wusste, dass sie sich mit ihrem Onkel treffen wollte.« Je weiter sein Bericht fortschritt, desto mehr fing Murray an, seine Fassung wiederzufinden. Er sprach jetzt ruhig und zusammenhängend. »Was hätte ich in dieser Lage tun sollen? Ich konnte ja nun wirklich nicht einfach hereinplatzen, wenn Vicky so schrecklichen Kummer hatte. Es war gerade mitten während dieses fürchterlichen Wolkenbruchs, und ich war bekümmert und ganz durcheinander. Da bin ich einfach nach Windermere zurückgefahren, ohne Vicky auch nur wissen zu lassen, dass ich in London war. Später dachte ich, es wäre besser, den Mund zu halten. Und das ist alles, was ich Ihnen sagen kann, Mr. Cromwell.«

»Wenn Sie wussten, dass die junge Dame in einer so furchtbaren Lage war, wäre es da nicht selbstverständlich gewesen, sofort an ihre Seite zu eilen, nach den Gefühlen zu urteilen, die Sie ihr entgegenbringen«, bemerkte Ironsides ziemlich kühl.

»Ich weiß, ich weiß«, sagte Murray verzweifelt. »Das habe ich mir später hundertmal selbst gesagt, als es zu spät war. Damals schien es mir eben falsch zu sein. Ich wollte mich nicht aufdrängen, verstehen Sie... Ach, es klingt alles so idiotisch. Ich würde mir ja selbst nicht glauben, aber - ich liebe Vicky, und ich wollte eben nichts, nichts tun, was ihr auch nur unangenehm sein oder lästig werden könnte. - Wenn ein Mensch verliebt ist, Mr. Cromwell, ist er eben blöd und handelt dementsprechend«, schloss er mit einer hilflosen Handbewegung.

Aber nun blickte er Vicky gerade in die Augen, und es verschlug ihm den Atem, als er sah, dass ihr Gesicht jetzt einen weichen Ausdruck bekam.

»Hm«, brummte Cromwell nachdenklich.

Murrays Geschichte war schwach, klang aber wahr. Er war ganz offensichtlich sehr verliebt, und Ironsides wusste nur zu gut, dass verliebte junge Männer zu wunderlichen Taten neigten. Eine Fahrt nach London, nur um den Gegenstand seiner Anbetung zu sehen, war gar nicht so unwahrscheinlich.

»Und dieser Kleschka?«, fragte er. »Sie kennen ihn also nicht?«

»Heißt er Kleschka?«

»So steht jedenfalls in seinem Ausweis. Ich kenne ihn von London her. Ein kleiner Gauner mit einer langen Vorstrafenliste. Wie mag er bloß in diese Geschichte hineingeschlittert sein? Wenn ich das nur wüsste. Er passt überhaupt nicht in das Bild. Bringt alles noch mehr durcheinander.«

»Ich habe ihn nicht erschossen«, versicherte Murray ernst. »Ich habe auch Mr. Kendrick nicht erschossen, Mr. Cromwell. Der Gedanke allein ist Wahnsinn. So wie ich zu Vicky stehe...«

»Schon gut, mein Junge. Das wird vorläufig genügen.«

Und Cromwell verließ in seiner abrupten Art die Diele, nachdem er Johnny bedeutet hatte, ihm zu folgen.

»Diese Wagengeschichte, Johnny, wie denkst du darüber? Stayling scheint zu glauben, dass Murray das Mädchen entführt hat.«

»Mit den nassen Zuleitungen? Nicht wahrscheinlich. Murray hatte sicher keine Ahnung, was passiert ist. Ein Wagen, der nicht fährt, wenn er in Ordnung zu sein scheint, kann einen schon vor Rätsel stellen, besonders wenn man nichts von Elektrizität versteht.«

»Mir kommt die Geschichte auch wahrscheinlich vor«, stimmte Cromwell zu. »Der Junge macht einen guten Eindruck. Jedenfalls ist er sicher nicht der Typ, der sich mit Strandgut von Kleschkas Sorte abgibt. Ich kenne Kleschka, kannte ihn vielmehr. Schmutzige, kleine Type, ohne eigene Initiative, die jedermann mit Geld für jede Arbeit haben konnte. Aber wenn Murray Kleschka nicht erschossen hat, wer hat es dann getan?«

»Murray passt nicht in diesen Fall.«

»Ich erinnere mich genau, das schon gesagt zu haben.«

»Ich weiß, Old Iron, und du hast natürlich Recht. Ich kann mir überhaupt nicht vorstellen, was heute Nacht hier los war. Wer hat denn überhaupt geschossen?«

»Der Kerl, der Kendrick umgebracht hat, das ist sicher.«

»Womit wir wieder hübsch am Anfang angekommen sind. Wer brachte Kendrick um, das ist die Frage!«

»Und darum ist Kleschka so wichtig«, sagte Cromwell. »Ich habe auf ihn gewartet und gehofft.«

»Gehofft, dass hier in *Mere Croft* jemand umgelegt wird?«

»Nein, mein Sohn, aber erwartet, dass in dieses Haus eingebrochen wird. Ist doch logisch, dass unsere zwei Unbekannten nach der Niete, die sie in London gezogen haben, und in der Überzeugung, dass der Borgia-Kopf hier versteckt ist, früher oder später den Versuch in diesem Haus wiederholen würden. Mir scheint überhaupt, dass Murrays Anwesenheit - und wenn man so will auch dieser armselige Kleschka - ihnen den ganzen Plan versaut hat. Wenn wir nun annehmen, dass Kendricks Mörder heute Nacht hier eingebrochen sind - in ein Haus, das nur von Frauen und einem hilflosen, alten Mann bewohnt sein konnte -, wo kommen wir mit unseren Überlegungen dann hin?«

»Du bist der Chef, du musst es wissen«, meinte Johnny.

»Quatsch nicht! Wir wollen die ganze Geschichte rekonstruieren, dann werden wir ja sehen, wo wir hinkommen. Natürlich können wir das meiste nur vermuten, aber es bleiben einige Tatsachen, an die wir uns halten können. Also: Unsere beiden Londoner Galgenvögel steigen heute Nacht ins Arbeitszimmer ein...«

»Halt! Was ist mit Murrays Wagen, der vor der Tür stand und ihnen verraten musste, dass Miss Kendrick nicht allein war?«

»Kaum anzunehmen, dass sie die Auffahrt benutzten. Wahrscheinlich haben sie den Wagen nicht gesehen. Lassen wir das zunächst beiseite. Die zwei sind also im Arbeitszimmer auf der Suche nach dem Kopf. Und was passiert? Murray, wild entschlossen, diese gottverdammte Höhle zu entdecken, kann nicht schlafen und steigt runter.«

»Das heißt, dass du ihm glaubst.«

»Vorläufig ja. Ich bilde mir ein, Charaktere ganz gut beurteilen zu können, Johnny, und ich glaube, dass dieser Junge ganz in Ordnung ist. Aber kannst du mich nicht zu Abwechslung mal ausreden lassen? Wo war ich denn? Ach so, ja - Murray schleicht also, nachdem im Haus alles schläft oder zu schlafen scheint, nach unten, hat aber keine Ahnung, dass Kleschka kurz zuvor durchs Dielenfenster eingestiegen ist...«

»Langsam, langsam«, protestierte Johnny. »Das kann höchstens im Kino passieren. Stell dir doch vor, da müssten drei verschiedene Parteien, die nichts voneinander wissen, am gleichen Tag zum gleichen Zeitpunkt beschlossen haben, diese Höhle auszugraben! Ziemlich phantastisch, finde ich.«

»Phantastisch oder nicht, wir sind gezwungen, uns an die uns bekannten Tatsachen zu halten«, belehrte ihn der Chefinspektor. »Mir sind in meinem Leben schon viel phantastischere Dinge passiert, und die Version ist gar nicht mal so schlecht, wenn man sich's überlegt. Die Zeitungen haben einen Riesenklamauk um Kendricks Tod und diesen Teufelskopf gemacht. Der Kopf ist unvorstellbar wertvoll. Da ist es doch nur logisch, dass sie es hier versuchen. Kleschka war aus demselben Grund da - frag mich nur nicht, wer ihn geschickt hat! Zufällig ist er gerade in der Halle, wie Murray erscheint. Der Kerl erschrickt und will durchs Arbeitszimmer türmen...«

»Jetzt bin ich nachgekommen. So wird's gewesen sein, Old Iron. Er hat die *Kopfjäger* gestört, und einer von den beiden ballert wieder los. Kleschka fällt um, dann stolpert Murray über Kleschka, und die Mörder hauen ab. Sollte der Film in dieser Reihenfolge abgelaufen sein?«

»Er könnte es sicher«, sagte Cromwell nachdenklich. »Mir jedenfalls fällt keine andere Erklärung ein. Wir wissen schon, dass einer von den Kerlen gern schießt. Er hat den alten Kendrick umgelegt, er kann auch Kleschka fertiggemacht haben, einfach, weil er geglaubt hat, dass das Haus wach geworden ist. Wie beim ersten Mal, Johnny, ein blinder, sinnloser Schuss aus Angst. Ich kann beschwören, dass das Kaliber das gleiche ist. Natürlich muss das noch geprüft werden.«

»Wenn du recht hast, dann sind wir einen Riesenschritt weiter«, sagte Johnny. »Die beiden Morde sind dann ohne Zweifel durch den Borgia-Kopf verkoppelt.«

Cromwell nickte.

»Und Gott sei Dank ist Buttermere nicht London«, setzte er grimmig hinzu.

»Das heißt?«

»Das heißt, mein Sohn, dass zwei Freunde, die wir nicht in den Polizeiakten haben, in London leicht verschwinden können. In einem abgelegenen Nest wie Buttermere ist das schwer, wenn nicht unmöglich.«

»Aber Menschenskind, sie sind doch weg!«

»Ja, aus dem Haus. Aber wie sind sie hergekommen? Mit einem Wagen? Und wenn ja, muss irgendjemand doch den Wagen gesehen oder gehört haben. Leider kann man auf der Straße nichts erkennen. Der Regen hat alle Spuren weggewaschen. Andererseits hat der Sturm die Leute wachgehalten.«

»Klar, muss er ja.«

»Und hier, zum Kuckuck, sind zu dieser Stunde Wagen nicht üblich. Arbeit für dich, Johnny. Scher dich ins Dorf, wenn's so was gibt, und frage, ob jemand nach ein Uhr nachts einen Wagen gesehen oder gehört hat. Auch wenn unsere zwei Freunde per Wagen angekommen sind, glaube ich nicht, dass sie direkt von London kamen. Sie müssten also in einem dieser Hotels stecken. Ich persönlich kann mir aber nicht denken, dass sie ein Auto benutzten. Viel zu gefährlich!«

»Was haben sie denn dann benutzt?«

»Füße, Mensch, ihre Füße. Wenn sie zu Fuß gekommen sind, dann jedenfalls nicht von weit her. Solche Leute laufen nicht gern und auch nicht gut.«

»Du ziehst das Netz ganz hübsch zusammen, Old Iron. Die zwei müssen also als Feriengäste in irgendeinem Hotel in Buttermere stecken, sagst du?«

»Das ist nur eine Möglichkeit, die mir vorschwebt, und sie muss geprüft werden. Los, mein Lieber, stell fest, wie viele Hotels hier sind und wer drin wohnt, und mach es unauffällig, dass sie nicht Lunte riechen. Ich verlasse mich auf dich.«

Als der elegante Johnny loszog, erschien in dem Augenblick Oberst Drayton auf dem Plan, und Cromwell wurde über eine Stunde aufgehalten. Der Polizeichef, Stayling und er mussten alle Tatsachen noch einmal durchgehen und verloren eine Menge Zeit damit, Murray und Vicky erneut auszufragen. Als die Konferenz endlich ein Ende nahm, war Ironsides weißglühend vor Ungeduld und Wut. Er hatte es gründlich satt. Der Polizeichef war ein ernster, peinlich genauer Mann und nicht abzuschütteln.

Endlich geruhte Drayton abzufahren, nachdem er sehr umständlich in wohlgesetzten Worten seine Dankbarkeit dafür zum Ausdruck gebracht hatte, dass ein so fähiger Mann wie der Chefinspektor die Untersuchung leite. - Nicht eine einzige Andeutung über die Art, wie er den Fall weiter zu behandeln gedenke, hatte sich der zähe Ironsides aus den Zähnen ziehen lassen, aber er hatte aus seiner Überzeugung, dass Murray völlig unbeteiligt sei, kein Hehl gemacht.

Bald danach tauchte Johnny wieder auf.

»Heilige Göttin der Gerechtigkeit, du hast dir was erspart, mein Sohn«, stöhnte Cromwell. »Ich hab' den Polizeichef hier gehabt, und reden kann der...! Ich danke meinem Schöpfer, der mich von ihm befreite. Ich wäre sonst geplatzt, sag' ich dir. Verflixt noch mal, der Mann kann Reden halten! Na schön, auch das ist überstanden. Vielleicht können wir jetzt wieder ein bisschen was tun. Hast du was 'rausgebracht im Dorf?«

Johnny zog sein Notizbuch.

»Es gibt nur zwei Hotels in diesem Nest, die überhaupt in Frage kommen. Das *Buttermere-Arms-Hotel* und das *Seehotel*«, zählte er auf. Im *Seehotel* sind nur Familien mit Kindern abgestiegen, also nichts für uns. Ach ja, dann ist da noch ein Professor aus Oxford. Im *Buttermere-Arms-Hotel* wieder zwei Londoner Familien - die haben ihre Wagen mit -, zwei Studenten aus Cambridge, die Klettertouren machen, und zwei Geschäftsleute mittleren Alters aus London - mit einer alten, staubigen Austin-Limousine. Das sind die einzigen, die passen würden, aber sie sehen gar nicht danach aus. Der eine heißt Henry Simpson- und ist Lederhändler und der andere ist als George Ryder eingetragen und handelt en gros irgendwas. Ich habe mir natürlich das Hotelregister angesehen. Es gibt noch zwei oder drei Pensionen etwas weiter unten an der Straße, aber sie sind gleichfalls nur von Familien bewohnt.«

»Noch mal die ganze Bande, bitte.«

Johnny wiederholte seinen Bericht.

»Heute Abend gehen wir ganz harmlos in den beiden Hotels einen heben«, beschloss Cromwell. »Wir müssen uns den Professor aus Oxford unter die Lupe nehmen und die zwei Studenten. Woher soll man wissen, ob jemand wirklich Professor ist oder Student. Ziemlich einfach, sich so zu tarnen. Das gilt auch für die Geschäftsleute aus London. Also drei Möglichkeiten, soviel ich sehen kann.«

»Und ziemlich schwache, will mir scheinen.«

»Mein lieber Johnny, in diesem Fall geht's uns genau wie bei der Kendrick-Sache. Wir haben keinen Anhaltspunkt. Wir können nur im Dunkeln tappen, bis wir was finden. Das braucht übrigens der Stayling nicht zu wissen. Gib dir Mühe, intelligent auszusehen, Johnny.«

Fünf Minuten später teilte Cromwell Harold Murray mit, dass er nicht mehr in *Mere Croft* zurückgehalten werde und gehen könne.

»Heißt das, dass Sie mich nicht mehr in Verdacht haben?«, fragte der junge Mann freudig überrascht.

»Habe ich jemals behauptet, dass ich Sie verdächtige?«, erwiderte der Chefinspektor. »Sie können Ihr Hotel aufsuchen, wann immer Sie wollen. Aber bitte bleiben Sie in der Gegend. Es kann sein, dass ich Sie brauche.«

Der Chefinspektor sprach in durchaus freundlichem Ton mit Murray, und Vickys Zweifel fingen wieder an zu schwinden. Cromwell, der große Cromwell glaubte offenbar an Harolds Unschuld. Das ließ auch sie erneut Vertrauen fassen, und es tat ihr wieder bitter leid, dass sie an ihm gezweifelt hatte.

Als sie Murray allein am Teetisch gegenübersaß, waren beide leicht verlegen. Nach Murrays offenem Geständnis konnte sie nicht mehr vorgeben, über seine Gefühle im Zweifel zu sein. Das Thema wurde mit keinem Wort erwähnt, aber beider Gedanken beschäftigten sich nur damit.

»Es ist ein Geschenk des Himmels, dass Cromwell hergekommen ist«, erklärte Murray mit großer Erleichterung.

»Dieser Stayling! Der hätte mich am liebsten sofort mit Handschellen gefesselt abgeführt. - Soll ich jetzt gehen, Vicky, ich meine, wenn wir den Tee getrunken haben?«

»Du brauchst nicht, Harold, wenn du nicht willst«, sagte sie und wich seinem eifrigen Blick aus. »Wir wollten doch nach meiner *Schwarzen Höhle* suchen. Sollen wir nicht gleich nach dem Tee anfangen?«

Murray war begeistert. »Ich habe nicht gewagt, es vorzuschlagen!«, rief er.

»Ich glaube immer noch, dass es ein Hirngespinst ist. Ich kann mir nicht vorstellen, dass Onkel Gussy ein so unsichtbares Versteck hatte.«

»Denk doch nach«, erklärte Murray voller Enthusiasmus. »Es muss eines geben. Kann gar nicht anders sein. Sieh mal, dieser Italiener ist doch mit einer großen Kiste angekommen. Wo ist die hin? Nach London hat dein Onkel sie nicht mitgenommen, und es scheint festzustehen, dass der olle Schädel drin gewesen ist. Die Kiste ist doch einfach spurlos weg. Du hast das Haus von oben bis unten abgesucht. Sie muss also fabelhaft gut versteckt sein. Glaub mir, Vicky, die *Schwarze Höhle* existiert.«

Vicky machte eine entmutigende Handbewegung. »Das Haus ist riesengroß, so viele Gänge, so viel eingebaute Schränke, wo sollen wir denn suchen, Harold? Ich weiß nicht mal, wo wir anfangen könnten.«

»Und du kannst dich an gar nichts erinnern? Dein Onkel hat nie etwas gesagt?«

»Ach, Harold, das habe ich doch jetzt schon hundertmal erzählt.

Ausgelacht hat er mich mit meiner *Schwarzen Höhle* und jedenfalls nie auch nur den Schatten einer Andeutung gemacht.«

»Dann werden wir da anfangen, wo sie mit größter Wahrscheinlichkeit sein müsste«, erklärte Harold, entschlossen aufstehend. »Verzeih, ich habe ganz vergessen... Vielleicht möchtest du das Arbeitszimmer lieber nicht betreten?«

»Weil dieser Mann da drin getötet wurde?« Vicky schüttelte den Kopf. »Ich bin schließlich kein Baby mehr. Und er ist ja weg... Ich meine die Leiche. Sie haben sie heute Nachmittag fortgeschafft, während sich Oberst Drayton mit Mr. Cromwell unterhielt. Trimble hat eine große alte Matte über die Stelle gelegt, wo der Teppich... Du weißt ja...«

Aber trotzdem musste Vicky sich zusammenreißen, um den Raum wieder zu betreten, in dem kurz vorher der jämmerliche kleine Mann eines gewaltsamen Todes gestorben war. Das Zimmer war vollständig aufgeräumt, die Fenstertüren nach dem Garten geöffnet, und die Abendsonne schien voll herein.

»Es ist alles eine Frage der Ausmaße«, sagte Murray fachmännisch und sah sich im Raum um. Er vermied dabei sorgfältig, nach der Matte zu sehen, die einen Teil des Teppichs verdeckte. »Wenn die Innenmaße mit den Außenmaßen nicht übereinstimmen, die Mauerstärke selbstverständlich eingerechnet, dann stimmt was nicht. Das ist dann der Ort, den wir suchen.«

»Wir werden Monate brauchen.«

»Nicht einmal Tage«, tröstete sie Murray, »höchstens Stunden. Ich sehe Mauern, Erker, Kamine und dergleichen mit anderen Augen als du, Vicky. Es ist mein Beruf.«

Während er durch das Zimmer ging und als Vorarbeit die Möbel untersuchte, sah Vicky ihm tatenlos zu. Murray hatte sich bald davon überzeugt, dass kein einziges Möbelstück ein Geheimfach enthalten konnte.

»Ich habe jedes Fußbodenbrett untersucht«, berichtete Vicky. »Sie sind alle stabil und fest und seit Jahren nicht entfernt worden.«

»Wäre auch unwahrscheinlich«, erklärte Murray. »Ich kann mir deinen Onkel schlecht auf Händen und Knien kriechend vorstellen, wie er Teppiche und Fußbodenbretter bewegt. Es muss was sein, das ebenso leicht zu öffnen ist wie ein Schrank oder ein Sekretär. Ein Glück für uns, dass der Hohlraum ziemlich groß sein muss. Darum glaube ich auch nicht, dass ein Möbelstück in Frage kommt.«

Murray vermaß jede Wand und verglich die Zahlen mit den Außenmaßen, die er ebenfalls sorgfältig aufnahm, und mit den Maßen des Nebenraumes. Nach einer halben Stunde war diese Arbeit beendet.

»Nichts. In keiner von den Wänden ist die »Schwarze Höhle««, erklärte er endlich. »Ich dachte mir schon, dass es nicht so leicht sein würde. Dein Onkel war ein schlauer alter Fuchs, Vicky.«

»Zu schlau«, sagte sie müde. »Vielleicht tue ich ihm Unrecht. Er konnte ja nicht wissen, dass man ihn erschießen würde, ehe er irgendjemandem sein Geheimnis anvertrauen konnte. Du wirst jetzt wohl das ganze Haus systematisch absuchen wollen«, fügte sie hinzu.

»Ich meine, wir sollten es zunächst mit seinem Schlafzimmer versuchen... Oh, hallo! Wer ist denn das?«

Sie hatten beide einen starken Wagen Vorfahren hören und gingen zum Fenster. Ein grüner Chrysler stand vor der Tür, und ihm entstieg, wie nicht anders zu erwarten, Mr. Preston Dodd.

Zehntes Kapitel

Der Millionär wurde in der Halle von Bill Cromwell und Johnny Lister empfangen.

»Guten Tag - guten Tag, Mr. Cromwell. Ich freue mich, dass Sie hier sind«, rief Dodd und schüttelte Cromwell herzlich die Hand. »Ich befürchtete, dass man den Fall diesen Dorfpolizisten überlassen würde. Jetzt können Sie hoffentlich endlich die ganze Sache aufklären. Ist etwas gefunden worden? Irgendwelche Spuren vom Borgia-Kopf?«

»Leider, Mr. Dodd, interessiert mich der Borgia-Kopf noch immer nicht. Ein zweiter Mord ist verübt worden, und es bleibt weiter meine ausschließliche Aufgabe, den Mörder zu finden.«

»Scheußlich, scheußlich! Es muss derselbe Kerl gewesen sein, der den armen Kendrick umgebracht hat. Wer ist denn überhaupt ermordet worden? Ich habe es heute Morgen im Radio gehört und mich gleich in den Wagen gesetzt.«

»Sind Sie denn bei Miss Kendrick gar nicht angemeldet?«

»Ich habe ihr gestern ein Telegramm geschickt, aber keine Antwort bekommen.«

»Wofür ich um Verzeihung bitten muss«, sagte Vicky, die zu ihnen getreten war. »Guten Tag, Mr. Dodd. Ich wollte Ihnen heute Morgen telegrafieren, aber nach den Ereignissen der Nacht habe ich es ganz vergessen. Ich fürchte, Sie haben die lange Reise umsonst gemacht.«

»Der Kopf ist also nicht gefunden worden?«, fragte Dodd bestürzt.

»Nein.«

»Aber er muss hier sein, und er gehört mir.« So ging es schon wieder los. »Wenn heute Nacht hier eingebrochen wurde, kann das nur eins bedeuten, Kendricks Mörder haben den Kopf in London nicht gefunden. Sie sind hierhergekommen, weil sie hofften, ihn hier zu bekommen.«

»Bis jetzt hat niemand etwas bekommen«, sagte Ironsides mit müder, resignierter Stimme. »Niemand außer Kleschka. Der hat eine Kugel ins Gehirn bekommen.«

»Kleschka?«, wiederholte Dodd verständnislos. »Wer ist Kleschka?«

»Ein in London gut bekannter kleiner Gauner ausländischer Herkunft«, teilte ihm der Chefinspektor mit. »Er ist in Ungarn geboren, soviel ich weiß, aber gelebt hat er in Soho. Und - darin haben Sie recht - er ist heute Nacht in diesem Haus vermutlich von denselben Männern ermordet worden, die auch Kendrick auf dem Gewissen haben.«

»Aber warum?«

»Ja, warum, Mr. Dodd. Es steht Ihnen ganz frei, zu raten. Jedenfalls ist Kleschka ein unerwarteter Faktor.«

Preston Dodd gestikulierte mit den Armen. »Unerwartet vielleicht, aber der Grund, weswegen er hier war, scheint mir klar zu sein«, stieß er aufgeregt hervor. »Er suchte den Kopf - meinen Kopf. Entweder ist er mit diesen Männern zusammen gekommen...« Er brach plötzlich ab. »Warum haben Sie vorhin von *Männern* gesprochen, Mr. Cromwell?«

»Weil wir wissen, dass zwei Männer Kendricks Laden, kurz bevor der Mord geschah, betreten haben.«

»Ach so, ich verstehe. Also: Entweder gehörte Kleschka dazu, oder er hat sie überrascht«, folgerte der Millionär. »So muss es gewesen sein. Ganz selbstverständlich war es so. Und das ist auch der Grund, warum sie ihn erschossen.«

Cromwells Geduld fing an, Risse zu bekommen. »Wenn Sie es genau wissen wollen, Mr. Dodd - ich wäre Ihnen außerordentlich dankbar, wenn Sie die Untersuchung mir überließen.«

»Und außerdem«, schaltete Vicky sich ein, »müssen Sie nach dieser langen Reise müde sein. Ich bin wirklich eine miserable Hausfrau. Kann ich Ihnen eine Erfrischung anbieten?«

»Die beste Erfrischung, die Sie mir anbieten können, Miss Kendrick, ist der Borgia-Kopf«, kam Dodd ohne Umschweife auf sein Thema zurück. »Er gehört mir, und ich hoffe, dass Sie das begriffen haben. Ich habe ihn von Ihrem Onkel gekauft, ich zahlte ihm tausend Pfund an, und das Geschäft war fest abgeschlossen.«

»Das haben wir alle schon bis zum Überdruß gehört«, bemerkte Cromwell scharf. »Es gibt da einige kleine Schwierigkeiten, die Sie anscheinend übersehen haben und die ich Sie bitten möchte, sich freundlicherweise endlich zu merken. Kendrick ist nämlich ermordet worden, ehe er Sie hierherbringen konnte, um den kostbaren Kopf in Ihre Hände zu legen. Und Mr. Kendrick war ein sehr kluger, misstrauischer und vorsichtiger Mann, Mr. Dodd. Irgendwo hier im Haus hat er ein genial getarntes Geheimversteck angelegt, und er ist so plötzlich gestorben, dass er es niemandem verraten konnte.«

»Aber sicher weiß doch Miss Kendrick...«

»Es tut mir schrecklich leid, Mr. Dodd«, sagte Vicky hilflos, »mein Onkel hat mir nicht einmal eine Andeutung gemacht. Ich weiß nicht, wo das Versteck ist. Wir sind dabei, es zu suchen.«

»Und das erfordert Zeit«, setzte Ironsides hinzu. »Es wäre besser, wenn Sie sich damit abfinden würden. Miss Kendrick ist nicht bereit, das Haus niederreißen zu lassen, nur um diese geheimnisvolle Höhle für Sie zu finden. Der Kopf ist in bester Hut. Bis er gefunden wird, können allerdings Wochen vergehen. Sie müssen Geduld haben.«

»Großer Gott! Ich habe schon über eine Woche gewartet. Habe ich denn noch nicht genug Geduld gehabt?«

»Der Kopf wird schon irgendwann einmal auftauchen«, fuhr Cromwell unbeirrt fort, »und ich bin überzeugt, dass Miss Kendrick dann ihres Onkels Absichten achten wird. Damit, dass Sie hier angefahren kommen, ist nichts gewonnen.«

»Stimmt das, Miss Kendrick? Werden Sie das tun? Ich meine, Ihres Onkels Absichten achten?«

»Selbstverständlich werde ich das tun«, erklärte Vicky, ohne zu zögern. »Aber ich kann Ihnen nicht versprechen, wann das sein wird. Wo sind Sie abgestiegen?«

»Abgestiegen? Nirgends. Ich komme direkt von London.«

»Dann befolgen Sie meinen Rat und fahren Sie ebenso direkt dahin zurück«, sagte Cromwell trocken. »Miss Kendrick wird Ihnen sicher etwas zu trinken geben, und dann fahren Sie ab.«

»Oh, nein. Jetzt, wo ich einmal hier bin, bleibe ich auch«, erklärte Dodd eigensinnig wie immer. »Wo sind denn Sie abgestiegen?«

Cromwell zuckte mit den Achseln. »Ich weiß noch gar nicht, ob ich abgestiegen bin«, gab er, Dodds Tonfall nachahmend, zurück. »Habe hier eigentlich nicht viel zu tun. Vielleicht bleibe ich noch bis morgen - und wenn ich bleibe, werde ich mir wahrscheinlich ein Hotel in Brackenthwaite suchen. Buttermere ist zu klein. Ich würde Keswick vorziehen, aber ich hasse diese Gebirgspässe. Zu gefährlich für meinen Geschmack!«

»Gefährlich?« Dodd war sehr erstaunt. »Kann ich gar nicht verstehen. Und das nennen Sie hier Gebirge? Bei uns in den Staaten...«

»Weiß schon, weiß schon - selbstverständlich die höchsten Berge der Welt«, unterbrach ihn Ironsides mit beißender Ironie. »Nur, als mein Sergeant und ich heute Nachmittag über den Honister-Pass fuhren, wären wir um ein Haar ins Jenseits befördert worden. Ein Felsblock, ein Riesending - natürlich nicht so groß wie in den Staaten, aber immerhin -, hatte sich gelöst und stürzte kurz hinter uns auf die Straße. Ein ziemlich hässliches Gefühl war das.«

»Das habe ich ja gar nicht gewusst!«, rief Vicky betroffen aus. »Ich bin unzählige Male über den Honister-Pass gefahren, Mr. Cromwell. Ich habe auch noch nie gehört, dass so etwas früher einmal passiert ist.« Ihr Ausdruck veränderte sich, und sie sah sorgenvoll aus. »Oh, Himmel, ich frage mich jetzt bald, ob nicht an diesem Fluch was dran ist. Es heißt, dass jeder, der dem Borgia-Kopf zu nahe kommt, stirbt.«

»Unsinn, Miss«, sagte Ironsides kurz, »bis jetzt bin ich dem verflixten Ding noch nie begegnet, von *zu nahe kommen* kann schon gar keine Rede sein.«

»Aber Sie sind hierhergekommen, um einen Mord zu untersuchen, der wegen ihm begangen wurde«, fuhr Vicky beharrlich fort. »Das ist beinahe dasselbe. Es hängt alles damit zusammen. Ich habe Angst. Ich hoffe, dass ich das scheußliche Ding niemals finde.«

»Halt!« japste Preston Dodd.

»Tut mir leid für Sie, Mr. Dodd, aber...«

»Was kaufe ich mir von Ihrem Mitleid. Den Kopf will ich haben. Sie müssen ihn finden. Er gehört mir...«

»Nehmen Sie ihn mit, Miss Kendrick, nehmen Sie ihn um Gottes willen ganz schnell mit und geben Sie ihm was zu trinken«, bat Cromwell hastig. »Und was den Fluch betrifft, denken Sie nicht mehr daran. Es gibt keine Flüche - jedenfalls nicht solche.«

Dodd wurde ins Wohnzimmer geführt, aber sein Redestrom versiegte keinen Augenblick. Immer und immer wieder setzte er Vicky auseinander, dass er Anspruch auf den Borgia-Kopf habe, dass er ihm gehöre, dass sie ihn finden müsse und so weiter.

Tee lehnte er entrüstet ab, seine Verachtung für dieses Getränk schien grenzenlos zu sein, aber einen doppelten Whisky nahm er an, und die ganze Zeit über, während er ihn trank, setzte er seine Tiraden fort. Er sprach und sprach, und seine klugen Augen schossen dabei ruhelos in alle Ecken des Zimmers.

»Sie haben doch nichts dagegen, wenn ich mir das Arbeitszimmer einmal ansehe«, sagte er geschäftig. »Ich könnte ja etwas entdecken, was Ihnen entgangen ist. Man kann nie wissen. Ich weiß, dass ich eine entsetzliche Belästigung bin, aber ich habe Sorge. Ich habe mein Herz an diesen Kopf gehängt, kann an nichts anderes mehr denken, seit Ihr Onkel den Auftrag von mir annahm - und das ist Wochen her. Die Galle steigt mir hoch, wenn ich mir vorstelle, dass er hier ist, in diesem Haus, und dass ich meine Hände nicht darauflegen kann. Und er...«

»Gehört Ihnen«, ergänzte Vicky apathisch. »Ich weiß. Sie haben das ganz klargestellt, Mr. Dodd.«

»Hallo, Miss Kendrick, ziehen Sie mich auf?«

»Vielleicht ein bisschen.« Vicky hatte ihr Lächeln wiedergefunden. »Aber Sie sind wirklich selber schuld.«

»Sie werden wohl recht haben«, gab er etwas kleinlaut zu, »aber was Sie nicht zu begreifen scheinen ist, dass ich ein Sammler bin, ein rasender, wahnsinniger, leidenschaftlicher Sammler, mein Kind, und dieser Kopf ist der größte Schatz, den ich jemals in meinem Leben erwischt habe. Erwischt ist gut«, setzte er bitter hinzu. »Vor einer Woche war ich glücklich. Ihr Onkel hatte mich angerufen und gesagt, dass er bereit sei, die Ware auszuliefern, und dann - bums - löst sich alles in blauen Dunst auf.«

Vicky, der er wirklich leid tat, sagte ihm alle tröstenden Worte, die ihr einfielen, und führte ihn endlich in die Halle zurück, wo sie ihn, glücklich entwischen zu können, ganz einfach allein ließ.

»Soll er doch ruhig ein bisschen herumtapsen«, meinte sie zu Harold. »Ich hoffe nur, dass er sich auf das Arbeitszimmer beschränkt. Vermutlich wird er das ganze Haus umdrehen wollen oder verlangen, dass ich es sprengen lasse!«

»Das Beste ist, man lässt ihn jetzt allein. Er wird sich schon abregen«, stimmte Murray ihr zu. »Wir wollen einfach nach oben gehen, dann kann er uns nicht finden, wenn er fertig ist, und Cromwell schmeißt ihn sicher anschließend raus.«

Cromwell war gerade bemüht, Mr. Dodd rauszuschmeißen, aber dieser widersetzte sich.

»Miss Kendrick hat mir erlaubt, das Arbeitszimmer anzusehen, und dahin gehe ich jetzt«, erklärte er widerborstig. »Wo kann ich das verdammte Arbeitszimmer finden? Großer Gott, wenn ich daran denke, dass Kendrick mich hierher einladen und mir den Kopf hier übergeben wollte...«

»Schnell, Johnny, bring ihn ins Arbeitszimmer«, schäumte Ironsides, und als Johnny zurückkam, jammerte er weiter: »Oh, Himmel! In London hat er uns den Nerv getötet, und jetzt geht hier das ganze Theater wieder los. Weißt du, wie mir der verdammte Kerl vorkommt? Wie so ein ekelhafter Blutegel. - Riecht aber nicht so«, fügte er gänzlich zusammenhanglos und mit angewidertem Schnaufen hinzu.

»Wie bitte?«, erkundigte sich Johnny ebenso wohlerzogen wie verständnislos.

»Parfüm«, fuhr Cromwell fort, ohne ihn zu beachten. Er zog sein Taschentuch und putzte sich mit Vehemenz die Nase. »Ich hasse Männer, die nach Parfüm stinken.«

»Du kannst doch Haarwasser nicht als Parfüm bezeichnen«, redete ihm Johnny gut zu. »Ich gebrauche das Zeug ja manchmal selbst. Nur, weil du einen Piek auf- den alten Dodd hast, brauchst du ihn doch nicht gleich mit allen dir bekannten Flüchen zu belegen.«

»Hab' ich gar nicht getan«, brummte Cromwell. »Zehn Minuten soll er von mir aus noch haben, dann fliegt er raus. Wenn sich der alte Esel danach sehnt, noch andere

Teile des Hauses zu durchstöbern, muss er sich eben sehnen. Lange genug hat er uns jetzt belästigt. Das Teuflische daran ist, dass nichts, nicht mal ein Erdbeben, ihn davon abhalten kann, morgen wieder zu erscheinen. Ach, zur Hölle mit dem Kerl!«

»Er ist ein lästiger Bursche, aber vergiss nicht, dass er Millionär ist, und wenn wir seinen verdammten Schädel ausscharren, steckt er uns vielleicht einen oder zwei Tausender zu«, sagte Johnny mit breitem, herausforderndem Grinsen. »Wollen wir nicht von Menschenjäger auf Kopfjäger umschalten, Old Iron? Ein Geistesblitz - sogar auf meinem Mist gewachsen!«

»Der reine Blödsinn«, schnauzte Cromwell böse. »Du willst also, dass ich in meinem Alter ein elender, schwachsinniger Kopfjäger werde? Das willst du!«

In diesem kritischen Augenblick hörten sie aufgeregte Stimmen, die von oben zu kommen schienen, und dann schnelle Schritte auf der Treppe. Vicky erschien aufgeregt und atemlos.

»Ich weiß...«, rief sie mit leuchtenden Augen, »ich weiß jetzt, wo die *Schwarze Höhle* ist.«

Bill Cromwell fuhr herum und gab ihr verzweifelte Zeichen. Der bösartige Ausdruck in seinem Gesicht, mehr als die etwas unklare Zeichensprache, ließ das Mädchen verstummen. Sie blieb auf der Treppe stehen.

»Was ist los«, fragte sie leise.

»Dodd, natürlich.«

»Wie bitte?«

»Er ist noch da, er ist im Arbeitszimmer.«

»Aber was hat denn das...«

»Wenn Sie die *Schwarze Höhle* gefunden haben, Miss, dann halten Sie wenigstens den Mund«, flehte Ironsides. »Wir können ihn nicht noch länger hier herumtrampeln und nach seinem Borgia-Kopf schreien lassen, sobald er auftaucht.«

»Aber er gehört ihm ja!«

»Mein Gott, wer hat denn was dagegen. Deswegen können Sie ihn ihm trotzdem nicht übergeben, Miss Kendrick. Bitte verstehen Sie mich doch. Das ist ungesetzlich. Ganz abgesehen davon, dass es meine Pflicht ist, den Kopf, sobald er gefunden wird, als Beweisstück zu beschlagnahmen und in Gewahrsam zu nehmen, kann Dodd den Kopf überhaupt nur bekommen, wenn er sich mit den Rechtsanwälten Ihres Onkels in Verbindung setzt.«

»Danke, ich habe es jetzt eingesehen...«

»Sie wohl, aber versuchen Sie das Dodd zu erklären«, fuhr Cromwell fort. »Stellen Sie sich doch nur vor, was der anstellt, wenn Sie ihm erzählen, dass Sie das unselige Ding gefunden haben. Entweder Sie müssen ihn ins Haus aufnehmen, oder er schlägt ein Zelt im Garten auf. Nie im Leben werden Sie den wieder los.«

»Zu dumm von mir, daran habe ich natürlich nicht gedacht«, sagte Vicky. »Und vielen Dank, Mr. Cromwell, Sie sind ein sympathischer Mensch.«

Sie lief leichtfüßig wieder nach oben, und Ironsides knurrte verlegen, als er Johnnys breites Grinsen bemerkte.

»Was ist los mit dir, zum Teufel?«, schnauzte er ihn an.

»Gar nichts, du *sympathischer Mensch*«, sagte Johnny süß.

»Wenn du das komisch findest, Lister, dann hast du 'einen verdammt dämlichen Humor«, fuhr ihn der Chefinspektor an. »Meinst du, du grüner Junge, dass ein nettes Mädchen mich nicht...«

»Achtung«, warnte Johnny leise.

Preston Dodd war in die Halle getreten, und man konnte ihm ansehen, dass er nichts von der neuen Entwicklung der Dinge mitbekommen hatte. Er sah vor Enttäuschung gealtert aus.

»Kein Gedanke an einen verborgenen Hohlraum im Arbeitszimmer«, klagte er. »Nichts wie ganz gewöhnliche, normale Wände...« Er brach mit einem verbitterten Fluch ab. »Hat man jemals so etwas Verdammtes erlebt! Im ganzen Haus kann diese Höhle stecken!« Er sah sich völlig verzweifelt um. »Überall, im ganzen Haus, und ein großes Haus ist es noch dazu.«

»Darum habe ich Ihnen ja schon vorhin gesagt, dass Sie noch etwas Geduld haben müssen, Mr. Dodd«, säuselte Cromwell, als habe er einen gefährlichen Irren vor sich, den zu beruhigen er sich vorgenommen habe. Und während er sprach, ergriff er außerdem Dodds Arm und dirigierte ihn sanft, aber unaufhaltsam, zur Tür. »Viel besser für Sie, schnurstracks nach London zurückzufahren und in Ihrem Hotel gemütlich abzuwarten, bis Miss Kendrick Ihnen gute Nachricht zukommen lassen kann.« Wie Johnny aus langer Kenntnis seines Chefs schon ahnte, war Ironsides' derzeitiger Vorrat an säuselnder Sanftmut nunmehr aufgebraucht. »Ich erlaube mir ferner, Sie darauf aufmerksam zu machen«, fuhr er mit zunehmender Schärfe fort, »dass ich es auf keinen Fall dulden werde, dass Sie weiter meine Arbeit stören.«

»Ich verstehe«, ächzte Dodd, sein graues Haar mit der Hand zerwühlend, in äußerster Verzweiflung. »Einfach hinausgeschmissen wird man. Na ja, hat keinen Zweck, sich zu beklagen. Sie tun ja schließlich auch nur Ihre Pflicht. Also gut. Ich werde warten.«

»Das ist fein, Sir, das höre ich gern«, Ironsides war schon wieder eitel Sonnenschein und Herzlichkeit, was ihn nicht daran hinderte, einen schweren Seufzer namenloser Erleichterung auszustoßen, als Dodd endlich in den Chrysler stieg und abfuhr. Zum mindesten würde er selbst dem sonderbaren Ton, der sich seiner gequälten Brust entrang, diesen poetischen Namen gegeben haben. Johnny Lister hätte schwören können, dass Ironsides sehr unanständig fluchte - und er hatte gute Ohren.

»Der ist abgeschoben - und schneller als ich dachte«, wandte Cromwell sich nunmehr an Johnny. »Jetzt lass uns endlich einen Blick auf diese *Schwarze Höhle* werfen.«

Sie fanden Vicky auf dem Treppenabsatz.

»Harolds Architektenkopf hat alles rausgekriegt«, rief sie ihnen eifrig zu. »Ist Mr. Dodd jetzt fort? Ich hörte einen Wagen...«

»Jawohl, der ist jetzt weg.«

»Dann kommen Sie schnell mit und sehen Sie sich die Sache bitte an. Im Schlafzimmer meines Onkels.«

Sie begaben sich also alle in ein großes, sehr schönes Schlafzimmer, dessen Fenster auf der Vorderfront des Hauses lagen.

»Dieser Raum ist ganz erheblich verändert worden, als das Haus umgebaut wurde«, erklärte Vicky.

Harold Murray stand in einer Ecke des Zimmers und klopfte die Wand ab.

»Hier ist eine Fläche, die in ihren Maßen nicht stimmt«, sagte er. »Sie ist sicherlich entstanden, als diese Wände ausgeglichen wurden. Ursprünglich muss hier ein unregelmäßig geformter Abstellraum gewesen sein, der die Gleichmäßigkeit im Raume störte.«

»Kann man eine Tür erkennen?«

»Ich kann nichts finden, Mr. Cromwell. Die Tür könnte auch im Nebenzimmer sein. Ich habe alles ausgemessen, hier ist zweifellos ein Hohlraum. Fühlen Sie mal! Nur verputzt, kein Mauerwerk!«

Sie gingen in das andere Zimmer hinüber, und dort stand an der entsprechenden Stelle ein großer eingebauter Schrank, ein wunderschönes, altes Möbelstück aus geschnitztem Walnussholz.

»Die Rückwand muss falsch sein«, meinte Johnny. »Ich kann mich erinnern, so einen Schrank in einem alten Haus in Suffolk gesehen zu haben. Ganz einfache Sache.«

»Ich habe ihn untersucht, die Rückwand lässt sich nicht verschieben«, sagte Murray. »Sie ist ebenso massiv wie alles übrige, und es wäre eine Schande, diese schöne Arbeit zu verderben.«

Einer nach dem anderen untersuchten nun auch Ironsides und Johnny den Schrank und kamen zu der Überzeugung, dass er eine schlau versteckte Tür enthalten könne.

»Das ist so ziemlich die geschickteste Arbeit, die ich je gesehen habe«, bemerkte Cromwell. »Natürlich gibt es eine ganz einfache Lösung, aber wenn man sie nicht kennt, steht man dumm da. Kann gut sein, dass wir noch eine Woche hier herumprobieren müssen.«

»Ich jedenfalls werde keine Woche warten«, erklärte Vicky sehr energisch. »Nicht zehn Minuten warte ich. Es gibt einen ganz einfachen Weg, das Ding zu öffnen, und diesen schönen Schrank brauchen wir auch nicht zu beschädigen.

Wir schlagen die Wand von der anderen Seite ein - und fertig.«

»Ihr Haus, Miss Kendrick«, meinte Cromwell philosophisch. »In Ihrem Haus können Sie natürlich machen, was Sie wollen.«

»Ein guter Maurer macht das Loch in ein paar Stunden wieder zu«, meinte Vicky sorglos. »Los, Harold, komm mit! Ich weiß, wo wir eine Axt finden.«

Fort waren sie, und Ironsides und Johnny wanderten wieder in Kendricks Schlafzimmer zurück.

»Die ungeduldige Jugend, Johnny!«, seufzte der Chefinspektor. »Lieber reißt sie die ganze Wand ein, als dass sie auf einen Fachmann wartet.«

»Was ich ihr nicht verdenken kann, Old Iron. Woher willst du denn einen Fachmann nehmen? Ein Feinmechaniker kann hier nichts helfen. Das einzige, was hier nützt, ist eine Spezialfirma für Zauberkästen. Du weißt schon: Zirkus, zersägte Jungfrauen und so weiter. Jede Wette, dass das Ding von solchen Leuten eingebaut wurde. Viel einfacher, ein Loch in die Wand zu schlagen.«

Rot und atemlos vor Eile und Erregung erschienen Vicky und Harold wieder. Murray hatte eine gewaltige Axt in der Hand.

»Soll ich wirklich, Vicky?«, erkundigte er sich.

»Sei nicht albern. Fang an!«

Er trieb die Axt tief in die Wand und benützte sie als Hebel, so dass ein großes Stück Mörtel in einer Riesenstaubwolke zur Erde fiel. Noch ein kräftiger Schlag, und das Loch wurde größer.

Elftes Kapitel

Bill Cromwell war an Murrays Tätigkeit nur mäßig interessiert. Er betrachtete den Borgia-Kopf als eine Belästigung. Wenn auch die Morde um seinetwillen verübt wurden, so spielte er doch keine eigentliche Rolle bei der Untersuchung. Seine Entdeckung konnte ihm nicht weiterhelfen. So sah er sich Murrays Zerstörungswerk mehr abwesend als mit besonderer Neugierde an.

Der romantische Johnny Lister blickte schon gar nicht zu Murray hinüber. Er beobachtete Vicky. Womit er lediglich seine überdurchschnittliche Intelligenz unter Beweis stellte, denn während es zweifellos keinen großen ästhetischen Genuss bietet, einen mit Mörtel und Staub bedeckten jungen Mann Löcher in alte, gleichfalls sehr staubige Wände schlagen zu sehen, bot Vicky ihrerseits einen wirklich atemberaubenden Anblick. Sie zitterte vor Aufregung wie ein edles Rennpferd vor dem Start, und die Abendsonne verwandelte ihr Haar in gesponnenes Gold. Ihr Gesicht war rosig überhaucht und die Lippen leicht geöffnet, aber das Schönste waren ihre großen blauen Augen, in denen vor ungeduldiger Erwartung tausend Lichter tanzten.

»Zufrieden?«, fragte Murray völlig außer Atem.

»Jaja, das Loch ist groß genug.« Vicky konnte es nicht mehr abwarten. »Himmel! Wieviel Staub! *Schwarze Höhle* ist der richtige Name. Wie wollen wir da drin etwas erkennen? Wer hat eine Taschenlampe?«

»Ganz zu Ihren Diensten«, meldete sich Johnny, seine Lampe aus der Tasche zaubernd. »Wird aber nicht viel helfen bei dem Sonnenschein. Sie werden warten müssen, bis sich Ihre Augen an die Dunkelheit gewöhnen.«

Vicky, voller Besitzerstolz, beanspruchte für sich den ersten Blick in ihre *Schwarze Höhle*. Das Loch in der Wand war groß genug. Sie konnte Kopf, Schultern und die Hand, die die Lampe hielt, hineinstecken.

»Oh!«

Es war ein Ausruf bitterster Enttäuschung. Sie zog den Kopf zurück, und die drei Männer erblickten ein sehr trauriges Gesicht.

»Da ist nichts drin, einfach nichts«, sagte sie. »Ein leerer Raum und viel Mörtel und Staub. Kein Kasten und kein Koffer. Nichts, worin man etwas verstecken könnte.«

»Lass mich mal«, bat Murray. »Was für ein Reinfall«, fügte er gleich darauf hinzu. »Es ist nur ein Hohlraum, der entstanden ist, als sie die Wände ausgeglichen haben. Und das Dämlichste am Ganzen ist, dass es in so einem Haus noch ein halbes Dutzend ähnlicher Löcher geben kann. Der Himmel allein weiß, was mit den Wänden geschieht, wenn diese alten Häuser renoviert werden.«

Ganz erschlagen trennte sich die kleine Gesellschaft. Vicky verschwand, um sich zu waschen und das Kleid zu wechseln. Ironsides und Johnny begaben sich auf ihren Spaziergang ins Dorf, und Harold Murray blieb sich und seiner Suche, die er mit stark gedämpftem Enthusiasmus fortsetzte, allein überlassen.

»Das Mädchen ist mächtig enttäuscht, und das ist eigentlich sonderbar«, bemerkte Cromwell, als sie die stille Straße am Seeufer entlanggingen. »Der blöde Kopf interessiert sie im Grunde genommen ja gar nicht. Es ist nur das Geheimnisvolle daran - ein dunkles Versteck und unbekannte Schätze! Das Geld hat sie nicht nötig. Auch ohne Dodds verdammten Scheck ist sie ein reiches Mädchen.«

»Ach was, fünfzigtausend Pfund kann jeder brauchen«, meinte Johnny nüchtern. »Ihr Onkel hat fünfunddreißigtausend Pfund für den alten Kopf bezahlt, und du kannst es ihr wirklich nicht verdenken, dass sie die wieder reinbringen will.« - Er grinste breit, als ihm plötzlich ein Gedanke kam. »Ziemlich energischer Bursche, dieser Murray. Bin neugierig, wie viele eingeschlagene Wände wir vorfinden, wenn wir wieder zurückkommen.«

»Ich hoffe doch, dass sie jetzt etwas vorsichtiger wird, die Kleine«, brummelte der Chefinspektor väterlich besorgt. »Hat keinen Sinn, jede Wand einzuschlagen, die halbwegs nach einem Hohlraum aussieht.«

Sie wechselten das Gesprächsthema, denn sie hatten jetzt das *Buttermere-Arms-Hotel* erreicht. Das Hotel schien keine regelrechte Bar zu besitzen. Cromwell und Johnny gingen durch die Hotelhalle in einen kleinen Raum, den sie ganz für sich hatten. Die Gäste waren wohl noch unterwegs oder zogen sich in ihren Zimmern für das Abendessen um.

»Das scheinen sie hier als Bar zu benutzen«, meinte Johnny, auf die wenigen kleinen Tische weisend. In der Wand war eine Klappe eingelassen, durch die die Getränke gereicht werden konnten. »Keine Seele zu sehen«, fuhr er missbilligend fort, »was muss man denn hier tun, um was zu kriegen - brüllen?«

»Es wird schon gleich jemand kommen«, beruhigte ihn Cromwell und ließ sich an einem der Tische nieder. »Wir können wirklich eine Stärkung brauchen nach diesem tropischen Tag. In jeder Hinsicht ist mir dauernd heiß geworden. Schrecklich unbefriedigender Fall, Johnny. Wir wissen überhaupt nur, dass irgendwer heute Nacht in der *Mere Croft* eingebrochen ist und diesen Kleschka umgelegt hat. Aber was, zum Teufel, hatte Kleschka da zu suchen? Was macht der bloß in unserem *Film*? Ich habe die Nase voll, mein Sohn. Kein Anhaltspunkt und keine Spur! Nicht der Schatten einer Spur zu finden.«

Johnny sah seinen Chef verwundert an. Der litt doch sonst nicht an Depressionen. Jetzt saß er da, stopfte seine Pfeife und brütete verdrießlich vor sich hin.

»Du kannst doch überhaupt noch gar nichts sagen«, versuchte Johnny den gebrochenen Cromwell aufzurichten. »Wir sind erst ein paar Stunden hier.«

»Lange genug, um einzusehen, dass wir nur unsere Zeit vertrödeln«, schimpfte Cromwell. »Könnten geradesogut zurück nach London fahren und Stayling alles überlassen. - Die Cumberlander Seenplatte! Pah! Von mir aus können sie sie sauer kochen. Ich schenk' sie ihnen.«

»Lass doch das arme Land in Ruh'. Hat doch keinen Zweck, die ganze Gegend zu beschimpfen, bloß weil du schlechte Laune hast«, sagte Johnny. - »Warum, zum Teufel, kommt denn niemand... Hallo, Ober!« schimpfte er los, um sich gleich darauf wieder mit leicht ironischem Mitleid an Cromwell zu wenden. »Was du brauchst, alter Freund, ist ein romantischer Spaziergang in die Berge. Das lüftet das Gehirn.«

»Gott behüte!«, sagte Cromwell, ehrlich erschrocken.

Johnny fing jetzt an, mit den Fingern einen Trommelwirbel auf den Tisch zu klopfen, worauf ganz in der Nähe endlich Schritte laut wurden und die Servierklappe sich öffnete.

»Guten Abend, die Herren«, begrüßte sie ein freundlicher, älterer Mann durch die Klappe hindurch. »Ich wusste nicht, dass jemand hier ist. Was darf ich Ihnen bringen?«

Sie verlangten etwas zu trinken, und der Mann stellte sich als Mr. Watkins, Besitzer des *Buttermere-Arms-Hotels*, vor.

»Man braucht nicht Sherlock Holmes zu sein, um zu begreifen, dass die Herren die beiden Detektive aus London sind«, sagte er mit einem liebenswürdigen Lächeln. »Nicht, dass Sie wie Detektive aussehen... Gott bewahre«, fügte er nach eingehender Betrachtung seiner beiden Gäste hinzu, »aber Sie sind hier fremd, und Sie sehen nicht wie Feriengäste aus. Hässliche Sache drüben in *Mere Croft*, wie?«

»Stimmt«, bestätigte Ironsides.

»Scheußliches Pech für Miss Kendrick.«

»Stimmt auch«, gab Ironsides gesprächig zu.

»Man sollte meinen, die würden sie in Ruhe lassen, nachdem ihr Onkel schon in London ermordet wurde«, setzte Watkins seine Gedankengänge fort. »Das war ein feiner Mann - *Old Gus* Kendrick. Er kam nicht oft hierher, aber ich kannte ihn trotzdem gut. Ein Jammer, dass er so weg musste.«

»Wir müssen alle einmal weg, so oder so«, stellte Cromwell düster fest.

»Sie machen keinen sehr fröhlichen Eindruck, Sir.«

»Und worüber, in des Teufels Namen, sollte ich mich freuen?«

»Oh, Verzeihung, Sir, ich...«

»Schon gut, macht nichts«, knurrte der Chefinspektor. »Tut mir leid, dass ich ausfallend wurde. Ich bin einfach müde und deprimiert, das ist es. Kein Anhaltspunkt in dieser verdammten Sache, keine Spur, und das macht mich immer reizbar. Noch zwei Gläser von demselben, bitte, und bringen Sie gleich eins für sich selbst mit, Mr. Watkins.«

Nach der zweiten Runde schien sich Ironsides' Stimmung etwas aufzuhellen.

»Wir hörten, dass Sie einen Gast, einen gewissen Simpson, hier haben, Zimmer Nummer...«

»Acht«, ergänzte der Besitzer automatisch.

»Der Name kommt mir so bekannt vor...«

»Er ist gerade ausgegangen«, meinte Mr. Watkins. »Er und sein Freund, Mr. Ryder, sind nach dem Tee mit ihrem Wagen los. Sie wollten sich den Crummock-See mal ansehen, aber ich nehme an, dass sie zum Essen wieder da sind. Sehr angenehmer Mensch, Mr. Simpson, dick, gutgelaunt und freundlich.«

»Dick, sagen Sie? Dann kann es nicht Simpson sein«, meinte Cromwell mit bedauerndem Kopfschütteln. »Hätte es mir gleich denken können. - Was ist denn das für ein Klamauk da draußen?«

Von der Straße kam der wüste Lärm eines Wagens, der in den letzten Zügen liegt.

»Ach, kümmern Sie sich darum nicht, Sir«, sagte Watkins mit einem gutmütigen Lächeln. »Das sind Mr. Dale und Mr. Hopper mit ihrer alten Nuckelpinne. Macht immer solchen Lärm, das Ding, fährt aber doch. Studenten scheinen eine Vorliebe für diese alten Steinzeitkarren zu besitzen.«

»Vielleicht können Sie sich keine besseren leisten«, meinte der verständnisvolle Johnny.

»Ich weiß nicht recht. Die Jungens geben eine ganze Menge Geld aus. Es ist einfach für Oxford- oder Cambridge-Leute jetzt der letzte Schrei, in diesen friedhofsreifen Ungeheuern rumzugondeln. Die reinste Autoschinderei. Man sollte es verbieten.«

Wenige Augenblicke später gingen die Herren Dale und Hopper durch die Halle nach oben, und Ironsides und Johnny erhaschten durch die offene Tür einen Blick auf zwei große, schlaksige Jünglinge, mit lauten Stimmen und fröhlichem Lachen.

»Wünschen die Herren noch etwas zu trinken?«, brachte sich Mr. Watkins jetzt wieder in Erinnerung. »Wenn nicht, muss ich Sie nämlich bitten, mich zu entschuldigen. Es ist spät geworden, und vor dem Abendessen habe ich immer am meisten zu tun.«

»Lassen Sie sich nur nicht durch uns aufhalten«, bat Ironsides. »Wir haben alles, was wir brauchen.«

Der Besitzer verschwand in die hinteren Räume, und Halle und Bar wurden wieder still. In diesem Augenblick erwachte Bill Cromwell mit ungeahnter Energie zu neuem Leben. Er stieß sein Glas beiseite, sprang auf, war mit wenigen Schritten in der Halle und fing an, in großen Sätzen die Treppe hinaufzulaufen. Der völlig überraschte Johnny folgte ebenso schnell. Sie erreichten einen etwas finsteren Flur, und Cromwell besah sich eingehend die Zimmernummern, dann begab er sich schnurstracks nach Nummer 8 und zog einen Schlüsselbund aus der Tasche.

»Himmel, Old Iron, brichst du auch schon ein?«, flüsterte Johnny entsetzt. »So was kannst du nicht machen, Mensch, was bist du doch für ein unberechenbarer alter Gauner!«

»Halt's Maul!«

Ehe er seine Schlüssel benutzte, drückte Cromwell auf die Klinke. Sie gab augenblicklich nach, die Tür sprang auf, und die beiden traten ein. Ironsides schloss sanft und vorsichtig die Tür hinter ihnen.

»Glück gehabt«, stellte er befriedigt fest.

»Der beste Beweis dafür, dass die Leute in Ordnung sind«, flüsterte Johnny, »sonst hätten sie die Tür nicht aufgelassen. - Warum machst du bloß immer solche Sachen«, fügte er kopfschüttelnd hinzu. »Brichst bei zwei völlig harmlosen Spießern ein, die Ferien machen.«

»Kann schon sein, dass es Spießer sind, kann aber auch nicht sein«, gab der Chefinspektor zerstreut zurück, während er das ganze Zimmer aufmerksam betrachtete. »Die Gelegenheiten soll man nie verpassen, Johnny. Solange wir keinen Wagen Vorfahren hören, sind wir hier sicher. Also halt gefälligst deine Ohren offen.«

»Warum kannst du bloß deine kriminellen Triebe nicht alleine austoben«, beklagte sich der empörte Johnny. »Immer ziehst du mich mit in den Sumpf. Wenn Simpson und sein Freund uns hier entdecken, gibt es einen Höllenstunk, mit Recht natürlich, und wir fliegen in hohem Bogen raus. Du wirst noch mal an meine Worte denken. Wenn's dir egal ist, geht mich das nichts an, aber ich lege keinen gesteigerten Wert darauf, einen Tritt und obendrauf noch ein Verfahren an den Hals zu kriegen. In Zukunft merk dir das gefälligst.«

»Du sprichst zu viel. Du bist nicht übel, Johnny, du sprichst nur zu viel«, stellte Cromwell sachlich fest.

»Diese zwei Halbstarken, die wir eben sahen, die könnten grade so gut die Richtigen sein«, fuhr Johnny gänzlich unbeeindruckt fort. »Warum geruhen der Herr Chefinspektor nicht, bei ihnen einzubrechen?«

»Weil sie in ihrem Zimmer sind, Rhinozeros, und außerdem sind sie in Ordnung. Ein Blick hat mir genügt. Die tragen vorn und hinten einen Stempel - *Cambridge*.«

Johnny hatte plötzlich einen Verdacht.

»Du hast da unten in der Bar Theater gespielt, alter Lügner.«

»Was soll das heißen?«

»Ehe der alte Watkins vorhin erschien. Mit einer Leichenbitterstimme hast du gesprochen. *Nicht eine Andeutung... auch nicht den Schatten einer Spur...*«, jammerte Johnny, ihn nachäffend.

»Du kannst das auch Theater nennen, wenn's dir Spaß macht. Jedenfalls habe ich mit Absicht so gesprochen. Hast du denn nicht gehört, dass Watkins auf der anderen Seite der Klappe war.«

»Mein Gott, natürlich nicht.«

»Ich hab' ja schon immer gesagt, du sollst dir die Ohren waschen. Ein dreckiger Sergeant ist eine Schande für den ganzen Yard.«

»Du glaubst also, dass er gehorcht hat?«, fragte der abgebrühte Johnny, Cromwells Beleidigungen völlig übergehend.

»Höchstwahrscheinlich. Jedenfalls war er da und konnte jedes Wort verstehen. Ich habe mir gedacht, es könne niemandem schaden, wenn er dann wenigstens was hört, was sich auch rumzutratschen lohnt. Der wird's doch allen gleich erzählen, die er zu fassen kriegt, was wir gesagt haben - und in so einem Nest kommt das schnell herum. Wenn die beiden Herren, die wir suchen, zum Beispiel in den Pensionen stecken oder in dem Hotel am See, kann es nicht schaden, Ihnen mitzuteilen, dass wir restlos in einer Klemme stecken.«

»Schlauer, alter Fuchs bist du«, erkannte Johnny an. »Das hast du wieder fein gedeichselt. Aber wie dem auch sei, wir sind ja wirklich restlos in der Klemme.«

»So? Sind wir das?« Bill Cromwell schien nicht überzeugt zu sein.

Während dieser Unterhaltung hatte er das Zimmer wie ein Jagdhund abgesucht, wobei er sorgfältig vermied, ein Zeichen seiner Tätigkeit zu hinterlassen. Er untersuchte die schäbigen Kofferständer, betrachtete genau die Hotelschilder, mit denen sie beklebt waren, stand am Toilettentisch und besah sich jeden der zahllosen Toilettenartikel, die darauf lagen. Dann ging er zum Waschbecken hinüber und untersuchte alle Gegenstände auf der Platte darüber.

»Ist doch nichts da«, quengelte Johnny ungeduldig. »Das sind ganz gewöhnliche Feriengäste. Komm hier raus. Mir ist nicht wohl in meiner Haut.«

»Stell dich ans Fenster und pass auf den Wagen auf«, befahl Cromwell. »Und wenn du mich noch einmal störst, bring' ich dich um.«

Zu Johnnys Entsetzen fing Ironsides jetzt an, alle Schubladen aufzuziehen und zu untersuchen, dann machte er die Koffer auf und besah sich ihren Inhalt Stück für Stück. Das Ganze geschah mit so unendlicher Vorsicht und Geschicklichkeit, dass jeder Gegenstand wieder an seinem Platz lag, als er fertig war.

»Nichts zu finden, ich wusste es ja«, sagte Johnny wieder. »Ich bin wirklich für alles zu haben, aber diese Art

Schnüffelei geht mir auf die Nerven. Bei fremden Leuten einzudringen, ihre Koffer zu durchwühlen...«

»Gegen die Spielregeln, was?« mokierte sich Ironsides.

»Lass mich in Ruh' mit deinen Spielregeln. Wenn wir erwischt werden...«

»Kein Mensch wird uns erwischen. Wir verschwinden nämlich.«

»Gott sei's gelobt, getrommelt und gepfiffen!«

»Benimm dich«, entrüstete sich Cromwell. Er ging zur Tür und machte sie einen Spalt breit auf. Dann winkte er Johnny, ihm zu folgen. Sie schlichen auf den Flur und machten leise die Tür hinter sich zu. Dann wanderten sie seelenruhig und mit dem harmlosesten Gesicht der Welt nach unten. Das Glück blieb ihnen treu. Die Halle war leer, und ungehindert traten sie hinaus in den Abendsonnenschein.

»Uff«, stöhnte Johnny, »mir wird leichter...«, und blieb wie angewurzelt stehen. Vor dem Hotel war ein großer freier Platz, auf dem die Hotelgäste und gelegentliche Besucher ihre Wagen abzustellen pflegten. Eine schäbige alte Austin-Limousine schwenkte gerade von der Straße ein.

Am Steuer saß ein großer, dicker Mann mit einem feisten, gutmütigen Gesicht, das von einem kleinen Schnurrbart, Marke Zahnbürste, geziert war. Er unterhielt sich mit seinem Begleiter, und ein Goldzahn schimmerte in seinem Mund. Der Begleiter war klein und unscheinbar.

Frederick Charles Brody erkannte Cromwell augenblicklich, nahm aber keine Notiz von ihm. Ironsides seinerseits nahm keine Notiz von Brody. Ohne sich zu beeilen, schlenderten die beiden Yard-Leute auf die Straße zu. Johnny fühlte sich ziemlich zappelig, aber er zeigte nichts davon und sagte nichts, bis sie ein gutes Stück Weg zurückgelegt hatten.

Dann konnte er nicht mehr an sich halten. »Brr«, japste er, »das wäre beinahe schiefgegangen. Und dabei habe ich dich gewarnt, Old Iron.«

»Gewarnt? Wovor?«

»Wenn die Brüder fünf Minuten eher angekommen wären, hätten sie uns auf frischer Tat ertappt.«

»Blödsinn. Wir hätten massenhaft Zeit gehabt, aus der Bude raus- und die Treppe runterzukommen. Ich weiß schon, was ich tue.«

Er sprach sonderbar abwesend und mechanisch, so, als ob seine Gedanken meilenweit entfernt vom Gegenstand der Unterhaltung wären. Und dann versank er vollständig in Schweigen, das so lange dauerte, dass Johnny schließlich seinen Chef durchdringend von der Seite ansah.

»Ist was kaputt, Old Iron?«, erkundigte er sich.

Cromwell hatte ihn offensichtlich nicht gehört. Er wanderte ganz automatisch und mit einem leeren, beinahe stumpfsinnigen Gesicht vor sich hin. Wenn man ihn mit einem Holzhammer auf den Kopf geschlagen hätte, er hätte nach Johnnys Ansicht nicht dümmer aussehen können.

»Hallo, Mensch, komm zu dir!«, protestierte er.

Aber Ironsides behielt seinen blöden Ausdruck bei und setzte seinen Weg ganz wie im Traum fort. Der Chefinspektor sah so ungewöhnlich aus, dass sein junger Sergeant es langsam ungemütlich fand. Er konnte sich die erstaunliche Veränderung nicht erklären. Er hatte in Zimmer Nummer 8 nichts gesehen, was Ironsides veranlasst haben könnte, in Hypnose zu versinken.

»Du kannst mir doch wenigstens sagen, warum du geistig weggetreten bist«, entrüstete sich Johnny endlich. »Der Whisky muss in Ordnung gewesen sein, sonst wäre ich jetzt auch hinüber. Was hast du denn, zum Donnerwetter?«

Er brüllte beinahe, als befürchte er, Cromwell wäre plötzlich taub geworden. Der sah ihn völlig verdattert an.

»Himmlische Gerechtigkeit«, murmelte er ganz langsam und sehr sanft.

»Was?«

»Daran hab' ich nicht gedacht, im Traum nicht... Was ist denn?«, fuhr er dann wütend auf. »Heh, lass mich los. Du tust mir weh. Was fällt dir ein?« Johnny hatte ihn nämlich am Arm ergriffen und sehr unsanft geschüttelt.

»Was hat die himmlische Gerechtigkeit damit zu tun?«, fragte Johnny streng.

»Wovon sprichst du denn überhaupt? Du musst den letzten Rest Verstand verloren haben. War sowieso niemals eine schwere Last, davon ganz abgesehen. Mensch, lass doch meinen Arm in Ruhe. Ich bin ja morgen grün und blau. Was für ein toller Hund hat dich gebissen?«

»Wenn einer von uns beiden plötzlich toll geworden ist, ich bin's bestimmt nicht«, stellte Johnny fest und bemerkte erleichtert, dass sich Cromwells Gesichtsausdruck wieder zu beleben schien. »In so einem Zustand habe ich dich noch nie gesehen. Fehlt dir was?«

»Was soll mir fehlen? - Gar nichts fehlt mir.« Cromwell zog seine Pfeife aus der Tasche und entlockte ihr grässliche, gurgelnde Laute. »Johnny, mein Sohn, ich sehe Licht am Horizont. Und wie!«

»Sah mir auch ganz so aus, als ob du Hellseher geworden bist.

Ich aber nicht, ich bin ein ganz normaler Sterblicher, und ich hasse Kreuzworträtsel.«

»Sie sind's, Johnny, die zwei sind unsre Vögel.«

»Wieso?«

»Ich war nicht sicher, aber jetzt...«

»Aber woher weißt du...?«

»Egal, Hauptsache, ich weiß«, sagte Cromwell mit verbissener Befriedigung. »Henry Simpson und George Ryder, Geschäftsleute aus London... Der eine, sag' ich dir, der dickliche, ist unser Mörder. Wir kommen hin, mein Sohn, Gott sei's gelobt, wir kriegen sie.«

Johnny war vollständig verwirrt.

»Und was tun wir jetzt? Die Kerls verhaften?«

»Noch nicht. Ich kann noch nicht. Wir haben nicht genug Beweise. Überhaupt keine, wenn's danach geht - nicht einen jedenfalls, den wir einem Richter und Geschworenen anbieten können. Ich bin auch ziemlich sicher, dass keiner von den beiden uns jemals vorher begegnet ist. Nichtsdestotrotz - die sind's und niemand anders!«

Der arme Johnny verstand gar nichts. Mit Ausnahme der Schubladen und der Koffer hatte er alles, was Ironsides im Zimmer Nummer 8 betrachtet hatte, auch gesehen.

»Also los! Komm raus damit«, verlangte er. »Klär einen armen, dummen Polizisten auf. Du hast vielleicht nicht genug Beweise für den Richter, aber sie genügen dir. Sie sollten dann auch mir genügen, so bescheiden wie ich bin. Spuck deine Weisheit aus, Old Iron, wirf deine Perlen vor die Säue. Los! Ich höre.«

»Nur nicht so hastig«, wehrte Cromwell ab, langsam in seinen Traumzustand zurückverfallend. »Ich will sie schmoren lassen. Früher oder später müssen sie Fehler machen und sich verraten - und ich wette, bald. Gerad' eben kommt die Sache so in Fahrt, wie unser Felsblock heute Nachmittag.«

»Wenn du den armen kleinen Johnny jetzt erleuchten würdest.«

»Noch nicht«, wies Cromwell ihn ohne Erbarmen ab. »Ich kann dir jetzt nichts sagen. Ich brauche selbst noch ein, zwei Stunden, um Ordnung in mein Hirn zu bringen. Gefährliche Geschichte... niemals hätte ich gedacht... Hm.«

Er brach unvermittelt ab und räusperte sich fürchterlich, eine offenbar sehr willkommene Notwendigkeit, die dadurch hervorgerufen wurde, dass er versehentlich eine tüchtige Portion Pfeifensaft in den Mund bekommen hatte. Trotzdem zog er mit stoischer Ruhe seinen Tabaksbeutel, stopfte sich vergnügt eine neue Pfeife und zündete sie ganz unbekümmert an.

Inzwischen waren sie in *Mere Croft* angekommen, und als sie die Halle betraten, bemerkten sie Vicky und Harold Murray in ernster Unterhaltung auf dem Treppenabsatz.

»Geh 'rauf zu ihnen, Johnny, und stell fest, ob sie etwas gefunden haben. Und halt sie oben fest.«

»Warum denn bloß in aller Welt?«

»Weil ich telefonieren will.«

Woraus Johnny scharfsinnig schloss, dass Ironsides ein streng vertrauliches Telefongespräch zu führen wünschte. Ziemlich außer sich, aber ebenso hilflos, zuckte er die Achseln und schickte sich an, die gegebenen Befehle auszuführen.

Oben fand er lange Gesichter vor.

»Kein Glück«, teilte ihm Vicky mit. »Natürlich haben wir nicht jeden Zentimeter untersuchen können, aber ich bin doch sehr enttäuscht. Es ist zum Verzweifeln, und ich freue mich, dass Sie zurückgekommen sind, Mr. Lister. Ich hatte schon befürchtet, dass Mr. Cromwell und Sie auf Quartiersuche ausgegangen wären und gar nicht wiederkommen würden.«

»Das werden wir vermutlich jetzt gleich müssen«, meinte Johnny. »Bis jetzt haben wir noch nichts belegt.«

»Gott sei Dank«, rief Vicky aus. »Wenn Sie und Mr. Cromwell noch bis morgen bleiben, ist es ganz unnötig, dass Sie sich ein Hotelzimmer suchen. Ich wollte Sie sowieso schon bitten, in *Mere Croft* zu übernachten.«

»Wirklich sehr liebenswürdig von Ihnen, Miss Kendrick.«

»Ach Unsinn, das ist doch selbstverständlich. Wir haben Platz genug, und ich will überhaupt nichts davon hören, dass Sie woanders wohnen wollen. Sie sind in *Mere Croft* sehr willkommen, Mr. Lister, und zum Abendbrot bleiben Sie selbstverständlich auch.«

Johnny war äußerst erleichtert, dass Ironsides wieder erschien, als sie gerade die Treppe hinuntergehen wollten. Er hätte die beiden nicht gut länger zurückhalten können, ohne dass es ihnen aufgefallen wäre. Der Chefinspektor sah stillzufrieden aus und bedankte sich formvollendet, als Vicky ihre Einladung wiederholte.

»Vielen Dank, Miss Kendrick«, sagte er. »Für uns ist es eine große Erleichterung, hier bleiben zu können. Wirklich sehr nett von Ihnen, uns einzuladen.«

Das Abendessen wurde wenig später serviert, und ein ausgezeichnetes Essen war es außerdem. Als sie beim Hauptgang angekommen waren, läutete das Telefon, natürlich für den Chefinspektor. Er entschuldigte sich für die Störung, als er sich wieder zu Tisch setzte, und gab eine kurze Erklärung.

»Nichts von Bedeutung, Miss Kendrick. Es war nur Stayling, der von Keswick anrief. Er wollte wissen, wo wir zur Nacht bleiben, falls er sich mit mir in Verbindung setzen müsste.«

Johnny Lister wusste, dass Cromwell log. So sah der Chefinspektor bei bedeutungslosen Nachrichten niemals aus. Wahrscheinlich war soeben die Antwort auf seine geheimnisvolle Anfrage von vorhin durchgekommen.

Hinterlistiger alter Geheimniskrämer, dachte Johnny erbittert. Will mir überhaupt nichts mehr sagen. Könnte genauso gut *Old Gus* Kendricks Zwillingsbruder sein.

Zwölftes Kapitel

Im Zimmer Nummer 8 des *Buttermere-Arms-Hotels* wanderte Ted Willis wieder einmal ruhelos auf und ab, blass und nervös wie stets in letzter Zeit. Der Anblick des gewaltigen Chefinspektors, der gemütlich aus ihrem Hotel geschritten kam, war ihm in alle Knochen gefahren. Er hatte das Gefühl, dass seine schwergeprüften Nerven sich zusammenkrumpelten wie angesengte Haare.

Auch Mr. Brodys Anblick, der unbekümmert und gelassen wie ein echter Feriengast soeben das Zimmer betrat, hatte keinerlei beruhigende Wirkung.

»Wo warst du jetzt schon wieder die ganze Zeit«, beklagte er sich bitter.

»Die ganze Zeit? Zehn Minuten bin ich weggewesen.«

»Mir kam es ewig vor.«

Liegt nur daran, dass du dich immer noch wie ein ertappter Schuljunge benimmst. Wie oft soll ich dir sagen, dass du dich jetzt zusammenreißen musst.«

»Aber nun ist alles wieder ganz anders. Cromwell war hier und...«

»Und was? Natürlich war er hier. Er muss doch wenigstens so tun, als ob er was täte. Er und sein ewiger Schatten sind hereingekommen, um was zu trinken. Das ist alles.«

»Bist du sicher, dass das alles ist? Wenn er uns auf dem Kieker hat...«

»Lieber Gott, schenk mir Geduld! Warum, zur Hölle, soll er uns denn auf dem Kieker haben? Ich habe eben mit Watkins gesprochen; alles, was der alte Bluthund wollte, war ein Drink. Diese Yard-Leute können saufen, wie

Schwämme Wasser saugen. Cromwell steht die ganze Sache bis zum Hals. Mensch, fang dich wieder, der alte Angeber hat keine Ahnung.«

»Ob er eine Ahnung hat oder nicht, was nützt mir das? Ich bin allergisch, was den Yard betrifft«, platzte Willis verzweifelt heraus.

»Mensch, was für Worte«, höhnte Brody. »Ich wusste gar nicht, dass du so gebildet bist.«

»Du brauchst mich überhaupt nicht anzupflaumen.«

»Und was, im Namen aller jämmerlichen, schwächlichen Gelegenheitsdiebe, von denen du abstammst, soll ich wirklich mit dir machen?«, erkundigte sich Brody wütend. »Meinst du, dass ich weniger allergisch bin, was diese Schnüffler betrifft? Ich hasse sie. Und glaubst du, mir macht es Spaß, dass sie sich hier vor unserer Nase herumtreiben? Aber verstehst du auch, was das für uns bedeutet? Nichts anderes, als dass wir jetzt etwas unternehmen müssen, und zwar schnell.«

»Und was, wenn du schon alles weißt, müssen wir unternehmen?«

»Je eher wir von hier verschwinden, desto besser«, sagte Brody. »Das Landleben mag mir ja gut stehen, aber für mich darf's nur die Großstadt sein - die jederzeit. In einem Loch wie Buttermere mit seinem halben Dutzend Einwohner fällst du den ganzen Tag lang auf.«

»Und habe ich dir das nicht schon die ganze Zeit gesagt? Ein Wahnsinn gleich von Anfang an, hierherzufahren?«

»Jetzt sind wir aber hier«, erklärte Brody beharrlich, »und wir gehen hier nicht weg, bis wir nicht haben, was wir suchen. Vorige Nacht sind wir reingefallen, aber heute

Nacht werde ich andere Saiten aufziehen. Nichts mehr mit Einbrechen und so.«

»Das will ich hoffen«, mäkelte Willis. »Wir können nicht mal in die Nähe von dem Haus. Viel zu gefährlich. Du hast dich sowieso schon zu weit vorgewagt heut' Abend.«

»Du meinst, weil Cromwell mich gesehen hat. Er hat mich nicht genau gesehen, und ich sage dir, er hat nichts gegen uns. - Aber ich denke an das Mädchen«, fuhr er fort, das Thema ohne Übergang wechselnd, »das ist ein Mädchen, Ted, da ist alles dran, und ich bin fest davon überzeugt, dass sie was unterschlägt.«

»Was soll sie unterschlagen?«

»Sie weiß und sie hat schon immer gewusst, wo der Kopf steckt.«

»Wenn sie das weiß, warum sollte sie dann behaupten, dass er versteckt ist?«

»Mensch, streng dein Hirn an!«

»Kann nicht, bin viel zu durcheinander, Charlie.«

»Die Zeitungen haben um den Borgia-Kopf die Hölle losgelassen«, belehrte ihn Brody. »Das Mädchen weiß, dass die Leute hinter dem Kopf her sein werden wie verrückt, sobald er auftaucht, und dass eine Menge Leute tolle Preise bieten werden. Darum hält sie so dicht. Sie will nicht, dass der Kopf jetzt schon entdeckt wird.«

»Das könnte stimmen.«

»Ich bin sicher, dass es stimmt. Sie wird den Kopf bis zum richtigen Augenblick zurückhalten und dann einen anderen Kunden finden, der ihr mehr bietet. Sie hat Geschäftssinn, und ich bewundere sie dafür, was gar nichts daran ändert, dass sie heute Nacht 'ne ganze Menge reden wird - wenn sie nicht morgen etwas weniger niedlich aussehen will.«

Etwas in Brodys Stimme und seine eiskalten Augen machten Willis stutzig.

»Was hast du vor?«, flüsterte er heiser. »Wie kannst du sie zum Sprechen bringen? Du kannst doch nicht morden und einbrechen und jetzt auch noch kidnappen. Tu doch um Himmels willen das nicht, Charlie, da kommen wir nie mit heiler Haut heraus.«

»Wir sind ja nur deshalb zu solchen Maßnahmen gezwungen, weil wir schon so tief drinsitzen«, erklärte Brody. »Und ich will lieber hängen, als dass diese ganze Quälerei der letzten Wochen einfach umsonst war. Es bleibt uns gar nichts anderes übrig. Wir erwischen sie heute Nacht, und alles andere geht von selbst.«

»Aber du hast mir doch versprochen, nicht mehr in die Nähe von *Mere Croft* zu gehen.«

»Nicht einzubrechen, habe ich versprochen. Es gibt andere Wege. Das Mädchen ist hinter diesem Kerl, dem Murray, her, das steht fest. Und wir kriegen heute bestimmt die schönste Mondscheinnacht, die man sich wünschen kann.«

Willis sah seinen Spießgesellen verständnislos an.

»Was haben denn der Mondschein und dass sie scharf auf Murray ist, damit zu tun?«

»Ich bin vielleicht nicht sehr romantisch, aber wenn die zwei heute Nacht keinen Mondscheinspaziergang am See machen, muss sich die Welt verdammt geändert haben, seit ich jung war«, sagte Brody mit einem schlauen Lächeln. »Die müssen einfach, Ted, es wäre unnatürlich...«

»Aber was nützt das uns?« unterbrach ihn Willis, der Brodys Gedankengängen absolut nicht folgen konnte.

»Das wirst du schon erleben.«

»Und was ist mit Cromwell?«

»Cromwell ist gar nicht da. Er und dieser Lister haben Feierabend gemacht oder werden jedenfalls bis dahin Feierabend gemacht haben. Vermutlich werden sie in einer Pension hier unten übernachten oder sogar nach Keswick fahren. Murray wird auch nicht die ganze Nacht dableiben, aber er wird sicher erst sehr spät in sein Hotel fahren.«

»Warum warten wir dann nicht, bis Murray weg ist?«

»Weil es viel einfacher ist, die beiden an einer einsamen Stelle am See zu überraschen«, entgegnete Brody. »Viel ungefährlicher, als ins Haus zu gehen. Das kannst du mir schon überlassen, Ted«, schloss er selbstgefällig.

»Aber wir werden dann außer dem Mädchen auch noch Murray am Hals haben.«

»Kleine Fische...«

»Das sagst du immer«, widersprach Willis. »Kleine Fische, bei Kendrick einzudringen - und er ist tot. Kleine Fische, ins Haus einzubrechen - und da war dieser Kleschka. Charlie, du wirst doch Murray nicht auch noch kaltmachen? Noch einen Mord mach' ich nicht mit.«

Es gelang Brody mit großer Mühe, Willis zu beruhigen. Nachdem er ihm einige steife Whiskys eingeflößt hatte, fing Willis sogar an, wieder etwas Mut zu fassen, und war bereit, den kommenden Prüfungen tapfer die Stirn zu bieten.

Sobald es dunkel geworden war, verließen sie das Hotel. Es war beinahe Vollmond, und die Wasserfälle glitzerten in silbernem Licht. Auch die weite Fläche des Sees leuchtete matt im Mondschein. Eine ideale Sommernacht für Verliebte.

Also hatte Brody natürlich ins Schwarze getroffen.

Vicky, die am Wohnzimmerfenster stand, war hingerissen von der Schönheit dieser Augustnacht. Sie konnte eine nahe Quelle murmeln hören und den Mondschein auf dem Wasser sehen.

Harold Murray, der sie von seinem Sessel aus beobachtet hatte, stand auf und trat zu ihr ans Fenster.

»Was für eine zauberhafte Nacht«, sagte sie sanft.

»Besser als die vergangene«, bestätigte der junge Mann mit Nachdruck. »Ich werde mich bald aufmachen müssen...«

»Ach, bleib doch noch da«, bat sie mit einem Blick zu Ironsides und Johnny hinüber, die einen Bericht aufsetzten. »Komm, wir gehen ein wenig zum See. Hier oben ist selten so himmlisches Wetter, und der See ist bei Mondlicht wunderhübsch; dann ist er überhaupt am schönsten.«

»Ich kann mir gar nichts Schöneres wünschen«, sagte Murray mit weicher Stimme, denn seine Augen ruhten auf etwas, das ihm viel lieblicher und schöner vorkam als alle Seen der Erde. »Ich hole dir nur schnell einen Mantel...«

»Nicht nötig. Die Nacht ist ja so warm.« Sie wandte sich jetzt an Ironsides. »Wir machen noch einen kleinen Spaziergang, Mr. Cromwell. Sie haben doch nichts dagegen, dass wir Sie für zehn Minuten allein lassen?«

»Nur zu«, gab Ironsides freundlich zurück. »Wir haben noch genug zu tun vorm Schlafengehen.« Er seufzte. »Mondschein und weiche Sommernächte! Ich bin schließlich auch mal jung gewesen.«

Johnny verspürte das dringende Bedürfnis, etwas Boshaftes zu sagen, war aber so neidisch auf Murray, dass ihm nichts Passendes einfiel. - Vicky hatte in ihrem leichten

Sommerkleid den ganzen Nachmittag anbetungswürdig ausgesehen, aber in dem schimmernden weißen Abendkleid fand Johnny sie atemberaubend und höchst verwirrend.

Murray bestand darauf, dass Vicky einen leichten Mantel anzog, und dann wanderten sie hinaus. Nachdem sie den Garten durchquert hatten und die Straße eine Weile entlang geschritten waren, öffnete Vicky ein Gatter.

»Hier ist ein Fußweg durch die Wiesen, der direkt zum Wasser führt«, sagte sie. »Ach, Harold, das ist die einzige Jahreszeit, in der ich diese Landschaft liebe. Und unser See ist doch der allerschönste in ganz Cumberland.«

Vicky hatte Recht, das stille, mondbeschienene Land war berückend, und keine Vorahnung warnte sie vor dem grauenvollen Alptraum, in den sich der so glücklich begonnene Spaziergang noch verwandeln sollte.

Sie waren ausschließlich mit sich selbst beschäftigt und hatten weder Augen noch Ohren für ihre unmittelbare Umgebung. Murray gab vor, den Blick auf den See zu genießen, aber von ihm aus hätte sich ein Schlammloch vor ihnen ausbreiten können, er hätte es nicht gemerkt. Er hatte nur Augen für den Helm aus goldenen Haaren neben sich, der im Mondlicht glänzte, und für das geliebte Gesicht darunter. Mehr als einmal hatte er der Versuchung tapfer widerstanden, einen Arm um Vickys Schultern zu legen. Später, dachte er, etwas später.

Vicky aber zitterte vor innerer Erregung. Wohl war sie jung und unerfahren, aber ein sicherer Instinkt sagte ihr, dass dieser junge Mann an ihrer Seite sie bald in seine Arme nehmen würde, und sie war ganz von glücklicher Erwartung erfüllt.

Damit sehen wir hier zwei junge Leute vor uns, denen ein Mann in Holzpantinen auf einer Pflasterstraße hätte folgen können, ohne dass es ihnen bewusst geworden wäre. Brody und Willis hatten leichtes Spiel. Von einer hohen Hecke gedeckt, hatten sie gesehen, wie die beiden den Fußweg einschlugen. Es war keine Seele mehr auf der Straße. Weiter unten gegen Buttermere zu hörte man wohl noch Gelächter und Stimmen, aber hier oben war niemand.

Auch als sie auf dem Fußpfad folgten, bestand keine Gefahr für sie, denn der Weg war von einer Hecke gesäumt, in deren Schatten sie sich halten konnten.

»Siehst du, dass ich recht hatte?«, flüsterte Brody triumphierend, während sie anhielten, um vorläufig den Abstand nicht zu sehr zu verringern. »Habe ich dir nicht gesagt, dass sie nicht anders könnten. Und in die gewünschte Richtung gehen sie auch. Ted, endlich sind jetzt wir dran.«

»Mein Gott, es wird aber auch Zeit!«

»Ich fühle es«, fuhr Brody frohlockend fort. »Heute Nacht geht alles glatt, mein Junge. Diese zwei Turteltauben da vorne nehmen uns die halbe Arbeit ab.«

Vicky und ihr Begleiter hatten inzwischen das Seeufer erreicht und bewunderten schweigend die weite, mondbeschienene Fläche. Wenigstens gaben sie vor, sie zu bewundern. Murray war näher an das Mädchen herangetreten, und sein Arm legte sich vorsichtig um ihre Schultern. Vicky leistete keinen Widerstand, und nach einigen Augenblicken setzten sie so ihren Weg fort. Vielleicht glaubte Murray, dass der Mond für das, was er sich wünschte, zu hell schien, denn er führte Vicky sanft und zärtlich zu einem dunklen Gebüsch, das wenige Schritte abseits lag. Und da geschah es!

Brody war sein Leben lang ein Opportunist gewesen, und im Bruchteil von Sekunden erkannte er, dass er nirgends eine bessere Gelegenheit hätte finden können - abgelegen von der Straße und keine Menschenseele weit und breit zu sehen. Wenige leise Befehle an Willis, und er sprang vor.

Der unglückliche Harold Murray hatte keine Zeit, darüber nachzudenken, was mit ihm geschah, und keine einzige Chance, es zu vermeiden. Er hatte sich gerade zu Vicky niedergebeugt, um ihr als Einleitung etwas über die Schönheit ihres Profils ins Ohr zu flüstern, als ein leiser Laut ihn halb herumfahren ließ, wodurch sein Kinn unglücklicherweise genau vor Brodys Faust geriet, die sicher traf. Murray fiel ohne einen Laut besinnungslos zu Boden.

Im selben Augenblick hatte Willis sich auf Vicky gestürzt. Er fiel sie von hinten an, sie mit einem Arm umschlingend und ihr mit der anderen Hand brutal den Mund zuhaltend, der sich bereits zu einem Schreckensschrei geöffnet hatte.

»Prima«, murmelte Brody.

Vickys erschrockene Augen sahen zwei Schattenfiguren, konnten aber nichts erkennen, denn die beiden trugen Schiebermützen, deren Schirme sie bis auf die Augen heruntergezogen hatten. Jeder hatte sich außerdem einen Schal um die untere Hälfte des Gesichts geknotet. Sie wehrte sich, nachdem sie ihren Schrecken überwunden hatte, so gut sie konnte, aber das Ganze war so blitzschnell über sie gekommen, dass sie noch halb betäubt war.

All ihr Wehren half natürlich nichts. Gegen zwei starke Männer konnte sie nichts ausrichten. Ohne auch nur ein Wort zu sprechen, hoben sie sie an Händen und Füßen auf, nachdem sie ihr schleunigst ein Halstuch fest um den Mund gebunden hatten.

Sie fürchtete sich jetzt sehr. Ihr Gehirn fing langsam wieder zu arbeiten an. Dies, dachte sie, sind die zwei Männer, die letzte Nacht in *Mere Croft* eingebrochen und Kleschka getötet haben, es sind damit auch die Mörder von Onkel Gussy. - Was konnte sie von so kaltblütigen Verbrechern erwarten!

Sie dachte auch an Murray. Sie hatte gesehen, wie er stürzte, wusste aber nicht, ob er verletzt war. Seine völlige Besinnungslosigkeit machte ihr Sorgen. Ihr wurde übel, als sie alle Möglichkeiten überdächte. Die Gedanken überstürzten, verwirrten und verhedderten sich ununterbrochen. Es kam ihr vor, als würde sie meilenweit getragen.

In Wirklichkeit war der Weg ziemlich kurz. Brodys Befriedigung über die Richtung, die das Paar kurz zuvor eingeschlagen hatte, war begründet. Ganz nah beim Tatort lag am äußersten Ende des Sees ein altes, baufälliges und längst nicht mehr benutztes Bootshaus. Auf seinem Morgenspaziergang hatte er es untersucht. Ein idealer Platz für seine Pläne.

Der vordere Teil des Bootshauses stand in schleimigem, grünem, total verschlammtem Wasser, aber auf der Landseite hatte es einen Ziegelboden und war trocken und einigermaßen bewohnbar. Die Holzwände waren noch ziemlich gut erhalten und fest, und das ganze Häuschen stand in einem Kranz hoher Bäume, die es ganz verbargen.

Vicky wurde hineingetragen, und Brody knipste seine Taschenlampe an und stellte sie so auf den Boden, dass das Licht von außen nicht entdeckt werden konnte. Dann nahmen sie starke Stricke und fesselten Vickys Beine und Arme.

»Tut mir leid, mein Mädchen, aber ich kann es mir nicht leisten, überrascht zu werden«, sagte Brody mit heiserer, verstellter Stimme, denn er wünschte durchaus nicht, dass Vicky späterhin in dem harmlosen Mr. Simpson aus dem *Buttermere-Arms-Hotel* ihren Entführer erkannte. »Übrigens wird Ihnen gar nichts geschehen, wenn Sie das tun, was ich Ihnen sage.«

Sie konnte nicht antworten, ihr Mund war immer noch verbunden, und sie war halb wahnsinnig vor Angst.

Einen Augenblick später stellte sie fest, dass beide Männer verschwunden waren und sie in der Dunkelheit alleingelassen hatten. Mit großer Mühe gelang es ihr, still zu liegen und nicht an allen Gliedern zu zittern. Sie hörte nur das leise Glucksen des Wassers und das Rauschen der Baumkronen vor dem Haus.

Mit der Zeit fing sie an, klarer zu denken. Warum hatten sie sie hierhergebracht und dann völlig unbelästigt liegenlassen? Sie machte verzweifelte Versuche, ihre Arme zu befreien, aber die Stricke schnürten sie so schmerzhaft ein, dass sie nach einiger Zeit aufgeben musste. Dann zog sie ihre Knie an und bemühte sich, die Fußfesseln abzustreifen. Bei dieser Beschäftigung vernahm sie Geräusche, sonderbare schleifende Geräusche, und nahm rasch ihre ausgestreckte Stellung wieder ein.

Die Tür des Bootshauses wurde geöffnet, und die dunklen, schrecklichen Gestalten hoben sich einen Augenblick gegen die mondbeschienene Außenwelt ab. Sie waren wiedergekommen und schleppten den besinnungslosen Harold Murray hinter sich her. Auch er war gefesselt. Sie schoben ihn unsanft gegen eine Wand und ließen ihn dort liegen.

Brody war außer Atem vor Anstrengung und musste seinen Schal neu über dem Gesicht befestigen, dann setzte er eine schwarze Brille auf und knipste die Lampe wieder an. Kein Mensch konnte ihn in dieser Verkleidung erkennen.

»Verzeihen Sie, Miss, es hat etwas gedauert«, sagte er mit unverschämter Höflichkeit. »Ich wollte Ihren Freund nicht draußen in der Kälte liegenlassen. Ich werde Ihnen übrigens jetzt das Tuch vom Mund nehmen, möchte Sie aber vorher dringend ersuchen, nicht zu schreien. Es ist niemand in der Nähe, der Sie hören könnte. Ich halte Sie für ein vernünftiges Mädchen, und niemand von uns will unnötigen Ärger haben, meinen Sie nicht auch?«

Er hatte die Lampe wieder auf den Boden gestellt, und sie verbreitete einen schwachen Schimmer, in dem die ganze Szene etwas grauenvoll Beeindruckendes annahm. Vicky konnte nur eine groteske Maske mit schwarzen Löchern als Augen sehen. Eine Verbrecherfratze wäre schon entsetzlich genug gewesen, aber dies war unendlich viel schlimmer. Sie holte tief Atem, als das Tuch von ihrem Mund entfernt wurde.

»So ist's gut. Ich gebe Ihnen eine Minute Zeit, um wieder zu Atem zu kommen«, erklärte Brody, »aber dann, mein Schatz, wird geredet.«

In dem matten Licht sah sie beinahe noch schöner aus mit dem vor Erregung geröteten Gesicht, den schimmernden Augen und leicht geöffneten Lippen, die die gleichmäßigen, strahlendweißen Zähne freiließen. Selbst der hartgesottene Brody war bezaubert und gleichzeitig sehr ärgerlich, dass die Schönheit des Mädchens ihn so beeindruckte.

Ted Willis stand mit klopfendem Herzen dabei und spitzte ängstlich die Ohren, um jedes verdächtige Geräusch zu vernehmen.

»Geht's wieder?«, erkundigte sich Brody beinahe sanft.

»Wer... wer sind Sie?«, stieß Vicky hervor. »Was haben Sie mit Mr. Murray gemacht? Warum haben Sie uns hierhergebracht?«

»Um Murray brauchen Sie sich keine unnötigen Sorgen zu machen. Der wird über kurz oder lang schon wach werden, und das bisschen Kopfschmerzen und ein wundes Kinn bringen niemanden um. - Als Einleitung möchte ich Ihnen sagen, Miss Kendrick, dass ich der Mann bin, der Ihren Onkel erschoss.«

Er sprach es mit voller Absicht aus. Er wollte sie noch mehr in Angst versetzen, und sicherlich gelang ihm das vollauf. Ihre Augen wurden groß und dunkel vor Entsetzen.

»Je eher Sie das voll und ganz erfassen, desto schneller werden wir heute zu Ergebnissen kommen«, fuhr Brody fort. »Sie wissen jetzt, dass ich nichts zu verlieren habe. Ich tötete Ihren Onkel, ich habe auch vorige Nacht diesen Idioten in Ihrem Haus umgelegt, es wird mir also nicht mehr viel ausmachen, auch Sie zu ermorden.«

»Sie... Sie sind ein Teufel.«

»Das ist fein. Jetzt kommen wir ganz schön in Fahrt, was? Also, Miss Kendrick, Sie besitzen etwas, was ich haben will, und Sie werden mir jetzt sagen, wo ich es finden kann. Den Borgia-Kopf!«

Vicky zitterte am ganzen Körper. Sie hatte diese Frage, auf die sie keine Antwort geben konnte, erwartet, und ihr Entsetzen wuchs.

»Den Borgia-Kopf«, wiederholte Brody. »Ich habe ihn in der Galerie Kendrick gesucht, und Ihr Onkel war unvorsichtig genug, Widerstand zu leisten. Aber der Kopf war nicht in London. Er ist in Ihrem Haus, und Sie werden mir sagen, wo ich ihn finden kann.«

Jetzt hatte Vicky ihre Sprache wiedergefunden. »Ich weiß es nicht«, rief sie verzweifelt. »Ich habe keine Ahnung, wo er ist. Sie verschwenden Ihre Zeit, wenn Sie glauben, dass ich es Ihnen sagen kann.«

»Ich würde mir gut überlegen, was Sie sagen, Miss Kendrick«, sagte Brody drohend. »Ich lasse mich nicht täuschen.«

»Ich täusche Sie nicht. Mein Onkel hatte ein Geheimversteck - wir nannten es die *Schwarze Höhle* -, und wir haben es nicht finden können«, versicherte sie. »Oh, ich wünschte, er hätte den unseligen Kopf nach London mitgenommen.«

»Ich habe nicht sehr viel Geduld«, unterbrach Brody sie mit harter, scharfer Stimme. »Mich können Sie nicht anführen. Sie wissen nicht nur, wo die *Schwarze Höhle* ist, Sie wissen auch, dass der Kopf sich darin befindet. Ich will genau wissen, wo er ist, oder...« Er machte eine bedeutungsvolle Pause.

»Oder was?«, flüsterte sie.

»Sie sind ein wunderhübsches Mädchen. Es wäre mir sehr unangenehm, Ihr Lärvchen zu verschandeln. Ich weiß, dass das nach Vorstadtkino klingt, aber es ist wirksam. Eine brennende Zigarette in Ihrem Gesicht tut nicht nur scheußlich weh, sie hinterlässt auch Narben. Also - werden Sie vernünftig sein?«

»Ich weiß doch nichts!«

»Sprich leiser, Mädchen! Hier wird nicht gebrüllt«, warnte Brody, dessen Ton Vicky gegenüber sich wesentlich änderte. »Man könnte auch eine andere Methode verfolgen, um dich zum Sprechen zu bringen«, fügte er nachdenklich hinzu und strich andeutend über ihr schmutziges und zerrissenes Kleid. »Vielleicht würdest du auch Vernunft annehmen, ohne dass man dir dein Frätzchen ruiniert.«

Im ersten Augenblick hatte Vicky ihn nicht verstanden, denn sie konnte seinen gierigen Blick durch die schwarzen Brillengläser nicht sehen, aber plötzlich ging ihr die Bedeutung seiner Worte auf.

»Scheusal«, stöhnte sie hilflos.

»Du sagst es, Mädchen«, bestätigte Brody mit einem hässlichen Lachen. »Hier ist es hübsch ruhig, und niemand wird uns überraschen. Ich gebe dir einige Minuten Zeit. Du kannst es dir ja noch überlegen. Aber dann...«

Die Aussicht, ihr Gesicht verunstaltet zu sehen, war furchtbar genug gewesen, aber gegen Brodys neuen Einfall kam ihr die erste Drohung lächerlich vor. Verzweifelt zermarterte sie ihr Gehirn nach einem Ausweg.

Leugnen war zwecklos geworden. Er würde ihr nicht glauben. Dieser furchtbare Mann, wer immer er sein mochte, hatte es sich in den Kopf gesetzt, dass sie wusste, wo die *Schwarze Höhle* war. Sie dacht an Harold Murray, an Bill Cromwell und Johnny. Wenn sie nur Zeit gewinnen könnte. Sie hatte Cromwell gesagt, dass sie nur zehn Minuten ausbleiben würden, und jetzt war schon mindestens eine halbe Stunde vergangen... Sie brauchte Zeit, so viel Zeit, dass jemand eingreifen konnte.

Angesichts der letzten furchtbaren Drohung hatte Vicky ihre Fassung wiedergefunden.

»Also gut«, sagte sie und gab ihrer Stimme einen ärgerlichen, unwilligen Klang. »Sie haben gewonnen. Ich werde Ihnen sagen, wo Sie die *Schwarze Höhle* finden können.«

Dreizehntes Kapitel

Frederik Charles Brody schnalzte vor Befriedigung mit der Zunge.

»Dacht' mir's doch, dass das funken würde«, sagte er verachtungsvoll. »Ein bisschen zart besaitet in der Hinsicht, wie? Na, denn raus damit. Ich bin ganz Ohr.«

Einen Augenblick lang war er enttäuscht. Aber sosehr er es auch genossen hätte, seine Drohung wahr zu machen, die plötzliche Gewissheit, dass er endlich erfahren würde, wo der Borgia-Kopf zu holen war, ließ alle anderen Wünsche und Gedanken zurücktreten. Er sah ganz klar. Er war jetzt bei verzweifelten Maßnahmen angelangt, und das Schwerste lag noch vor ihm.

»Die *Schwarze Höhle*«, flüsterte Vicky zitternd, »ist oben auf dem Treppenabsatz.« Sie sprach ohne zu zögern, denn sie durfte nicht den Eindruck erwecken, dass sie das Versteck - wie es ja wirklich der Fall war - soeben erfunden hatte. »Die Treppe endet auf einem kleinen Absatz, verstehen Sie, von dem man in einen größeren Flur gelangt. Die Wände sind getäfelt, und eine zweite, viel schmalere Treppe führt von da zum Boden.«

»Weiter, weiter!«

»Diese Bodentreppe hat unten einen Treppenpfosten mit Schnitzerei«, fuhr sie mit zunehmender Sicherheit fort, »und ganz unten besteht die Schnitzerei aus einigen kleinen Figuren.« Das stimmte. Sie hatte oft die Schnitzerei bewundert und kannte sie ganz genau. »Sie müssen die größte Figur nach links drehen. Das ist ziemlich schwer. Sie werden mit aller Kraft daran drehen müssen, aber sobald Sie auf diese Art den versteckten Riegel zurückgeschoben haben, gleitet ein Brett in der Täfelung zur Seite, und die *Schwarze Höhle* liegt frei. Der Borgia-Kopf ist drin versteckt.«

Sie wartete in atemloser Spannung. Vor langer Zeit hatte sie ein Kinderbuch gelesen, in dem geheime Gänge und Verstecke eine große Rolle spielten, und ihre Beschreibung der *Schwarzen Höhle* war mit angepassten Einzelheiten diesem Buch entlehnt. Jetzt wartete sie, ob ihr Peiniger den Köder schlucken würde.

»Nochmal das Ganze«, verlangte Brody.

Sie gehorchte und dankte ihrem Schöpfer, dass sie alle Einzelheiten behalten hatte. Während sie sprach, beschäftigten sich ihre Gedanken fieberhaft mit anderen Dingen. Sie dachte an den Chefinspektor und an Johnny, die in *Mere Croft* saßen, während ihre Entführer sich der Täuschung hingaben, dass das Haus bis auf das Personal leer sei. Ihre Zuversicht kehrte zurück. Wenn sie nur Zeit gewann und diesen Mann loswerden konnte!

»Das wär's denn, Mädchen«, sagte Brody plötzlich. »Klingt ziemlich echt, und zu deinem eigenen Besten will ich hoffen, dass es stimmt.« Er stand auf - bis jetzt hatte er vor ihr gehockt - und wandte sich an Willis.

»Du bleibst hier.«

»Mir gefällt die Sache nicht«, flüsterte Willis wie gewöhnlich. »Das Haus ist nicht leer, und es ist noch früh...«

»Umso besser. Spät genug für das Weibervolk, im Bett zu liegen. Der Butler könnte auf sein, aber mit dem werde ich schnell fertig sein. Und sonst ist niemand da.«

Vicky konnte ihre Freude kaum zurückhalten. Sie hatte recht gehabt, die Männer glaubten, dass Cromwell und

Lister fortgefahren waren. Dann überfiel sie eine Welle von Entsetzen und hilfloser Wut.

»Wehe Ihnen, wenn Sie dem alten Trimble etwas tun, Sie... Sie Bestie ... Sie Teufel. Er ist ein alter Mann. Wenn Sie es wagen sollten...«

»Es wird ihm nichts passieren, wenn er sich nicht in Sachen mischt, die ihn nichts angehen«, schnitt Brody ihr das Wort ab.

»Sieh zu, dass das Mädchen sich nicht befreit«, fuhr er zu Willis gewandt fort. »Dasselbe gilt für Murray. Pass gut auf beide auf.«

»Wie lange bleibst du fort?«

»Weiß nicht. Vielleicht eine halbe Stunde. Nicht viel länger jedenfalls.«

Er war schon im Begriff, die Scheune zu verlassen, als er sich nochmals zu Vicky umdrehte.

»Wenn du gelogen hast, mein Schatz, wenn du mir einen Bären aufgebunden hast, dann bete, wenn ich wiederkomme«, sagte er mit vor Hass entstellter Stimme. »Ehe ich dann nur zur Hälfte mit dir fertig bin, wirst du wünschen, deine Mutter hätte dich niemals geboren.«

Sie schauderte bei diesen Worten. Wenn er wiederkam, würde er wissen, dass sie ihn belogen hatte. Sie konnte nur noch auf rechtzeitige Hilfe hoffen, entweder durch Murray oder von den beiden drüben im Haus - rechtzeitig, ehe ihr Peiniger seine Drohungen wahrmachen konnte.

Als Brody die Tür öffnete, erhaschte sie einen Blick auf den See und die baumbestandenen Hügel, und wieder schien es ihr, als müsse sie jeden Augenblick aus diesem entsetzlichen Traum erwachen. Da draußen war alles friedlich und schön, und hier drinnen lagen sie in einer Hölle.

Brody sah sich sorgfältig um. Niemand war zu sehen. Er nahm den Schal vom Gesicht und steckte die dunkle Brille und die Mütze, die er getragen hatte, ein. Damit hatte er sich wieder in einen harmlosen Ferienreisenden verwandelt.

Dann machte er sich eilig auf den Weg. Seine Nerven waren vor Ungeduld zum Zerreißen gespannt. Er wusste, dass es ums Ganze ging. Er war entschlossen, heute Nacht um jeden Preis ans Ziel zu kommen, denn Cromwells Anwesenheit erschreckte ihn weit mehr, als er Willis gegenüber zugeben wollte. Er hatte große Angst, dass all die Arbeit der letzten Wochen umsonst gewesen sein könnte. Cromwells Schnüffelei konnte nur schlecht für ihn enden. Er wusste, dass er über dünnes Eis ging. Für ihn hieß es: Heute oder nie!

Wenn er nur diesen Kopf schnell erwischen konnte, dann war ja alles in Ordnung. Er konnte verschwinden, als habe er sich aufgelöst, das wusste er. Seine Pläne waren hieb- und stichfest. Nur der Kopf! Alles hing von diesem Gang nach *Mere Croft* ab.

Er durfte nicht bis spät in die Nacht hinein warten. Vor Mitternacht musste er verschwunden sein, und sogar dann war die Sache schwierig. Man würde es so einrichten müssen, dass das Mädchen und Murray nicht zu früh Alarm schlagen konnten, denn dann würde es losgehen.

Und trotz aller seiner Sorgen musste er lachen. Von ihm aus konnte morgen gern die Hölle los sein! Bis dahin war er längst über alle Berge.

Er erreichte unangefochten die Straße und betrat den Garten von *Mere Croft* auf demselben Weg, den er und Willis in der Nacht zuvor gegangen waren. Dass die Lampen in der Diele brannten und die Eingangstür weit offen stand, beunruhigte ihn einigermaßen. Von seinem Weg konnte er die Vorderseite des Hauses und die Auffahrt nicht übersehen, aber der Lichtstrahl, der in den Garten fiel, sagte ihm genug.

Jetzt konnte er schon die Rückseite des Hauses erkennen. Im Wohnzimmer brannte gleichfalls Licht. Was, zum Teufel, konnte das bedeuten? Wer konnte zu dieser Stunde noch im Wohnzimmer sein, wenn Vicky und Murray nicht im Haus waren?

Er schlich sich auf dem weichen Rasen lautlos an, bis er durch die offenen Fenster in den Raum blicken konnte.

Verflucht und zugenäht!

Das erste, worauf seine Augen fielen, war die lange, hagere Gestalt, die am Kamin lehnte und gähnend auf die Uhr sah. In einem Stuhl, den Brody von seinem Platz aus nicht sehen konnte, saß noch jemand. Natürlich Lister, das war nicht schwer zu erraten. Und Brody war so sicher gewesen, dass sie vor Stunden fortgefahren waren. Dieser schwere Schlag traf ihn ganz unerwartet, und minutenlang stand er in völliger Verwirrung da.

Er fragte sich jetzt langsam selbst, ob auf dem Kopf nicht wirklich ein Fluch laste. Alles, war er unternahm, um ihn zu kriegen, führte zu einer Katastrophe.

Mensch, halt' die Luft an, beschimpfte er sich gleich darauf. So was wie einen Fluch gibt es nicht. Ich hab' halt einfach verflixtes Pech. Aber diesmal kann die Hölle selbst mich nicht mehr aufhalten.

Vicky war ihm auf Gedeih und Verderb ausgeliefert, Murray hilflos gefesselt - und er wusste, wo er die *Schwarze Höhle* finden konnte. Brody war jetzt zum Äußersten entschlossen. Noch einmal sagte er sich, dass *Jetzt oder nie* die Lösung war. In wenigen Minuten hatte er dann eine Notlösung gefunden. Für ausgefeilte Pläne war keine Zeit.

Er ging leise bis zum Gemüsegarten weiter, der hinter dem Haus lag und von der Straße nicht eingesehen werden konnte. Dort suchte er sich ein paar trockene Äste und Reiser, trockenes Gras, Blätter und jegliches leicht brennbare Material zusammen, das er entdecken konnte. Es war nicht schwer, in kurzer Zeit einen großen Haufen aufzuschichten. Mit einem Streichholz steckte er den Haufen in Brand. Das trockene Zeug brannte in wenigen Sekunden lichterloh. Vom Wohnzimmer aus konnte man den Gemüsegarten nicht direkt sehen, eine Reihe Obstbäume hinderten die Sicht.

Ohne eine Sekunde zu verlieren, rannte Brody jetzt auf das Haus zu, zog - als er den Rasen erreichte - seine Pistole und schoss zweimal in die Luft.

»Was, zum Teufel, war das eben?« entfuhr es dem erstaunten Cromwell.

»Pistolenschüsse!«, rief Johnny.

Er hatte gemütlich in einem tiefen Sessel gelegen, sprang jetzt auf und lief zum Fenster, das Ironsides natürlich lange vor ihm erreicht hatte. Sie starrten beide in die Nacht hinaus.

»Das waren Schüsse, bombensicher, Johnny. Und ganz nah. Dem Mädchen wird doch nichts passiert sein? Seit einer halben Stunde mach' ich mir Gedanken. Sie hat gesagt, für zehn Minuten, und jetzt ist fast eine Stunde vergangen...«

»Das stimmt, aber du weißt ja, wie das ist, wenn junges Volk den Mond bewundern will. - Was ist denn das für ein komischer Schein?«, fuhr er fort und trat durch die Verandatür in den Garten. »Mensch, komm raus, da hinten brennt's, irgendwas stinkt hier«, knurrte Ironsides beunruhigt.

Sie stolperten ahnungslos in Brodys Falle, und noch Tage hinterher konnte sich Bill Cromwell eine solche Riesendummheit nicht verzeihen. Wenn Brody sich etwas besonders Raffiniertes ausgeklügelt hätte, dann wäre er bestimmt darauf gekommen, aber auf diese primitive List fiel er herein.

Während er und Johnny eiligst dem Gemüsegarten zustrebten, erreichte Brody die Eingangstür. Er band den Schal um, setzte die Brille auf und zog die Mütze wieder tief über die Augen. Der arme alte Trimble traf auf diese erstaunliche Erscheinung in der Halle. Er hatte Schüsse gehört und war sofort nach vorn geeilt. Jetzt blieb er wie vom Donner gerührt stehen und betrachtete den sonderbaren Fremden.

»Erlauben Sie mal«, fragte er empört, »haben Sie eben geschossen?«

Weiter kam er nicht. Der Mann mit der schwarzen Brille bewegte sich lautlos und drohend auf ihn zu. Brody hatte keine Lust, sich aufhalten zu lassen. Er hatte Cromwell und Lister in Richtung Gemüsegarten verschwinden sehen und wusste, dass sie sehr bald wieder auftauchen würden. Ihm blieben nur noch wenige Minuten.

Mit dem unglücklichen Trimble machte er weiter keine Umstände. Trimble war alt und schwach und auf den Angriff nicht vorbereitet. Er konnte nicht mal seinen Arm heben, um sich gegen den Kinnhaken zu schützen, so schnell schoss Brodys Faust nach vorn. Es war ein sauberer K. o. . Trimble lag wie ein Bündel Lumpen auf dem Boden.

Brody stürzte die Treppe hinauf.

Er erreichte den Absatz, genau wie Vicky erklärt hatte. Auch der geschnitzte Eichenpfosten war vorhanden. Es war ziemlich dunkel da oben, er fand den Schalter und machte Licht. Dann untersuchte er den Pfosten, und ein Gefühl des Triumphes nahm von ihm Besitz. Hier war das Ziel! In wenigen Minuten war der Borgia-Kopf sein, endgültig sein.

Die geschnitzten Figuren befanden sich genau da, wo Vicky gesagt hatte. Er überlegte einen Augenblick, was er zu tun habe, dann ergriff er die größte der Figuren und drehte nach links. Nichts geschah. Er zog aus vollen Kräften. Nichts bewegte sich. Die Figur saß fest am Treppenpfosten und war kein Riegel.

Brody fluchte unanständig. Immer wieder zog er an der Figur. Schließlich musste er mit blutenden Händen und abgebrochenen Fingernägeln aufgeben. Er untersuchte den Pfosten genauer, und es schien ihm unmöglich, dass er ein Geheimnis enthalten könne. Die Erkenntnis, dass diese halbe Portion von einem Mädchen ihn, Frederick Charles Brody, an der Nase herumgeführt hatte, ließ ihn zum Berserker werden. Er richtete sich halb tobsüchtig vor Wut auf und blickte in die Halle hinunter. Der Butler zeigte erste Lebenszeichen. Sonst war niemand zu sehen.

Brody stürzte die Treppe hinunter und erreichte die Tür gerade, als er Stimmen hörte, die sich von der anderen Seite näherten. Er hatte Glück. Ironsides und Johnny waren durch das Wohnzimmer ins Haus zurückgekehrt, so dass Brody ungehindert durch die Tür entkommen konnte. Sie hatten ihn nicht einmal gesehen.

Es war, als ob die Nacht selbst sich seinen Wünschen angepasst hätte. Der Mond hatte sich hinter dunklen Wolken verkrochen, und man konnte beinahe nichts erkennen. Brody selbst sah schrecklich aus, wie er so durch die Nacht zum See hinunterstürzte.

Währenddessen bediente sich auch Ironsides im Wohnzimmer saftiger Flüche.

»Kleb mir doch eine, Johnny - kleb mir eine, aber richtig«, stöhnte er, außer sich.

»Ist das ein dienstlicher Befehl?«, erkundigte sich Johnny.

»Mensch, ein erfahrener Mann wie ich geht hin und fällt auf diesen kindischen alten Trick rein, stell dir das vor«, fuhr der Chefinspektor in seinen Selbstanklagen fort. »Wenn ich dran denke, wie wir hingerannt sind! Und dabei hat er die verdammten Äste angezündet und die Schüsse abgefeuert, nur, damit wir aus dem Haus rennen.«

»Vielleicht ist unser Fallensteller noch hier. Lieber Himmel, sieh dir doch Trimble an, Old Iron.«

Sie waren während ihrer Unterhaltung in die Halle gegangen, und dort saß Trimble auf dem Boden, hielt seinen Kopf mit beiden Händen und schwankte langsam hin und her. Ironsides und Johnny richteten ihn schnell auf und setzten ihn auf einen Stuhl.

»Was ist passiert?«, erkundigte sich Ironsides.

Der arme alte Mann konnte nicht antworten. Blut lief ihm aus dem Mund, und auf seinem Kinn zeigte sich eine hässliche, geschwollene Stelle. Sein Gesicht war von Schmerz verzogen.

Ein starker Brandy hatte jedoch schnell Erfolg.

»Vielen Dank, Sir«, stammelte der Alte nach kurzer Pause. »Es ist nur mein Kinn... Ich kann mich nicht erinnern, dass er mich traf... Mir wurde schwarz vor den Augen...«

»Sicher, sicher, ich kann das gut verstehen«, beschwichtigte Cromwell, »aber wer hat Sie niedergeschlagen?«

»Der Mann doch, Sir...«

»Welcher Mann?«

»Er ist vorne hereingekommen, Sir. Dann kam er einfach auf mich zu, und alles wurde schwarz vor meinen Augen.«

»Sie haben ihn gesehen? Wie sah er aus?«

»Ich kann mich nicht erinnern, Sir«, stammelte der Butler noch völlig fassungslos.

»Wie, Sie können sich nicht erinnern? Aber Trimble, wenn Sie ihn doch gesehen haben...«

»Schwarze Brillengläser, Sir, schwarze Brillengläser hat er gehabt, wie eine Sonnenbrille... Daran kann ich mich noch erinnern. Und dann hat er so eine Art Schal ums Gesicht gebunden gehabt und seine Mütze saß so tief -. Man konnte gar nichts weiter sehen. Hab' nicht bemerkt, was er anhatte. Es ging so schnell...«

»Verdammt schlau«, stieß Ironsides hervor. »Qualitätsarbeit, wie alles, was der Schweinehund bis jetzt gemacht hat. Wir haben es mit einem Kerl zu tun, der große Klasse ist. Schneid hat er auch. Ich gebe ehrlich zu, ich hätte nie geglaubt, dass er zum offenen Angriff übergehen würde. Was wollte er hier? Was hoffte er in so kurzer Zeit zu erreichen?«

»Darüber denke ich schon eine Weile nach«, sagte Johnny. »Er wusste ja, dass er nur wenige Minuten zur Verfügung hatte, genauso lange, wie wir brauchten, um sein Feuerchen im Garten auszutreten.«

Cromwell dachte scharf nach.

»Wenn er genaue Angaben über die *Schwarze Höhle* besäße, hätte er genug Zeit gehabt«, meinte er. »Was ich nicht weiß, ist, wie er dazu gekommen sein soll. Wir sollten lieber das Haus absuchen. Hier rumstehen hilft auch nicht weiter.«

Sie taten es - natürlich ohne Erfolg. Soweit sie es erkennen konnten, hatte der Fremde nichts berührt. Sie wanderten von Zimmer zu Zimmer, die Treppe hinauf und in die oberen Räume. Nirgends ein Zeichen, dass Unbefugte das Haus betreten hatten. Den kleinen Blutfleck unten am Eichenpfosten der Bodentreppe übersahen sie natürlich. Ironsides hatte wirklich keinen Grund, den Pfosten Zentimeter für Zentimeter abzusuchen.

Während sie ihr erfolgloses Unternehmen beendeten, erreichte Frederick Charles Brody das verfallene Bootshaus am See.

»Hast du ihn?«, flüsterte Willis heiser vor Aufregung.

Brody gab keine Antwort. Er beugte sich zu Vicky nieder, und der armen Vicky wurde eiskalt vor grauenvoller Angst. Er war zurück. Viel schneller als sie erwartet hatte, war er zurückgekommen. Willis knipste die elektrische Lampe wieder an, und der schwache Lichtschein zeigte ihr von neuem die Mütze, das Tuch und die schrecklichen, schwarzen Brillengläser. Mehr konnte sie nicht erkennen, aber sie fühlte, dass er unter seiner Maske bleich vor Wut war.

Brody starrte sie einige Sekunden an, und dann schlug er ihr mit solcher Kraft ins Gesicht, dass sie einen Augenblick betäubt war.

»Lügnerin! Dreckiges, verlogenes kleines Biest«, zischte er. »Ausgedacht hast du sie dir, die *Schwarze Höhle*!«

Sie hatte zu große Schmerzen, etwas zu sagen.

»Antworte!«, herrschte er sie an.

Etwas bewegte sich an der Wand und lenkte für einen Augenblick Brodys Aufmerksamkeit ab. Harold Murray war während Brodys Abwesenheit halb zur Besinnung gekommen, und das kurze Gespräch, das er soeben mitangehört hatte, beschleunigte die Rückkehr seiner geistigen Fähigkeiten ungeheuer. Er versuchte verzweifelt, sein Gesicht von dem Tuch, das ihn zu ersticken drohte, zu befreien.

»Pass auf, wie du mit einer Dame sprichst«, gelang es ihm durch das Tuch hindurch hervorzustoßen. »Mit Miss Kendrick hast du gefälligst anständig zu reden.«

»Stopf ihm die Schnauze, Ted«, befahl Brody kurz, »und wenn er noch nicht still ist, hau ihm eine übern Schädel!« Dann beugte er sich wieder über Vicky. »Na, willst du reden? Raus damit. Hast du gelogen?«

»Ich musste ja«, stammelte sie entsetzt. »Ich musste ja was sagen, damit Sie...« Sie konnte nicht mehr weiter und musste schlucken. Dann fuhr sie mit großer Anstrengung fort: »... damit Sie aufhörten, mich zu quälen. Ich weiß nicht, wo die *Schwarze Höhle* ist. Die ganze Zeit habe ich Ihnen das gesagt. Sie können machen mit mir, was Sie wollen, ich kann es Ihnen nicht sagen, ich weiß es doch selbst nicht.«

»Das werden wir ja gleich erfahren, verehrtes Fräulein. Ich bring' die Wahrheit schon aus dir raus!«

Er war immer noch rasend vor Wut, zum Äußersten entschlossen und im Grunde verzweifelt. Die Dinge waren jetzt so weit gediehen, dass er nicht mehr zurückkonnte. Und in letzter Stunde wollte sich dieses dumme Ding mit seinem Starrsinn zwischen ihn und sein Ziel stellen. Das wäre ja noch schöner!

»Bitte, glauben Sie mir doch«, schluchzte Vicky in völliger Panik. »Ich habe gelogen, die Geschichte mit dem Eichenpfosten ist erlogen, denn ich wollte Zeit gewinnen. Ich weiß doch nicht, wohin mein Onkel seine Wertsachen versteckte. Harold und ich haben den ganzen Tag gesucht...«

»Du hast mich einmal angelogen, verfluchte kleine Kröte, ein zweites Mal wird dir das nicht gelingen. Glaub ja nicht, dass es etwas so Nettes werden wird, wie eine brennende Zigarette auf deinen Rosenwangen, oh, nein. Es wird auch nicht das andere werden, was ich dir vorhin sagte, das ist viel zu zahm. Ich werde dich verstümmeln, mein hübsches Kind - diese zauberhafte, unverdorbene Schönheit werde ich zerstören. Pass auf! Wir werden schon noch sehen, ob du nicht reden kannst.«

Während dieser Worte hatte er in seiner Tasche herumgesucht und ein Messer herausgezogen, dessen Klinge er jetzt aufklappte. Vicky konnte den Blick nicht von der Klinge wenden.

»Ich habe in meinem ganzen Leben so was noch nicht gemacht, hab' auch die Gelegenheit dazu noch nicht gehabt«, fuhr Brody fort. »Zwei tiefe Schnitte, auf jeder Seite einer, die werden dich fürs Leben zeichnen, und für ein

Mädchen kann es keine schlimmere Drohung geben. Nun? Du hast dreißig Sekunden Zeit, dann kommt der erste Schnitt. Dann werde ich dir noch weitere dreißig Sekunden geben vor dem zweiten Schnitt. Du hast die Wahl, mein Schatz! Es liegt in deiner Hand.«

Sein Ton war so entsetzenerregend und so entschlossen, dass Vicky vollkommen die Fassung verlor. Sie schrie in furchtbarer Angst auf. Brody hielt ihr den Mund zu, um sie am Schreien zu hindern.

»Zehn Sekunden vorüber«, zischte er. »Entschließe dich schnell.«

»Halt!« Es war ein Schrei der Verzweiflung.

»Halt du dich raus!«

»Aber ich kann es Ihnen sagen!«, rief Harold Murray.

Er hatte seinen Mund jetzt von dem Tuch befreit und sprach unbehindert, wenn auch jedes Wort ihm Qualen bereitete, denn sein Kinn schien ins Ungeheuerliche gewachsen zu sein, und seine Zunge war geschwollen. Er hatte sie sich beinahe durchgebissen, als ihn Brodys Faustschlag traf.

»Was kannst du mir sagen?«

»Ich weiß doch, wo die *Schwarze Höhle* ist.«

»Gerechter Himmel, du auch?«

»Ich lüge Sie nicht an«, sagte Murray fieberhaft. »Es ist die reine Wahrheit. Ich fand die *Schwarze Höhle* heute Abend. Ich habe sie sogar aufgemacht. Der Kopf ist drin in einer großen Kiste.«

»Harold!«, rief Vicky, aus ihrem Entsetzen erwachend. »Ist das wahr?«

»Natürlich.«

»Aber warum hast du dann...« Sie brach ab. »Also du auch«, fuhr sie mit todtrauriger Stimme fort, »du bist genauso schlecht wie diese beiden. Du wolltest das Geheimnis für dich behalten, bis du Gelegenheiten finden würdest, den Kopf zu stehlen.«

»Nein, nein, das ist nicht wahr. Das kannst du doch nicht von mir glauben!«

»Warum hast du es mir dann nicht gesagt?«

»Ich hatte Angst.«

»Angst? Das ist eine idiotische Begründung.«

»Ich fand ihn bald, nachdem wir mit Cromwell und Lister die Wand im Schlafzimmer eingeschlagen hatten. Hinter dem großen Kamin in der Halle habe ich das Versteck entdeckt. Ich entdeckte da eine Stelle, die nichts mit dem Kamin oder dem dazugehörigen Mauerwerk zu tun hat. Ich habe dann das Innere des Kamins abgesucht. Es ist ein großer, offener Kamin, in dem man unheimlich große Holzklötze verbrennen könnte, aber dein Onkel hat den Schornstein weiter oben zur Hälfte zumauern lassen, wahrscheinlich, damit es nicht zieht, und auf dem Kaminrost ist ein elektrisches Kaminfeuer eingebaut. Ich stellte mir vor, dass dein Onkel vielleicht außer der Zugluft noch einen Grund gehabt haben könne, den Kamin für immer außer Betrieb zu setzen. Deswegen habe ich ihn genau untersucht. Das Mauerwerk sieht ganz massiv aus, aber als ich mit meinem Taschenmesser dranschlug, klang es ganz hohl. Dann habe ich mich richtig drangemacht und ein kleines Scharnier gefunden, so klein, dass es beinahe unsichtbar ist. Die Tür ging auf, die Ziegelsteine sind nur Attrappen, die an der Türfüllung befestigt sind. Wenn die Tür zu ist, kann man nichts erkennen. Drinnen habe ich eine viereckige Kiste gefunden, und in der Kiste liegt der Borgia-Kopf. Einige zusammengebündelte Pakete mit Wertpapieren sind noch drin und mehrere Schmuckkassetten.«

Brody hatte, ohne Murray nur ein einziges Mal zu unterbrechen, zugehört. Er flog am ganzen Körper. Seine Erzählung war viel zu genau und kompliziert, sie konnte keine Augenblickserfindung sein.

»Harold, das hast du gewusst und hast mir nichts gesagt!« Vickys Stimme war bitter und anklagend. »Es kann nur einen Grund geben, warum du mir nichts erzähltest! Ich fand es gleich sehr eigenartig, dass du den ganzen Abend so aufgeregt gewesen bist. Aber ich habe nicht geahnt...«

»Jawohl, es gibt nur einen Grund, warum ich dir kein Wort gesagt habe, aber es ist ein anderer Grund als der, an den du glaubst«, unterbrach er sie ernst. »Der Fluch, das war mein Grund.«

»Das ist nicht wahr!«

Er überhörte ihren Einwurf. »Der Mann, der den Kopf in Italien fand, starb unter tragischen Umständen. Noch jemand, der mit dem Kopf zu tun hatte, ist verunglückt. Dein Onkel wurde seinetwegen ermordet«, sagte Murray hitzig. »Ich weiß, es klingt wie barer Unsinn, aber ich konnte den Gedanken nicht ertragen, dass du in den Besitz des Teufelskopfes kommen könntest. Ich wusste, wenn ich es dir sagte, würdest du gleich hinstürzen und den Kopf herausholen wollen. Dann hätte er dir gehört. Der Fluch wäre auf dich gefallen. Ich wollte warten, bis Dodd wiederkommt, und ihm den Kopf sofort übergeben, sobald du seinen Scheck in Händen gehabt hättest. Dann wäre er der

Besitzer gewesen. Er will ihn haben, ist verrückt nach ihm und ist bereit, dem Fluch zu trotzen. Vicky, kannst du mich nicht verstehen? Vielleicht bin ich ein völliger Idiot, aber ich hab' solche Angst um dich gehabt. Da hast du deine ganze Wahrheit.«

»Ich glaub' dir ja«, sagte sie weich. »Jetzt ist es sowieso zu spät. Ich krieg' den Kopf nicht, und Dodd wird ihn niemals kriegen. Du hast den Männern das Versteck verraten.«

Brody war aufgestanden. Er ging hinaus in die Nacht, und wenige Minuten später folgte ihm Willis.

»Was nun, Charlie? Ich bin komplett hinüber. Ich versteh' gar nicht mehr, was los ist.«

»Das war die Wahrheit, Ted. Endlich die Wahrheit. Er hat die *Schwarze Höhle* tatsächlich entdeckt. Im Kamin! Kleinigkeit! Ich muss nur diese Bluthunde ein zweites Mal auf eine falsche Fährte setzen - das ist alles.«

»Ein zweites Mal?« Willis Stimme ging gefährlich in die Höhe vor Schreck. »Soll das heißen, dass dieser Cromwell noch im Haus ist?«

»Mensch, Lautsprecher auf Zimmerstärke, ich muss denken«, fuhr ihn Brody an.

Vierzehntes Kapitel

Chefinspektor Cromwell hatte schwere Sorgen, nachdem Johnny und er die Haussuchung beendet hatten. Keine Spur des Eindringlings hatten sie gefunden und keinen Anhaltspunkt dafür, warum der Mann ein solches Risiko eingegangen war.

»Ganz faule Sache, Johnny«, schimpfte Ironsides und zog die buschigen Augenbrauen drohend zusammen. »Der Kerl ist hergekommen, weil er auf Murray und das Mädchen gestoßen ist. Was immer er gesucht hat, er hat es nicht gefunden. Das sieht ein Blinder. Er ist viel zu schnell wieder getürmt.«

»Wer kann es nur gewesen sein?«

»Das scheint mir gleichfalls ziemlich klar zu sein. Aber es ist immer besser, man überzeugt sich. In diesem Fall ist bis jetzt immer alles anders gewesen, als man dachte.«

Der Chefinspektor ging zum Telefon und rief das *Buttermere-Arms-Hotel* an. Nach einer kleinen Weile meldete sich Watkins, der Besitzer.

»Mr. Watkins? Hier spricht Chefinspektor Cromwell.«

»Was gibt's? Womit kann ich Ihnen dienen, Mr. Cromwell?«

»Ich hätte gern einen von Ihren Gästen gesprochen - Mr. Henry Simpson.«

»So spät noch?« Watkins war ein wenig ärgerlich. »Mr. Ryder und er sind auf ihr Zimmer gegangen. Vermutlich schlafen sie schon längst.«

»Das ist sehr bedauerlich«, erklärte Ironsides ohne eine Spur Bedauern in der Stimme. »Holen Sie ihn raus. Ich muss ihn sprechen.«

Watkins brummte etwas Unverständliches, kam aber der Aufforderung nach. Nach einer ziemlich langen Wartezeit erschien er wieder am anderen Ende der Leitung. Seine Stimme hatte einen verwunderten Ton angenommen.

»Ich kann Ihnen leider nicht helfen, Mr. Cromwell. Die Herren sind nicht da. Sie sind sicherlich zu einem Spaziergang ausgegangen. Müssen jede Minute wiederkommen, ich werde Mr. Simpson dann Bescheid sagen...«

»Oh, machen Sie sich keine Mühe, es ist nicht mehr wichtig.«

Cromwell legte den Hörer auf.

»Dacht' ich mir's doch gleich! Beide nicht da. Und heimlich ausgegangen, Johnny. Das ganze Feuerchen stammt von diesem Musterpaar.«

»Was hat denn Watkins dir erzählt?«, erkundigte sich Johnny.

Ironsides wiederholte kurz, was ihm der Hotelbesitzer mitgeteilt hatte.

»Ja, aber, Old Iron, sie können ebenso gut einen harmlosen Spaziergang unternommen haben, wie dieser Watkins sagt...«

»Dinge, die Simpson und Ryder betreffen, sind niemals harmlos, merk dir das, mein Sohn! Ich habe gute Gründe, anzunehmen, dass Simpson einer der kaltblütigsten Schwerverbrecher ist, die jemals eine Schusswaffe gebrauchten. Ganz sicher ist er jener Mörder. Soviel ich weiß, hab' ich dir das schon mal gesagt.« Er ging unruhig hin und her. »Was sagte Miss Kendrick doch noch, kurz bevor sie ging?«

»Nichts Besonderes. Nur, dass sie zehn Minuten fortbleiben würden.«

»Auch wenn man berücksichtigt, dass ein junges Mädchen und ein junger Mann in einer Mondscheinnacht leicht jeden Sinn für Zeit verlieren können, ist es trotzdem unwahrscheinlich, dass sie länger als eine Stunde ausbleiben, wenn nicht etwas passiert, wodurch sie zurückgehalten werden«, meinte Cromwell. »Mondschein... Mondschein und Berge... und der See...«

»Hört, hört, die Lyrik eines Kriminalbeamten - oder willst du sonst noch etwas sagen?«

»Nicht, Johnny, mir ist gar nicht lyrisch zumute. Ich versuche nur, herauszubringen, wohin sie gegangen sind. Wir müssen sie sehr schnell finden. Der Kerl ist jetzt verzweifelt und schrickt vor keiner Teufelei zurück. Der See - Sie müssen einfach an den See gegangen sein. Es wäre unnatürlich...«

»Es gibt einen Abkürzungsweg zum See, Old Iron. Man muss durch ein Gatter, und dann führt ein Fußpfad direkt zum Wasser.«

»Das wird es sein. Jedenfalls versuchen wir es mal mit diesem Weg. Vielleicht ist dort etwas zu sehen oder zu finden, das uns auf die richtige Spur bringt.«

Inzwischen hatte sich Trimble einigermaßen erholt. Sie betteten ihn auf die Couch im Wohnzimmer, und Cromwell weckte Mrs. Broughton und bat sie, Trimble dort Gesellschaft zu leisten.

»Wir bleiben ja nicht lange weg, und wir können sowieso nichts anderes tun«, meinte der Chefinspektor mehr zu seiner eigenen Beruhigung. »Man weiß nie, wozu etwas gut ist«, fuhr er dann fort, den wolkenverhangenen Himmel betrachtend. »Vielleicht wäre heller Mondschein günstiger für uns gewesen, vielleicht auch nicht. Wenn man einem in die Enge getriebenen Mörder auf der Spur ist, kann Dunkelheit sich als sehr segensreich erweisen.«

»Du nimmst eine Menge Dinge an, Old Iron, aber du kannst nichts beweisen. Du glaubst, dass dieser Simpson hinter allem steckt. Was ist mit Kleschka?«

»Lächerlich!«, erklärte Cromwell voll Verachtung.

»Das ist leicht gesagt, aber...«

»Kleschka ist gar nichts, ein Zufall, um den wir uns jetzt nicht zu kümmern brauchen. Mit dem Mord an Kendrick hat er nach meiner Meinung nichts zu tun. Ich habe mich nach ihm erkundigt, und wir werden vermutlich die Antwort vorfinden, wenn wir zurück nach London kommen.«

Sie hatten das Gatter erreicht und bogen in den Fußweg ein. Der Boden war hier durch den Regen der vorigen Nacht noch etwas weich.

Cromwell kniete nieder und untersuchte den Pfad im Schein der Taschenlampe.

»Natürlich ist man niemals sicher«, meinte er, »aber diese Fußabdrücke sind vielversprechend. Sieh sie dir an! Männerschuhe und hochhackige Damenpumps, oder wie man die Dinger nennt. Die Abdrücke sind vor kurzer Zeit entstanden. Selbstverständlich kann noch ein anderes Paar hier gegangen sein, aber es ist doch ziemlich wahrscheinlich, dass es unsere beiden sind.«

»Hier kommen wir direkt zum See, aber was wollen wir da unten tun? Sie können von dort in jeder Richtung weitergegangen sein. Mir kommt's vor, als ob wir uns in irgendeine dunkle Geschichte begeben, Old Iron.«

»Sehr wahrscheinlich. Darin haben wir übrigens schon gesteckt, seit wir den Fall übernahmen. Niemals ein sicherer Anhaltspunkt, kein entscheidender Schritt vorwärts. Immerzu wursteln wir im Dunkeln herum. Aber wenigstens ...«

»Wenigstens was?«

»Wenigstens nicht mehr ganz so im Dunkeln wie vorher«, erklärte Ironsides reichlich geheimnisvoll. »Eine Richtung, in der ich nachforschen muss, weiß ich jetzt ganz genau. Was mich im Augenblick beunruhigt, ist das Mädchen. Ich habe das unangenehme Gefühl, dass ihr was Hässliches passiert ist. Wir müssen sie finden, und zwar möglichst schnell.«

Sie setzten ihren Weg eilig fort.

Brody stand währenddessen mit Willis vor dem kleinen Bootshaus und dachte nach. Sein Kompagnon zappelte ungeduldig vor ihm herum.

»Ich hab's!«, murmelte Brody endlich.

»Was hast du? Warum sagst du mir denn nichts? Was ist passiert? Ich weiß noch gar nicht, was im Haus geschehen ist.«

»Keine Zeit«, fertigte Brody ihn ab. »Ich habe Schwein gehabt, dass ich da rausgekommen bin. Cromwell und Lister sind noch immer da. Nur gut, dass sie mich nicht gesehen haben. Nur der alte Tattergreis, der Butler, ist mir in den Weg gelaufen.«

»Das sagst du jetzt erst! Er muss dich doch erkannt haben. Cromwell ist sicher schon im Hotel und...«

»Mensch, bin ich du? Wofür hältst du mich eigentlich? Trimble hat ganz genau dasselbe gesehen wie das Mädchen. Der hätt' sich selber nicht erkannt in der Verkleidung. Pass auf, Ted, wir müssen jetzt aufs Ganze gehen. Wir haben nur noch eine Chance. Endlich weiß ich, wo der Borgia-Kopf steckt. Ich muss einfach in das Haus gehen und ihn holen.«

»Mehr nicht? Mehr ist da gar nicht dran!«, sagte Willis erschrocken und höhnisch zugleich. »Du meldest dich am besten gleich telefonisch bei Cromwell an, da er im Hause ist. Mensch, Charlie, lass das sein. Du läufst ihm doch schnurgerade in die Arme.«

»Unsinn, ich pass schon auf. Das musst du schon mir überlassen - und behalt gefälligst dein Geunke für dich. Es ist ohnehin Zeit, dass du dich zur Abwechslung mal nützlich machst. Denk an deinen Anteil. Du gehst jetzt zum Hotel zurück, und ein bisschen dalli. Der Wagen steht vorn auf dem Platz, und von da geht es abschüssig zur Straße runter. Lass ihn ohne Motor bis zur Straße rollen. Und lass dir's ja nicht einfallen, ins Haus zu gehen.«

»Und unsere Sachen?«

»Nicht wichtig. Wir müssen jetzt improvisieren, da wieder einmal alles schiefgegangen ist«, sagte Brody. »Ich wollte ursprünglich den Kopf holen und Murray und das Mädchen hier lassen. Dann hätten wir zum Hotel gehen und erzählen können, dass wir plötzlich nach London abgerufen worden sind. Anschließend wären wir in aller Ruhe abgehauen. Der Krach wäre erst morgen losgegangen. Aber das ist nun vorbei.« Er schüttelte sich vor Nervosität, Ärger und Wut. »Im Übrigen verschwenden wir hier nur Zeit. Mach, dass du fortkommst!«

»Und was soll ich tun, wenn ich den Wagen auf der Straße habe?«

»Fahr ihn auf der Straße zum Newlands-Pass bis an die Kreuzung und warte auf mich.«

»Und wenn was schiefgeht? Was mache ich, wenn du nicht kommst?«

»Ich komm' bestimmt. Hau ab.«

Willis zog sehr unzufrieden und verängstigt ab. Brody begab sich wieder in den Schuppen und direkt zu Harold Murray, dem es in der Zwischenzeit beinahe gelungen war, seine Arme zu befreien. Aber alle seine Anstrengungen waren umsonst gewesen, denn Brody befestigte die Stricke nicht nur von neuem, er fesselte den unglücklichen jungen Mann noch mit weiteren Stricken so fest, dass jede Hoffnung auf Befreiung sinnlos war. Dann drückte er Murray noch sein eigenes Taschentuch als Knebel zwischen die Zähne und band das Halstuch wieder fest um seinen Mund.

»Damit du nicht auf dumme Gedanken kommst und anfängst, hier wie am Spieß zu brüllen. Es würde dir ja wenig nützen, die Straße ist weit, aber man kann nie vorsichtig genug sein.«

Vicky hatte mit erschrockenen Augen dieser Prozedur zugesehen. Sie wusste, dass sie jetzt dran kam und dass sie allen Grund zur Furcht hatte. Deshalb war sie erstaunt, dass Brody ihre Stricke durchschnitt und sie auf die Beine stellte.

»Schon gut, Mädchen, brauchst nicht zu zittern«, sagte er. »Ich bringe dich nämlich jetzt nach Hause.«

»Nach Hause?«

»Klar. Du bist mein Passierschein. Wir gehn uns jetzt den Borgia-Kopf holen. Sehr liebenswürdig von deinem Freund, mir das Versteck zu verraten. Und du kommst mit, weil du mir helfen musst.« Er führte sie aus dem Bootshaus heraus und blieb wie angewurzelt stehen. Schritte waren zu hören. Jemand lief - und zwar auf sie zu. Brody hielt Vicky fest umschlungen und zog seine Pistole, dann wartete er bewegungslos.

»Ein einziger Mucks, mein Liebchen, und es war dein letzter«, flüsterte er ihr drohend ins Ohr.

Vicky war halb ohnmächtig vor Angst. Sie glaubte, dass es Cromwell oder Listers Schritte wären, und fürchtete, dass Brody schießen könne. Ihm war jetzt alles gleichgültig. Er würde sicherlich vor nichts zurückscheuen. Ein Mann, der selbst zugegeben hatte, dass er ein Mörder war, würde kaum einen Scotland-Yard- Beamten verschonen.

Sie hatte schon den Mund geöffnet, um allen Drohungen zum Trotz zu schreien, aber Brody war schneller. Er verschloss ihr den Mund mit der Hand. In diesem Augenblick erschien ein völlig atemloser und erschöpfter Willis auf der Bildfläche.

»Gott sei Dank, Charlie, dass du noch da bist!«

»Was machst du jetzt schon wieder?« fauchte Brody, dessen Erleichterung, Willis und nicht Cromwell zu sehen, in rasende Wut gegen seinen Kumpanen umschlug. »Weshalb kommst du zurück? Ich hab' dir doch gesagt...«

»Charlie, sie kommen!«

»Was?«

»Cromwell und Lister.«

»Kommen her?«

»Ich war beinahe bis zur Straße, da sah ich Leute vor mir auf dem Fußpfad«, berichtete Willis, der völlig die Nerven verloren hatte. »Ich habe auch ihre Stimmen erkannt. Dann bin ich umgedreht und hergerannt. Sie kommen, Mensch, hierher zum See kommen sie!« Plötzlich blieb ihm der Mund offen stehen. »Was machst du mit dem Mädchen, Charlie?«

Brody gab keine Antwort. In diesem verzweifelten Augenblick arbeitete sein Gehirn auf Hochtouren.

»Mein Gott! Das ist ja wunderbar«, flüsterte er plötzlich frohlockend. »Sie kommen, wie? Sie können also nicht im Haus sein. Fein, Ted! Ich habe nichts gesagt vorhin. Du fängst wirklich an, sehr nützlich zu werden. Geh jetzt zurück zur Straße.«

»Wie denn, Mensch?«

»Stell dich nicht wieder an. Es gibt doch mehr als einen Weg zur Straße. Du kannst über die Wiesen abschneiden. Es ist stockdunkel, kein Mond zu sehen, und eine Hecke ist da auch, niemand wird dich entdecken. Du weißt, was du zu tun hast.«

Willis machte sich erneut auf den Weg. Man konnte nicht sagen, dass Brody ihn beruhigt hatte, aber er war es gewöhnt, zu gehorchen. Brody führte inzwischen das Mädchen wieder in das Bootshaus.

Ironsides und Johnny hatten die Hälfte des Weges zurückgelegt. Sie gingen sehr langsam vor, denn der Chefinspektor prüfte alle Augenblicke die Fußabdrücke auf dem Boden.

»Sie sind nur in einer Richtung gegangen«, sagte er finster. »Es kann natürlich noch mehrere Wege geben, die vom

See zurück zur Straße führen, aber ich mache mir verdammte Sorgen. Du hast dir doch den See bei Tag angesehen. Hast du irgendetwas bemerkt, ein Haus oder eine Hütte am Ende dieses Weges?«

»Nichts. Nur Bäume, die bis ans Wasser reichen.«

»Halt! Warte einen Augenblick! Was war das?«

»Heh?«

»Ich habe Licht gesehen...«

»Da ist kein Licht«, sagte Johnny, seine Augen aufs äußerste anstrengend.

»Aber es war eins da. Es flammte auf und war gleich wieder weg«, murmelte Cromwell. »Jetzt fällt mir ein. Da ist ein Haus an diesem Ende vom See - ein winziges, altes Bootshaus. Das Licht ist sicher von diesem Haus gekommen.«

»Ich kann immer noch kein Licht sehen«, sagte Johnny. »Hast du es dir nicht eingebildet?«

»Los, komm weiter!«, sagte Cromwell nur.

Sie beeilten sich jetzt sehr, und Ironsides behielt die dunkle Masse zwischen den Bäumen im Auge, die er als das alte Bootshaus erkannt hatte. Von Zeit zu Zeit wurde es durch Hecken ihren Blicken wieder entzogen. Kein Lichtschein erschien mehr, und als sie endlich den See erreichten und kaum fünfzig Schritt vom Haus entfernt waren, konnten sie nichts Verdächtiges entdecken.

Sie näherten sich mit äußerster Vorsicht. Dann sprang Cromwell vor, stieß furchtlos die Tür auf und hielt seine Pistole vor.

»Hände hoch und Ruhe halten«, rief er drohend und ließ seine Taschenlampe aufflammen. »Verflixt, was ist denn das?« Er starrte auf das Bündel am Boden. »Ich hab' was anderes erwartet, Johnny.«

Er steckte die Pistole fort, und in wenigen Augenblicken hatten sie Murray von seinem Halstuch und dem Knebel befreit. Der junge Mann war nicht sofort in der Lage zu sprechen, aber der Ausdruck seiner Augen war unmissverständlich. Er war in furchtbarer Sorge und Aufregung.

»Schon gut, mein Junge, zu viel Aufregung schadet«, meinte Cromwell gutmütig und zog sein Taschenmesser. »Sie werden sich gleich besser fühlen.«

»Vicky! Er hat Vicky erwischt!«

»Ich habe mir gleich so was gedacht.«

»Aber Mann, begreifen Sie doch«, rief Murray verzweifelt. »Dieser Schuft hat Sie reingelegt.«

»Wieso?«

»Es sind zwei Kerle. Sie haben herausgekriegt, dass Sie im Anmarsch sind. Einer hat Vicky hier hereingebracht und ein Streichholz angezündet.«

»Ein Streichholz angezündet...?«

»Jawohl, absichtlich!«, brüllte Murray außer sich. »Er hat die Flamme an die Tür gehalten und zu Vicky gesagt: *Die müssten blind sein, wenn sie das nicht sehen. So einen wie den Cromwell innerhalb einer Stunde zweimal reinzulegen, ist ein feiner Rekord.* Das hat er gesagt, Mr. Cromwell. Er hat absichtlich Licht gemacht, damit Sie es sehen und hierherkommen.«

Bill Cromwell fluchte mit Gefühl.

»Dabei hab' ich genau gewusst, dass dieser Kerl klug ist wie der Teufel. Zwei zu null für ihn heute Abend. Zweimal die gleiche Falle ist einfach genial. Erst das große Feuer und jetzt das Streichholz. Im Grunde genommen der gleiche Gedanke. Und Miss Kendrick, sagten Sie, hat er mitgenommen?«

»Ja.«

»Wissen Sie, warum?«

»Selbstverständlich«, erklärte Murray, der jetzt von seinen Fesseln befreit war und mühselig aufstand. »Dieser Schuft hat ihr gedroht, dass er ihr Gesicht mit einem Messer bearbeiten würde, und ich lag da und konnte ihr nicht helfen. Da habe ich ihm gesagt, wo die *Schwarze Höhle* ist, damit er das Mädchen in Ruhe lässt. Jetzt ist er fort nach *Mere Croft*, mit Vicky...«

»Sie haben ihm gesagt, wo die *Schw...*«, fing Johnny, völlig aus dem Konzept gebracht, an.

»Jaja«, fiel Murray ungeduldig ein. »Sie hat ihm zuerst ein Märchen aufgebunden, nur um Zeit zu gewinnen, und dann ist er wiedergekommen, rasend vor Wut wie ein Amokläufer...«

»Das erklärt das Feuer im Garten und Trimble und dass im Haus keine Spur zu finden war«, schrie Ironsides dazwischen. Sie sprachen jetzt wirklich beinahe alle gleichzeitig. »Also er ist wieder ins Haus gegangen. Und was ist's mit Ihrer Meinung, noch ein Märchen?«

»Nein, als Sie heute Nachmittag ins Dorf gegangen waren, habe ich wirklich die *Schwarze Höhle* gefunden.«

Und Murray berichtete kurz.

»Sie sehen, wie schlau er vorgeht«, fuhr er fort. »Er hat Sie mit diesem Streichholz hergebracht und Zeit gewonnen, um mit Vicky zum Haus zu laufen. Er wird sich jetzt den Kopf holen und lange weg sein, ehe wir das Haus erreichen.«

»Sauber, sehr sauber«, sagte Cromwell grimmig, »das muss ich ihm zugestehen. Und wie sah er aus?«

»Ich weiß es nicht, ich habe ihn nicht gesehen.«

»Sie müssen doch irgendwas gesehen haben.«

»Es waren zwei, aber der zweite ist unwichtig. Sie hatten Schals vorgebunden und Mützen tief im Gesicht. Zu allem Überfluss trugen sie Sonnenbrillen. Man konnte wirklich nichts erkennen, und auch die Stimmen waren durch die Schals gedämpft. Aber, Mr. Cromwell, warum verlieren wir hier sinnlos Zeit? Ich habe fürchterliche Angst um Vicky.«

»Da sind Sie nicht der einzige«, stellte Johnny trocken fest. »Los, komm doch schon, Old Iron, wir müssen hin.«

»Miss Kendrick ist nicht mehr gefährdet«, sagte Cromwell mit erstaunlicher Ruhe. »Im Augenblick hat unser Freund gewonnen, aber viel weiter kommt er nicht. Wer zuletzt lacht, lacht am besten.«

Fünfzehntes Kapitel

Vicky fühlte sich erleichtert, als Brody sie über den Fußsteig zur Straße zurückführte. Er hatte erst einen erheblichen Umweg gemacht, war aber dann wieder auf den Pfad zurückgekommen. Da er sie fest am Arm gepackt hielt, war sie gezwungen, neben seinen Riesenschritten beinahe zu laufen.

In ihre Erleichterung mischte sich allerdings die Angst um Murray und die Sorge um die beiden Beamten, die von diesem geschickten und skrupellosen Gegner immer wieder geschlagen worden waren. Trotzdem genoss sie nach der dumpfen Luft in dem kleinen Bootshaus die frische Kühle der Nacht, wenn sie auch immer noch erhebliches Herzklopfen hatte.

»Jetzt hör mal zu«, sprach Brody sie nach langem Schweigen an, »und merk dir gut, was ich jetzt sage. Wenn du dich nicht von jetzt ab ganz nach meinen Wünschen richtest, dann ist dein lieber Freund ein toter Mann.«

»Alles nur Drohungen. Jedes Wort, das Sie sprechen, ist eine Drohung«, sagte Vicky und bemühte sich vergeblich, ihrer Stimme einen festen Klang zu geben.

»Wenn ich du wäre, würde ich nicht so unvorsichtig sein zu glauben, dass es leere Drohungen sind. Es ist mir Ernst, mein Kind. Ich habe deinen Onkel getötet, und ich werde nicht einen Augenblick zögern, dich umzubringen, wenn es nötig ist.«

»Also bin ich jetzt die nächste.«

»Jeder, der mir in den Weg kommt, ist jetzt der nächste«, zischte Brody. »Ich habe heute Nacht so viel gewagt, und ich werde noch mehr wagen. Mir kommt es nicht mehr darauf an. Aber du könntest dir selber einen großen Dienst erweisen, und ich werde dir jetzt sagen, wie. Bis jetzt ist dir ja nichts passiert, nicht wahr, und wenn du tust, was ich dir sage, wird dir auch weiterhin nichts geschehen.«

Sie rannten beinahe während dieser Unterhaltung, denn Brody wusste genau, dass es jetzt nur noch auf Schnelligkeit ankam. Seine List hatte ihm diese kurze Zeitspanne geschenkt, aber es blieb eine sehr kurze Spanne. Er musste *Mere Croft* erreichen, den Kopf herausholen und fort sein, ehe Cromwell auf dem Plan erschien. Eine Viertelstunde, viel mehr hatte er nicht zur Verfügung.

Brody war zu allem entschlossen. Der Preis befand sich beinahe schon in seiner Hand. Alles hing von den nächsten Minuten ab. Es war seine letzte Gelegenheit. In Buttermere konnte er nicht länger bleiben, dafür war er zu weit gegangen. Wenn es jetzt misslang, war alles endgültig verloren. Dann war das Spiel zu Ende.

»Wir werden das Haus bald erreicht haben«, sagte er. »Cromwell und Lister sind nicht da. Wir werden hineingehen, du und ich, und wenn der Butler oder sonst jemand uns aufhalten will, wirst du es ihnen verbieten.«

»Wie soll ich das machen?«

»Es ist dein Haus, du kannst der Dienerschaft befehlen, dich in Ruhe zu lassen. Ich bin dein Freund, du hast mich eingeladen. Sobald wir da sind, gehst du sofort mit mir zum Kamin in der Halle. Wenn du versuchen solltest, mich zu täuschen, dann wehe dir. Ich bin erbarmungslos.«

Vicky lachte beinahe hysterisch auf.

»Sie reden wie der Bösewicht in einem Schmierenstück«, sagte sie und versuchte alle Verachtung, die sie für ihn empfand, in ihre Stimme zu legen.

»Stimmt, Mädchen, und das ist genau das, was ich bin. Ich rate dir, vergiss es nicht, und vor allen Dingen denk die ganze Zeit daran, was deinem Onkel passierte, als er mich reinzulegen versuchte.«

Sie schauderte. Sie wusste, dass sie sich in den Händen eines Mörders befand, der seine Mordtaten offen zugab, und gab sich Mühe, nicht den Verstand zu verlieren. Es sprach für sie, dass sie in dieser Lage nicht ohnmächtig wurde. Nur der Gedanke, die Gewissheit darüber, was dieser Mann mit ihr tun würde, wenn sie versagte, gab ihr die Kraft, aufrecht zu bleiben.

»Hast du mich verstanden?«, fragte er kurz.

»Ja«, sagte sie leise.

Brody verstummte. Er war überzeugt, dass sie seine Pläne nicht mehr durchkreuzen würde. Sie würde es nicht wagen. - Jetzt erreichten sie die völlig menschenleere Straße. Es war inzwischen sehr spät geworden, und die meisten Bewohner dieses stillen Dörfchens schliefen längst.

Mere Croft war genauso, wie Ironsides und Johnny es verlassen hatten. Noch immer stand die Tür einladend offen. Alle Lampen brannten, und die Auffahrt war durch den Schein, der aus dem Haus fiel, erhellt.

»Jetzt gilt's, vergiss es nicht!«, sagte Brody.

Beim Betreten des Hauses ließ er sie beinahe ganz los, seine Hand lag nur noch leicht auf ihrem Arm. Er hatte immer noch den Schal umgebunden, aber die Brille so weit heruntergezogen, dass er über sie hinwegsehen konnte. Er brauchte seine Augen jetzt.

Niemand war zu sehen. Mrs. Broughton und Trimble saßen zweifellos irgendwo zusammen und besprachen die schrecklichen Dinge, die ihnen zugestoßen waren. Weder sie noch der Butler hatten Vicky und ihren Begleiter kommen hören.

Brody zitterte vor Erwartung, als sie den Kamin erreichten. Es war ein riesiges, altmodisches Ungetüm von Kamin, mit einer ebenso riesigen Feuerstelle, in der man früher sicherlich ein gewaltiges Feuer unterhalten hatte. Jetzt zierte ein elektrisches Kaminfeuer den Rost und nahm sich in der prunkvollen Umrahmung winzig und verloren aus. Brody stieß das Mädchen vor sich gegen den Kamin, damit er sie im Auge behalten konnte, und bedeutete ihr, ruhig zu sein.

Er rief sich Harold Murrays Erzählung ins Gedächtnis zurück und betrachtete eifrig das Innere der Feuerstelle. Die Wände sahen verflucht massiv aus. Aber Murray hatte das ja auch erwähnt. Wofür sollte ein Geheimversteck denn gut sein, wenn man es von weitem erkennen konnte?

Er zog ein Taschenmesser und klopfte damit die Ziegelmauer ab.

Massiv. Er versuchte es an einer anderen Stelle, wieder nichts. Und noch einmal nahm er sich eine neue Stelle vor. Endlich, als er gerade verzweifeln wollte, änderte sich der Ton beim Klopfen.

»Hier!«, stöhnte Brody. »Großer Gott, hier ist die Stelle!«

Vicky sah fasziniert zu. Im Augenblick hatte sie alles vergessen. Das Jagdfieber hatte sie erfasst. Hier war endlich die *Schwarze Höhle*!

»Harold sagte, dass irgendwo ein Scharnier ist«, flüsterte sie und biss sich augenblicklich auf die Lippen. Warum kam sie diesem Scheusal zu Hilfe? Brody hatte seine Taschenlampe angeknipst und suchte die Stelle, die er als hohl erkannt hatte, Millimeter für Millimeter ab. Nach wenigen Sekunden hatte er das fast unsichtbare Scharnier gefunden. Ihm kam es vor, als suchte er seit Stunden.

»Ah!«, stöhnte er erleichtert auf.

Er drückte auf die Feder, versuchte sie nach rechts und dann nach links zu verschieben - und da geschah es. Ein Stück der Mauer öffnete sich, und eine tiefe, dunkle Höhlung kam zum Vorschein. Brody, der bereits mit einem neuen Fehlschlag gerechnet hatte, starrte hinein.

»Also doch... doch... doch...!«, stammelte er und leuchtete in die Höhlung. »Großer Gott, und da ist tatsächlich auch die Kiste!«

Es war keine gewöhnliche Kiste. Es war ein viereckiger, lederbezogener Kasten, etwa wie das Gehäuse einer Reiseschreibmaschine, nur größer. Er ergriff ihn und stellte fest, dass der Kasten unverhältnismäßig schwer war. Der Verschluss bestand aus zwei Riegeln und einem Schloss, in dem der Schlüssel steckte. Mr. Kendrick hatte zu seiner *Schwarzen Höhle* ein so blindes Vertrauen gehabt, dass er es nicht einmal nötig gefunden hatte, den Schlüssel abzuziehen.

Sogar Vicky hatte Trimble und Mrs. Broughton und überhaupt die ganze Welt vergessen. Sie sah nur auf den Kasten in Brodys Hand. Brody stellte den Kasten auf den Boden, schloss auf und öffnete ihn.

»Großer Gott im Himmel!« entfuhr es ihm entsetzt. Der Borgia-Kopf lag darin - das Gesicht nach oben - auf einem Samtkissen und wurde nur durch ein Lederband um den Hals auf diesem Kissen festgehalten. - Von allen bösen, schrecklichen Gesichtern, die menschliche Augen jemals erblickt haben, war dies sicherlich das schrecklichste. Das Ding bestand aus purem Gold, das hie und da schon blind geworden war. Die Arbeit war so wundervoll, dass die Fratze erschreckend lebendig wirkte. Und solche Bösartigkeit sprach aus diesen Zügen, dass Vicky, die sich herübergebeugt hatte, um einen Blick darauf zu werfen, einen Ausruf der Furcht nicht unterdrücken konnte.

»Es stimmt«, schauderte sie. »So etwas muss ja mit einem Fluch behaftet sein! Oh, bitte, ich will es nicht mehr sehen.«

Peng! Brody klappte den Deckel zu. Schweiß lief ihm vom Gesicht, und er atmete schwer.

»Der Borgia-Kopf!«, stöhnte er. »Jawohl, das ist der Borgia-Kopf.« Dann drehte er sich zu Vicky um, nahm den Kasten unter den Arm und sagte: »Komm!«

»Aber was wollen Sie denn noch mit mir?«, rief Vicky heftig aus. »Sie haben jetzt den Borgia-Kopf. Was kann ich jetzt noch tun?«

»Rede nicht, Mädchen!« fauchte er. »Ich weiß schon, was ich will. Geh vor mir her und direkt aus dem Haus heraus. Und versuch ja nicht, irgendwelche Scherze mit mir zu machen.«

Er hörte, wie ihr Atem schneller ging, und erriet ihren Gedanken sofort.

»Du denkst, dass du mit mir machen kannst, was du willst, weil ich den schweren Kasten da mit mir herumschleppe?«, fragte er höhnisch. »Seh dir das an!« Er zog seine Pistole und drückte sie gegen ihren schlanken Rücken. »Jetzt los - vorwärts - und ich schwöre dir, dass ich dir eine Kugel durch deinen reizenden Körper jage, wenn du nicht funkst wie's heilige Donnerwetter!«

Sie hätte beinahe geschrien, so viel Gemeinheit lag in seiner Stimme. Während sie auf die Tür zuschritten, behielt Vicky immer noch die Hoffnung, dass Cromwell und Lister, vielleicht auch Harold Murray, rechtzeitig kommen würden.

Brody hatte den gleichen Gedanken und war halb verrückt vor Angst. Und in diesem Augenblick ließ sich hinter ihnen eine Stimme vernehmen.

»Aber Miss Vicky!« Es war Mrs. Broughton, und sie war offenbar etwas beleidigt. »Ich wusste ja gar nicht, dass Sie wieder da sind. Und wer ist das denn nun schon wieder?«

Vicky drehte ihr erschrockenes und bleiches Gesicht in die Richtung, aus der die Stimme kam.

»Bitte, Mrs. Broughton, ich... ich...« Sie brach ab, denn Brodys Pistole hatte sich scharf in ihre Rippen gebohrt. »Es ist alles in Ordnung«, fuhr sie schnell fort. »Das ist ein Freund von mir. Wir gehen noch etwas weg. Ich bin gleich zurück.«

»Aber, Miss Vicky, ich begreife nicht...«

»Vorwärts!«, zischte Brody.

Sie stolperte durch die Tür und rannte beinahe die Auffahrt hin unter. Sie musste laufen, denn ihr Peiniger stieß sie mit der Pistole vorwärts. Endlich erreichten sie die Straße.

Alles war still. Kein Laut, nur der Wind rauschte in den Bäumen. Brody, den der schwere Kasten sehr behinderte, schlug die Richtung zum Newlands-Pass ein. Lind endlich kam die alte Austin-Limousine in Sicht. Als sie sich dem Wagen näherten, erschien eine Gestalt auf dem Weg.

»Hilf mir mal, Ted!«, sagte Brody leise.

Willis lief auf sie zu. Er konnte seinen Augen kaum trauen. Längst hatte er alle Hoffnung aufgegeben und - da stand sein Komplice, heil und gesund, und unter seinem Arm trug er den Kasten, in dem ja nur der Borgia-Kopf sein konnte.

»Du hast ihn doch!«, flüsterte er heiser. »Hallo! Was macht das Mädchen schon wieder hier?«

Brody drückte Willis den schweren Kasten in die Hand.

»Nach hinten in den Wagen«, ordnete er an und riss die Wagentür auf. »Und du, Mädchen, kommst mit.«

»Nein, nein! Sie können mich nicht einfach...«

»Hinein mit dir!«, fuhr er sie grob an, »und mit dir auch, Ted! Halt das Mädchen fest. Jetzt kommt die letzte Etappe.«

Ein sehr erstaunter, aber wie immer gehorsamer Willis kroch ins Wageninnere. Schwache und hilflose Mädchen festzuhalten, das war eine Arbeit für ihn, das machte er gern. Brody stieg als letzter ein und fuhr augenblicklich ab.

»Jetzt haben wir's geschafft«, sagte er mit unbeschreiblicher Erleichterung. »Aber knapp! Na, egal! Wir sind weg, und wir haben den Kopf.«

»Was ist mit Cromwell? Hat das im Bootshaus geklappt?«, erkundigte sich Willis. »Und was wird er anstellen, Charlie, wenn er vom See zurückkommt? Cromwell ist kein Irrer, in fünf Minuten hat er raus, dass wir mit dem Wagen los sind, und in diesem jämmerlichen Nest gibt es nicht viele Wagen. Der weiß doch gleich, dass wir nicht im Hotel sind. Und dann? Was geschieht dann? Wir werden angehalten, ehe wir Keswick erreicht haben.«

»Mensch, quatsch nicht dauernd«, forderte Brody ihn wild auf. »Du hast sowieso schon mehr gesagt, als dem Mädchen gut tut. Warum zum Teufel, glaubst du, dass sie hier ist? Genau für den Fall, dass der Wagen angehalten wird.«

Bill Cromwell und Johnny Lister hatten Brody nur um wenige Minuten verpasst. Zurzeit waren sie vor dem *Buttermere-Arms-Hotel* dabei, die Tür beinahe einzuschlagen und einen Höllenspektakel zu veranstalten. Cromwell hatte sich dafür entschieden, einige Minuten mit diesem Besuch zu verlieren.

Ein vor Wut schäumender Mr. Watkins erschien endlich an der Tür. Er war augenscheinlich seit dem letzten Telefonanruf noch nicht zu Bett gegangen, denn er war voll angezogen. Als er die beiden Besucher erkannte, änderte sich seine Haltung, aber nur ein wenig.

»Allen Ernstes, Mr. Cromwell«, verwahrte er sich mit Würde. »So einen Lärm zu schlagen mitten in der Nacht und meine Gäste zu stören...«

»Ich kann Ihren Gästen leider nicht helfen«, knurrte Ironsides. »Ich muss Simpson und Ryder sprechen - sofort.«

»Sie sind noch nicht zurück. Ich kann es gar nicht verstehen. Die Herren sind noch nie so lange ausgeblieben«, teilte Watkins mit sorgenvollem Kopfschütteln mit. »Und jetzt ist auch noch der Wagen weg«, fuhr er in höchster Verwunderung fort. »Vor einer halben Stunde hat er noch hier gestanden. Ich habe aber gar keinen Wagen abfahren hören. Sehr sonderbar...«

»Danke, genügt«, fuhr Cromwell dazwischen.

Ohne auch nur eine Erklärung abzugeben, machte er kehrt und marschierte im Eiltempo in Richtung *Mere Croft* davon.

Bei ihrer Ankunft fanden Cromwell und Johnny Mrs. Broughton völlig aufgelöst vor.

»Ach, Mr. Cromwell, ich bin so froh, dass Sie kommen. Mr. Murray ist vor einigen Minuten hier erschienen ... Er sagte, Sie hätten ihn geschickt... Er ist in einer fürchterlichen Aufregung... Eben telefonierte er mit der Polizei... Ein Mann war nämlich hier und hat Miss Vicky mitgenommen.« All das teilte Mrs. Broughton ihm in einem Atemzug mit.

Nach einigen Minuten gelang es dem Chefinspektor, einen halbwegs vernünftigen Bericht aus ihr herauszuholen. Er hatte Murray wirklich nach *Mere Croft* weitergeschickt, als Johnny und er zum *Buttermere-Arms-Hotel* gingen, und Murray erschien jetzt auch in der Halle und sah tatsächlich fürchterlich aus. Mrs. Broughton hatte nicht gelogen.

»Ich kann die Polizei nicht erreichen«, sagte er hastig und tonlos. »Die Leitung ist ständig besetzt. Mr. Cromwell, dieser Bursche ist hier gewesen, und Mrs. Broughton sagte, dass er mit Vicky zusammen wieder fortgegangen ist. Sie hat sein Gesicht nicht gesehen - Mrs. Broughton meine ich - nur seinen Rücken. Vicky hat sich aber umgedreht, und sie soll todunglücklich ausgesehen haben. Als

Mrs. Broughton die Tür erreichte, waren sie schon fort... Und das wenige Minuten, bevor ich hier ankam.«

»Ja, ich weiß. Sie hat es mir eben erzählt. Sie hätten sich übrigens gar nicht zu bemühen brauchen. Die Benachrichtigung der Polizei übernehme ich schon.«

Er ging ans Telefon und erreichte Inspektor Stayling in Keswick ohne Schwierigkeiten.

»Leiten Sie sofort eine Großfahndung nach einer schäbigen Austin-Limousine ein«, ordnete er an und gab Stayling die Nummer des Wagens durch. »Die Mörder sind mit ihm auf und davon und haben Miss Kendrick mitgenommen.«

»Was?«

»Jawohl! Eine recht unerwartete Wendung und mir besonders unangenehm«, fuhr Cromwell fort. »Ich befürchte Unheil. Sobald Sie irgendetwas erfahren, rufen Sie mich wieder an.«

Er legte seufzend auf und ging zu den anderen zurück.

»Dieser Simpson, oder wie er heißt, ist ein ganz gründlicher Junge. Ich habe die Autonummer heute prüfen lassen. Auf den Namen von Henry Simpson eingetragen, soweit ist sie schon in Ordnung, nur die Adresse existiert überhaupt nicht. Wenn er nur nicht Miss Kendrick mitgenommen hätte. Ich habe das nicht erwartet, und jetzt macht es mir schwere Sorgen.«

Wenn sie Cromwell schon schwere Sorgen machte, so versetzte Vickys Entführung Murray in Panik. Er wollte sofort mit seinem Wagen losbrausen, um den Austin zu überholen und zu stellen, aber Ironsides hielt ihn zurück. Der Austin würde schon in kürzester Zeit von der Polizei angehalten werden, eher jedenfalls, als es Murray gelingen würde, ihn zu finden.

Der Chefinspektor war bitterböse mit sich und der Welt. Er fürchtete eine weitere Falle. Es war dumm, im Austin durch die Gegend zu fahren, aber am Steuer dieses

Austin saß ein genialer Kopf, der genau wissen musste, dass er mit dem Wagen nicht weit kommen konnte.

»Dieser Mörder ist der schlaueste Fuchs, den es je gegeben hat«, meinte er, während er seine Pfeife stopfte. »Immer denkt er zuerst, und ich stolpere hinterdrein. Jetzt eben denkt er, dass er mich vollkommen verwirrt und hinters Licht geführt hat - und ich gebe zu, dass die Geschichte mit dem Mädchen mir einen Stoß versetzt. Je eher wir erfahren, dass sie heil und gesund ist, desto besser. Bis dahin habe ich keine Ruhe mehr.«

»Du redest, als ob dir's egal wäre, was mit dem Mörder wird.«

»Ich weiß, was mit ihm wird«, gab Ironsides ruhig zurück. »Den, lieber Johnny, hab' ich beim Wickel. Er kann von einem Ende Englands bis zum anderen fahren, mir entgeht er nicht.«

»Versteh' ich nicht. Wie kannst du nur so sicher sein, Old Iron. Bei jeder Runde hat der Kerl uns an der Nase herumgeführt...«

»Sprich in der Einzahl, mein Sohn«, forderte ihn Cromwell kurz auf. »Dich mag er verwirrt haben - das weiß ich nicht - aber mich nicht. Jedenfalls nicht so, wie er denkt und du anzunehmen scheinst.«

Der junge Sergeant beklagte sich. »Ich weiß, dass du mit etwas hinterm Berg hältst, seit wir das erste Mal im Hotel waren und du mir sagtest, dass dies die beiden sind, die wir suchen. Du hattest damals recht, du wirst auch jetzt wahrscheinlich recht behalten. Zum Teufel, warum hast du immer recht? Und was weißt du noch?« Johnny war die gerechte Entrüstung in Person. »Bin ich nun deine rechte

Hand, oder bin ich es nicht? Auf diese Frage brauchst du gar nicht erst zu antworten«, schloss er erbittert.

Ironsides dachte auch gar nicht daran, ihn einer Antwort zu würdigen. Er begab sich zu Murray, der sich am Kamin zu schaffen machte und die *Schwarze Höhle* untersuchte.

»Einfache Sache, wenn man weiß, was los ist«, bemerkte Cromwell. »Sehr klug ausgedacht. An sich ist das auch der beste Platz im ganzen Haus. Die Halle eines Landhauses ist zu den meisten Tageszeiten so menschenleer und still wie eine Kirche. Was haben Sie denn jetzt gefunden?«

»Pläne«, sagte Murray, »die Umbaupläne. Ich habe sie sofort erkannt.«

Sie fanden noch eine Menge Aktien und Wertpapiere. Kendricks Anwälte würden sich sehr dafür interessieren, und zweifellos war Vicky noch ein gut Teil reicher als vorher.

Ironsides hatte Recht gehabt: Brody brauchte nach Einfällen nicht lange zu suchen. Er war und blieb ein einfallsreicher Kopf. Kurz bevor der Austin Keswick erreichte, hielt er an.

»Was ist schon wieder los, um Gottes willen?«, erkundigte sich Willis von hinten. »Gut, dass wir aus den verdammten Bergen rauskommen. Man kommt sich dauernd vor wie eingemauert, und das ist etwas, Charlie, das ich nicht vertragen kann. Unten im Süden - in Surrey oder Kent -, da hast du ständig Kreuzungen und Seitenstraßen und kannst dich seitwärts in die Büsche schlagen, wann du willst. Bloß hier oben in diesem Land voller Berge gibt es nur eine Straße, immer nur die eine Straße...«

»Wem erzählst du das? Glaubst du, das weiß ich nicht schon längst? Was meinst du denn, warum ich angehalten habe? Wir können nicht nach Keswick rein. Darum. Viel zu gefährlich. Aber die ganze Gegend steckt voll von Feriengästen. Die gehen doch nicht alle mit den Hühnern schlafen. Irgendein Wagen wird hier schon vorbeikommen.«

»Na und?« Der arme Willis zitterte schon wieder. »Du willst doch keinen Wagen anhalten...«

»Ich kann ja auch mal kein Benzin mehr haben. Passiert dem besten Fahrer hin und wieder. Aus dieser Schweinerei können wir nur raus, wenn wir verflucht schnell denken lernen. Keine Angst, Ted, von dir verlang' ich das ja gar nicht. Wie du trotzdem ganz richtig sagtest, ist das ein hässliches Stück England - hier für uns. Aber für so einen wie mich gibt's immer Wege.«

Er sprang aus dem Wagen und sah sich auf der dunklen Straße um, nicht in Richtung Keswick, sondern nach dem Pass zu. Eine S-Kurve lag gerade hinter ihnen, und dahinter konnte man einen schwachen Schein erkennen.

»Los jetzt, schieb das Mädchen aus der Karre, schnell!«, befahl Brody scharf. »Da kommt ein Wagen.«

»Mensch, wenn das Cromwell ist!«

»Idiot, der kann noch gar nicht hier sein. Und außerdem, wenn schon... Wir müssen es riskieren.« Brody zog seine Pistole und entsicherte sie. »Herrgott, wenn es wirklich Cromwell ist, dann weiß ich wenigstens, wer heute Abend noch dran glauben muss.«

Die unglückliche Vicky wurde unsanft aus dem Wagen gestoßen. Brody nahm sie bei der Hand, und seine Stimme klang böse, als er jetzt zu sprechen anfing.

»Stell dich hier auf, gleich an der Straße. Und wenn der Wagen hier ist, winke«, befahl er, »das ist alles, was du zu tun hast. Du hältst ihn nur an, weiter nichts.«

»Ja«, sagte sie mit schwacher Stimme.

In diesem Augenblick fuhr der Wagen in die Kurve. Brody versteckte sich hinter dem Austin. Auf der stillen Straße war jetzt nur noch Vicky zu sehen, die voll vom Licht der Scheinwerfer erfasst wurde.

Ein glänzender Gedanke wieder einmal. Die meisten Autofahrer hätten es sich auf dieser einsamen Straße und zu so später Stunde sehr überlegt, ob sie anhalten sollten, wenn ein Mann am Straßenrand gestanden hätte. Aber ein Mann, der für ein einsames blondes Mädchen im schimmernden weißen Abendkleid nicht bereit ist anzuhalten, muss schon ein sehr ängstlicher Bursche sein.

Das also war der Grund für Vickys Entführung - und ein sehr wichtiger Grund. Brody hatte alle Schwierigkeiten bereits vorausberechnet und war auf alles vorbereitet.

Nach dem ersten Schrecken fühlte Vicky so etwas wie Hoffnung in sich aufsteigen. Die Leute in dem Wagen würden vielleicht nicht so leicht zu überrumpeln sein, wie ihr Entführer glaubte. Und dann gab es ja noch die Möglichkeit, dass es Cromwell war...

Es war nicht Cromwell. Der Wagen, ein großer, funkelnagelneuer Humber, wurde von einem älteren Mann gefahren, der auch der einzige Insasse war. Ein typischer Feriengast, sommerlich angezogen mit offenem Hemd und Pullover. Er verlangsamte die Geschwindigkeit, und Vicky lief auf den Wagen zu - ganz das junge Mädchen, das nicht weiterkann.

Brody triumphierte. Ein Blick in den Wagen hatte ihm genügt. Keine Mitfahrer. Das Glück war jetzt auf seiner Seite. Nichts hätte besser passen können. Ein starker, eleganter Wagen und ein einsamer Mann am Steuer!

»Sind Sie in Schwierigkeiten, liebes Kind?«, fragte der Fahrer und hielt den Wagen an.

»Und in was für welchen«, übernahm Brody die Beantwortung der Frage. Er sprang vor und hielt dem Fremden seine Pistole vor die Nase. »Steig aus - und bisschen fix!«

»Großer Gott!«, stammelte der erschrockene Mann.

Er konnte nichts von seinem Angreifer sehen - nichts außer einem Paar schwarzer Brillengläser, einer dunklen Mütze und einem Halstuch, das ihm Mund und Kinn verdeckte. Zitternd vor Wut und Angst öffnete er die Tür und stieg aus.

»Bitte«, sagte Vicky flehentlich, »es ist nicht meine Schuld. Er hat mich gezwungen... Oh!«

Brody war herumgefahren und hatte sie so heftig ins Gesicht geschlagen, dass sie beinahe gestürzt wäre.

»In den Wagen mit ihr, Ted - in diesen Wagen natürlich, du Idiot. Und setz dich ans Steuer. Und du«, fügte er zum Besitzer des Wagens gewandt hinzu und stieß ihn mit der Pistole unsanft in die Seite, »du steigst auch ein, aber nach hinten.«

Der unglückselige Autofahrer konnte nur gehorchen. Er war ein nervöser älterer Herr mit einem schwachen Herzen, und er wäre beinahe ohnmächtig geworden. Zum Kämpfen hatte er jedenfalls keine Kraft. Er hatte oft von Überfällen auf einsame Autofahrer gelesen und war immer vorsichtig gewesen, wenn er nachts allein fuhr. Die einsame Gestalt des Mädchens auf der Straße hatte ihn getäuscht.

»In Ordnung«, sagte Brody kurz. »Fahr ab, Ted.«

»In welcher Richtung?«, erkundigte sich dieser.

»In gerader Richtung durch Keswick und auf die Straße nach Penrith. Das wird im Augenblick genügen.«

»Penrith? Aber das ist ja in entgegengesetzter Richtung von London.«

»Genau. Und dahin fahren wir.«

Willis suchte ein wenig herum, dann fand er den Starter, und das Auto setzte sich mit einem Ruck in Bewegung. Wenig später hatte Willis sich an den fremden Wagen gewöhnt und steigerte die Geschwindigkeit. Hinten saß Brody zwischen seinen beiden Gefangenen. Er wusste, dass das Mädchen viel gefährlicher war als der eingeschüchterte Mann.

»In einigen Minuten fahren wir durch Keswick«, sagte er, »und du, mein Schatz, wirst ganz still sitzen, als ob du tot wärst. Oder soll ich dich vielleicht gleich jetzt k.o. schlagen, dann sparen wir uns jeden Ärger.«

»Nein, nein, ich werde ganz still sein«, versicherte Vicky.

Sie hielt sich ihr brennendes Gesicht mit der Hand. Es war nicht mehr viel Kraft in ihr übriggeblieben. In den letzten furchtbaren Stunden hatte sie zu viel durchgemacht.

Dagegen war Brody in glänzender Laune. Wenn sie hinter einem Wagen her waren, die Bluthunde, dann suchten sie den alten Austin - und viel Glück dazu! Es war unmöglich, dass sie den Humber verdächtigten. Sie wussten ja nichts von seiner Existenz. Ein Blick auf die Benzinuhr hatte ihm gezeigt, dass der Tank mehr als halbvoll war.

Ehe überhaupt irgendein Ärger entstehen konnte, würden sie Penrith längst hinter sich und Carlisle vermutlich erreicht haben.

Und er sollte Recht haben!

Der Humber war gut durch Keswick gekommen und näherte sich bereits Penrith, als das Telefon in *Mere Croft* läutete. Ironsides, Johnny und Murray, die unruhig und unglücklich in der Diele herumstanden, fuhren bei diesem heiß ersehnten Ton zusammen. Der Chefinspektor lief zum Apparat.

»Den Austin haben wir, Mr. Cromwell«, meldete Stayling eifrig.

»Die Betonung gefällt mir nicht«, schrie Ironsides. »Nur den Wagen? Haben Sie nur den Wagen, und ist niemand drin?«

»Jawohl, Sir. Der Austin ist ohne Insassen auf der Newlands- Straße gefunden worden«, sagte Stayling. »Kein Zeichen von Miss Kendrick. Der Wagen ist vollständig in Ordnung und stand mit brennenden Scheinwerfern an der Straßenseite. Was sollen wir jetzt tun?«

»Das ist wirklich zum Verrücktwerden«, sagte Cromwell. »In die Berge sind sie nicht, noch dazu mit dem Mädchen. Selbstverständlich war ihnen klar, dass sie den Austin loswerden mussten, so schnell als es irgend ging. Es ist mehr als wahrscheinlich, dass sie einen anderen Wagen angehalten haben und damit ihre Flucht fortsetzten.«

»Inklusive Miss Kendrick, Insassen des anderen Wagens und so weiter?«

»Natürlich, da das der einzige Weg ist, sofortigen Ärger zu vermeiden. Verflixt noch mal, das ist widerlich. Kann jeder Wagen sein! Moment, ich muss mal nachdenken.«

»Ihr sauberes Paar scheint nicht genug kriegen zu können«, meinte Stayling. »Erst Mord und Einbruch, dann noch ein Mord, dann eine Entführung, und jetzt stehlen sie auch noch Autos. Ein Rekord!«

»Mensch, seien Sie doch still!«

»Wie bitte, Mr. Cromwell?«

»Ich denke nach.«

»Oh, Verzeihung!«, sagte Stayling. »Übrigens - Sie haben mir noch nicht gesagt, woher Sie wussten, dass die zwei im Hotel die Gesuchten waren. Ich muss schon sagen, schnell herausgekriegt haben Sie das. Aber die neue Entwicklung ist verdammt peinlich.«

Der Chefinspektor hatte gar nicht zugehört.

»Mr. Stayling«, sagte er plötzlich. »Geben Sie Befehl, dass alle Wagen durchsucht werden, die unterwegs sind.«

»Alle Wagen? Ziemlich umfangreiche Aktion.«

»Um diese Nachtzeit können gar nicht so viele Wagen auf der Straße sein.«

»Sie würden staunen, Sir. Hier gibt es Touristen, und die Leute fahren die ganze Nacht herum - kommen von späten Tanzereien nach Hause oder haben Freunde besucht oder was weiß ich für einen Unfug getrieben. Jede Menge Wagen auf der Straße bis um drei oder vier Uhr morgens.«

»Ganz egal. Sie müssen angehalten und durchsucht werden - alle. Wir sind hinter Mördern her, Stayling, und sie haben ein junges Mädchen und einen unbekannten Autofahrer in ihrer Gewalt. Wenn wir schnell machen, können wir sie vielleicht erwischen.«

Aber in Wirklichkeit war er nicht sehr optimistisch. Er wusste, dass Stayling Zeit brauchte, um die Aktion in Gang zu bringen. Inzwischen brauste der gestohlene Wagen ungehindert immer weiter und weiter ins Land. Richtung und Bestimmungsort waren unbekannt, über den Wagen selbst wussten sie nichts.

»Sieht nicht gut aus, Mr, Murray«, sagte Ironsides, nachdem er über sein Telefongespräch berichtet hatte. »Wir können nur warten.«

»Man fühlt sich so hilflos«, stöhnte Murray. »Dass man so gar nichts tun kann... Dies Herumsitzen, das ist das Schlimmste. Wenn ich mich in den Wagen setzen könnte, die Verfolgung aufnehmen...«

»Die Verfolgung aufnehmen? Und in welcher Richtung bitte?«, erkundigte sich Cromwell. »Reine Zeitverschwendung! Und wenn wir dann wirklich Nachricht bekommen, dass Miss Kendrick gefunden wurde, sind Sie unerreichbar.«

»Himmel! Ja natürlich! Da haben Sie selbstverständlich wieder Recht«, sagte Murray etwas ernüchtert.

Brody hatte auch hier Glück. Die Polizeiaktion kam erst nach und nach zur vollen Entfaltung, während der robuste Humber die Straße nach Carlisle entlangraste. Niemand kümmerte sich um sie; während der ganzen Fahrt trafen sie nicht einen einzigen Polizisten.

Sie wären allerdings doch angehalten worden, wenn sie direkt nach Carlisle hineingefahren wären, und es muss gesagt werden, dass sie einer Kontrolle nur um wenige Minuten entgingen, denn als Brody Willis befahl, den Wagen anzuhalten, befand sich ein Polizeiauto bereits auf dem Weg, um diesen Teil der Straße abzupatrouillieren.

»Das genügt«, sagte Brody. »Komm nach hinten und hilf mir.«

Willis stieg aus, und zu zweien fesselten sie Vicky und den älteren Herrn und banden ihnen jedem ein Tuch um den Kopf.

»Und was nun? Wo sind wir überhaupt?«, wollte Willis wissen.

»Kannst du keine Schilder lesen? Wir sind kurz vor Carlisle, und vorläufig ist die Fahrt zu Ende.«

Brody öffnete den Kasten, den er natürlich mitgenommen hatte, und nahm den Borgia-Kopf heraus. Er hatte einfach an alles gedacht. Aus dem alten Austin hatte er, ehe sie ihn stehenließen, ein großes Stück Packpapier und eine Rolle Bindfaden mitgenommen, und mit diesem Material verwandelte er den Borgia-Kopf in ein ganz gewöhnliches Paket.

»Kein Mensch wird sich nach einem Mann umsehen, der ein normales Paket unterm Arm trägt«, erklärte er tief befriedigt. »Ich müsste wirklich ein Idiot sein, mit dem Riesenkasten da herumzulaufen. Los jetzt, Ted, wir müssen verschwinden.«

Mit diesen Worten entfernte er sich eiligst, und Willis folgte ihm, allerdings ohne jede Begeisterung. Ihm kam es wahnsinnig vor, den schnellen Wagen einfach stehenzulassen und sich zu Fuß auf Wanderschaft zu begeben. Aber Brody wusste wie immer, was er tat.

Nach etwa einer halben Meile blieb er stehen.

»Hier, mein lieber Ted«, erklärte er, »trennen sich unsere Wege.«

»Trennen?«

»Jawohl. Weil es nämlich viel sicherer ist. Du wartest am besten bis Tagesanbruch irgendwo hier, abseits von der Straße. Dann kannst du nach Carlisle hineingehen und einen Omnibus nehmen. Kein Mensch wird dich beachten. Die Stadt ist voll Touristen. Außerdem suchen die Polypen nach zwei Männern. Wenn wir uns trennen, können sie lange suchen.«

»Und was wird mit dir?«, erkundigte sich Willis misstrauisch. »Du hast den Kopf! Und woher soll ich wissen...«

»Mein Gott, das auch noch! Wie, zum Teufel, glaubst du, soll ich dich übers Ohr hauen? Wenn du das von mir denkst, du feiger Lump, kann ich's nicht ändern. Aber selbst so jemand wie du müsste kapieren, dass ich mir's gar nicht leisten kann, dich abzuschieben. Du weißt zu viel.«

»Das stimmt, das hatte ich ganz vergessen«, bestätigte Willis. »Sei nicht böse, Charlie. Wir treffen uns also in London wieder. Und wann?«

»Sobald du irgend kannst.«

»Und du?«

»Ich komme schon hin, verlass dich drauf.«

Ohne ein weiteres Wort zu verlieren, ließ Brody seinen Kumpan stehen und ging davon. Einige hundert Meter weiter musste er sich in eine Hecke drücken, um nicht von den Scheinwerfern eines entgegenkommenden Wagens erfasst zu werden. Mit brennenden Augen starrte er dem Auto nach.

»Wieder einmal um Haaresbreite entwischt«, murmelte er. Er hatte Recht. Es war eine der Polizeipatrouillen, die die Straßen kontrollierten.

Dass die Polizei in wenigen Minuten den Humber entdecken würde, störte ihn nicht im Geringsten. Im Schatten der schützenden Hecke machte seine äußere Erscheinung eine erstaunliche Verwandlung durch, und als er erneut auf der Straße erschien, hatte er nicht die geringste Ähnlichkeit mehr mit Mr. Henry Simpson, dem Lederhändler aus London. Er konnte ruhig nach Carlisle hineinspazieren, niemand würde ihn erkennen, das wusste er. Seelenruhig nahm er eine Stunde später einen Zug nach London

Inzwischen waren eine ganze Menge Dinge geschehen, die in direktem Zusammenhang mit seiner Person standen, ihn aber nicht mehr interessierten. Ein weiterer Telefonanruf war in *Mere Croft* angekommen. Der Wagen sei gefunden worden - mit Miss Kendrick. Miss Kendrick war zwar völlig erschöpft, aber unverletzt. Ironsides und Johnny fuhren sofort in Johnnys Wagen und Murray nach ihnen in seinem eigenen nach Carlisle. Sie fanden Vicky auf dem Polizeipräsidium, und es konnte ihr wirklich niemand einen Vorwurf machen, dass sie haltlos in Tränen ausbrach, als Murray sie in seine Arme schloss.

»Keine Spur von den Männern, die den Wagen stahlen, Mr. Cromwell«, berichtete der Polizeichef. »Ich habe natürlich Ihre Beschreibung der beiden sofort an alle Polizeistationen durchgegeben, bis jetzt ohne Erfolg.«

»Da haben wir die Schweinerei«, stellte Johnny trocken fest. »Das Mädchen haben wir zurück, Gott sei's gelobt, aber die beiden Heinis haben uns abgehängt, Old Iron. Mit dem Borgia-Kopf sind sie verduftet. Was nun? Was tun wir zwei jetzt?«

»Nach London fahren selbstverständlich. Hier ist sowieso nichts mehr los, und die Landluft fällt mir langsam auf die Nerven.« Obwohl Ironsides wie gewöhnlich jedes Wort missmutig zerkaute, glitzerten seine Augen höchst verdächtig.

»Und dann?«

»Dann wirst du was erleben, mein Sohn«, eröffnete ihm Cromwell mit verdächtig sanfter Stimme.

Sechzehntes Kapitel

Cromwells ungewöhnlich sanfte Geistesverfassung gab Johnny Lister auf der ganzen Fahrt nach London Rätsel auf. Den größten Teil des Weges schlief Ironsides, und er war erfrischt und äußerst munter, als sie bei glühender Augusthitze den Yard erreichten.

»Du wirst dem Chef jetzt deine Meldung machen.« Johnny gähnte nachdrücklich. »Und ich verziehe mich solange nach Hause und ins Bett...«

»Irrtum«, klärte Ironsides ihn auf. »Du wartest hier auf mich. Ich bleib' nicht lange.«

Als er nach zwanzig Minuten wieder herauskam, war all die ungewohnte Sanftmut wieder verflogen. Er sah jetzt ausgesprochen bösartig aus.

»Dodd hat die Zeitungen gelesen und ist dem ganzen Yard mit seinen Fragen auf die Nerven gefallen«, bemerkte er, als er wieder zu Johnny in den Wagen kletterte. »Ich muss ihn aufsuchen, und du kommst mit.«

»Der Teufel soll ihn holen«, bemerkte der schlafbedürftige Johnny erbost.

Sie fuhren zum *Piccadilly-Hotel* und ließen sich sofort zu Dodds Appartement hinauffahren. Auf Cromwells Klopfen öffnete der Millionär selbst die Tür.

»Ah, Mr. Cromwell, schon zurück?«, rief er eifrig. »Herein, herein mit Ihnen beiden. Was ist das für ein Roman, den die Abendzeitungen brachten?«

Dodd sah erhitzt und erregt aus, und seine Augen wanderten ruhelos hinter den Brillengläsern hin und her. Seine grauen Haare schienen etwas feucht zu sein. Cromwell rümpfte die Nase, als er dasselbe Parfüm roch, das er schon in *Mere Croft* bemerkt hatte.

»In den Zeitungen kann man eine ganze Menge seltsamer Dinge lesen«, sagte er mit sonderbarer Betonung.

»Ist das wahr, dass der Borgia-Kopf gestohlen wurde?«, fragte Dodd, und ein anklagender Ton war seiner Stimme deutlich anzumerken. »Herrgott, Mensch, Sie waren an Ort und Stelle. Wie konnten Sie so etwas zulassen? Der Kopf gehört mir...«

»Und ich habe Grund, anzunehmen, dass Sie ihn auch haben, Mr. Dodd«, unterbrach ihn Cromwell mit eisiger Stimme. »Es ist hohe Zeit, dass diese Komödie ein Ende nimmt. Ich habe einen Haftbefehl für Sie in der Tasche. Sie werden beschuldigt, an einem Diebstahl beteiligt zu sein - Schnell, Johnny, halt ihn fest! Er schießt«, brüllte Cromwell plötzlich los.

Dodd war zurückgesprungen, und in seinem Gesicht spiegelten sich die widersprüchlichsten Gefühle.

»Sind Sie wahnsinnig geworden?«, kreischte er. »Nie in meinem Leben bin ich mit einer Waffe herumgelaufen. Was bedeutet diese irrsinnige Beschuldigung?«

»Keine Waffe«, meldete Johnny kurz, nachdem er den Millionär abgetastet hatte.

Der arme Johnny hatte große Mühe, seinen Verstand beisammen zu halten. Einen Augenblick hatte auch er geglaubt, dass Cromwell übergeschnappt sei, aber ein Blick auf seinen Chef genügte ihm.

»Glück gehabt«, knurrte Ironsides und steckte seine eigene Pistole in die Tasche. »Er spielt nämlich so gern mit Schusswaffen, unser Freund. Wenn er eine dabei gehabt hätte, sie wäre losgegangen wie der Blitz. Halt ihn fest, solange ich mich hier umsehe. Sicher ist sicher.«

»Das ist ein unerhörtes Benehmen!«, tobte Preston Dodd. »Sie bilden sich doch hoffentlich nicht ein, dass Sie sich solche Fehler leisten können. Ich verlange einen Anwalt, und ich will mich augenblicklich mit meiner Botschaft in Verbindung setzen!«

»Alles zu seiner Zeit«, belehrte ihn Cromwell völlig unbeeindruckt. »Sie werden mehr Anwälte zu Gesicht bekommen, als Ihnen lieb ist, wenn's soweit ist. Nur einen Augenblick Geduld. Sie haben Ihren Spaß gehabt, jetzt müssen Sie mir meinen gönnen.«

Er sah sich eifrig im Zimmer um, während er sprach. Offenbar war Mr. Dodd beim Packen gewesen, die Tür zum Schlafzimmer stand offen, und ein riesiger Schrankkoffer war zu sehen, der in der Mitte des Schlafzimmers auf dem Boden stand. Ironsides ging hinüber, und Johnny sah, wie er den Schrankkoffer geschickt und gründlich untersuchte.

Als er auf dem Boden des Koffers angelangt war, stieß er einen tiefen, befriedigten Seufzer aus.

»Fein«, rief er dann mit scheinheiliger Bewunderung aus. »Schöne Arbeit und ohne Zweifel sehr hübsch anzuschauen. Sollte das zufällig der Borgia-Kopf sein, wenn ich fragen darf?«

»Es ist eine Kopie«, stieß Dodd hervor.

»Und das kann man vermutlich nur mit Wasser laden, wie?«, fuhr ihn der Chefinspektor an, Dodd eine Pistole unter die Nase haltend. »Dodd oder Simpson, oder wie Sie sonst noch heißen mögen, diese Pistole besiegelt Ihr

Schicksal. Ich verhafte Sie für den Mord an Mr. Augustus Kendrick am...«

»Heh!«, brüllte Johnny.

»Was ist los?«

»Du bist verrückt, Old Iron. Der Mann kann nicht Simpson sein.«

»Freut mich, festzustellen, dass wenigstens einer von euch einen Funken Vernunft hat«, meldete sich Preston Dodd zum Wort. »Ich habe keine Ahnung, was mit Ihnen los ist, verdammt noch mal. Der Gegenstand, den Sie in Händen haben, ist eine Kopie des Originals...«

»Ach nee! So was zieht bei mir nicht, mein Freund«, schnitt ihm Ironsides das Wort ab. »Sie sind verhaftet. Wenn ich einen Fehler gemacht haben sollte, steh' ich dafür gerade. Im Übrigen ist es meine Pflicht, Sie darauf aufmerksam zu machen, dass alles, was Sie sagen, gegen Sie verwandt werden kann. Ich rate Ihnen, nichts zu sagen.«

Mr. Dodd sagte ziemlich viel - nichts davon kann man wiedergeben. Cromwell stellte den fürchterlichen Kopf auf den Tisch und ging zur Tür. Er öffnete sie und ließ Inspektor Hammond und zwei weitere Beamte, von denen einer Polizeiwachtmeister Bradley war, ins Zimmer treten.

»Das ist er, Hammond«, sagte Cromwell, mit dem Daumen auf Dodd weisend. »Ich dachte mir, dass Sie gern beim Halali dabei sein würden. Sie können ihn gleich mitnehmen, wenn Sie wollen.«

Hammond starrte Dodd an, bis ihm die Augen aus dem Kopf zu quellen schienen.

»Aber... aber, das ist doch Mr. Dodd, der Millionär«, stotterte er.

»Gar nicht zu reden von Mr. Henry Simpson, dem Lederhändler«, stimmte Cromwell zu. »Ich habe keine Ahnung, wie er wirklich heißt. Das wird sich früh genug heraussteilen. Jedenfalls ist er einer der genialsten Verbrecher, die wir jemals erwischten, Hammond. Ich nehme diesen Kopf und die Pistole in Verwahrung. Ich möchte, dass unsere Spezialisten sie gleich untersuchen. Meine Anklage wird sich auf ihren Feststellungen aufbauen, womit ich nicht gesagt haben will, dass ich auch nur den geringsten Zweifel habe. Bringt ihn weg.«

Dodd hatte alle Hemmungen verloren. Eine Flut von Verwünschungen ergoss sich über Cromwell. Plötzlich aber überfiel ihn die Erkenntnis, dass er verloren war. Er sackte in sich zusammen. Man sah, er hatte aufgegeben. Als er abgeführt wurde, zog er die Füße nach, als könne er sie nicht mehr heben.

»Jetzt wirst du hoffentlich verstanden haben, warum ich auf dem Weg von Cumberland hierher so herrlich schlief«, sagte Cromwell, und ein Lächeln erhellte sein Gesicht. Es kam nicht oft vor, dass Chefinspektor Cromwell lächelte. »Ich wusste genau, wo ich den Mann zu fassen kriegen würde, und machte mir nicht die geringste Sorge. Es war so selbstverständlich, dass er hierherkommen und sich augenblicklich in Preston Dodd zurückverwandeln würde. Seine einzige Chance!«

»Oh, du alter Dunkelmann«,; schleuderte Johnny Cromwell empört entgegen. »Das ist die größte Hinterhältigkeit seit Anbeginn der Welt.« Johnny suchte fieberhaft nach seiner Gemütsverfassung angepassten Worten und brach sich beinahe die Zunge, so schwer fiel es ihm, sie in der Aufregung glatt herauszubringen. »Warum hast du mir nichts gesagt, wenn du doch alles wusstest? Wofür hältst du dich denn eigentlich? Für Sherlock Holmes, der seine Pointen bis zum Höhepunkt für sich behält? Ach, warum rede ich überhaupt noch mit dir!«

Ironsides überhörte die Sturzflut »Ein verdammt einfallsreicher Kopf ist er«, sagte er voll Bewunderung. »Zunächst wirst du mir gleich erklären, dass Dodd nicht einmal einen Schatten Ähnlichkeit mit Kendricks Mörder oder mit Mr. Henry Simpson hat, den wir von Buttermere her kennen - und du hast Recht. Wenn man nur oberflächlich hinsieht, dann stimmt das. Aber wenn du es genau betrachtest, wirst du feststellen, dass Dodd und Simpson gleich groß sind.«

»Gleich groß, kann sein. Ich habe Simpson nur ganz kurz gesehen, als wir damals das Hotel verließen. Ein schwerer, großer Mann, mit einem feisten Gesicht, dunklen Haaren und einem lächerlichen Schnurrbart. Er sah aus, als stamme er vom Lande.«

»In Wirklichkeit hatte er die schlanke Figur, die wir an Mr. Dodd kennenlernten, ein schmales Gesicht und weiße Haare. Die weißen Haare sind seine eigenen, und die haben ihn verraten.«

»Was willst du damit sagen?«

»Das wirst du gleich hören. Erst will ich das Schlafzimmer untersuchen, und ich weiß genau, was ich dort finden werde. Kleine Gummikugeln, die er in seine Nase steckte, damit sie dicker wurde, ein Gebiss mit mindestens einem goldenen Zahn und an den Enden Kautschukhalbkugeln, die die Backen ausfüllen. Nicht neu. Den Trick haben schon viele Gauner vor ihm verwandt, aber dieser Bursche hat eine Kunst daraus gemacht.«

Im Schlafzimmer fanden sie tatsächlich alle Gegenstände, die Ironsides aufgezählt hatte. Sie fanden auch den dünnen Schnurrbart.

Und noch etwas, das Genialste eigentlich.

Ein ganz gewöhnliches Hemd war es. Nur bei näherer Betrachtung sah man, dass es doppelt war. Genau unterhalb der Taille war ein kleiner Gummischlauch angebracht, für den Johnny keine Erklärung fand.

»Dies Hemd ist so hergerichtet, dass man es aufblasen kann, mit dem Erfolg, dass ein Träger erheblich an Umfang zunimmt und den Eindruck eines, dicken, breitschultrigen Mannes erwecken kann.«

Das war Johnny zu viel.

»Du willst doch nicht behaupten, dass der Kerl das verfluchte Ding auch in Buttermere getragen hat?«

»Ja, dort hat er es auch getragen, und er hat es angehabt, als er Kendrick ermordete.«

Ironsides setzte sich in einen Sessel. Er machte einen ganz entspannten Eindruck. Der schreckliche Druck war von ihm gewichen, und jetzt genoss er die Situation. Gemütlich stopfte er seine Pfeife und steckte sie an.

»Ich werde dir jetzt erzählen, was in der Mordnacht geschah«, sagte er bedächtig und stieß eine dicke Rauchwolke aus. »Der ursprüngliche Plan war wunderbar einfach. Unser Freund steigt hier in diesem vornehmen Hotel als Mr. Preston Dodd, Millionär aus Amerika, ab und gibt - getreu seiner Rolle - das Geld mit vollen Händen aus. Er kannte die Geschichte des Borgia-Kopfes, und vermutlich hatte er sich auch bis in alle Einzelheiten über Kendrick informiert. Ich halte den Kerl für einen der genialsten Schwindler überhaupt. Es ist ihm sicher niemals schwergefallen, sich in das Vertrauen seiner Opfer einzuschleichen. Dass er uns noch nicht über den Weg gelaufen ist, will gar nichts heißen. Er wird seine Tätigkeit hauptsächlich in den Staaten ausgeübt haben oder drüben auf dem Kontinent. Er nimmt also Verbindung zu Kendrick auf und hinterlegt tausend Pfund für den Borgia-Kopf, um Kendricks Vertrauen zu gewinnen. Dann wartet er ab, und nach einiger Zeit teilt ihm Kendrick mit, dass er den Kopf besorgt hat. Sie verabreden sich für abends acht Uhr.

Was wird er jetzt unternehmen? Er begibt sich mit einem Komplicen eine halbe Stunde vor der verabredeten Zeit in die Sack- ville Street, um den Kopf zu stehlen. Er ist sicher, dass Kendrick ihn nicht erkennen wird. Der Kopf ist fort - gestohlen -, und der Dieb löst sich einfach in Luft auf, ohne eine Spur zu hinterlassen. Denn sobald er die Galerie verlässt, verwandelt er sich wieder in Preston Dodd, und dieser kehrt enttäuscht und verärgert nach Amerika zurück. So einfach sah der ursprüngliche Plan aus. Pläne machen ist leicht, Johnny, aber unvorhergesehenen Zwischenfällen zu begegnen, die den ganzen Plan über den Haufen werfen, das ist schon viel schwieriger. Dodd hatte zweimal Pech, zwei Zwischenfälle brachten seinen Plan zum Scheitern.«

»Der Mord an Kendrick und...«

»Der Mord an Kendrick ist der erste. Er hatte nicht die Absicht, Kendrick umzubringen. Den Kampfgeist von Old Gus konnte er nicht voraussehen, und ich sagte dir ja schon, der Kerl hat außerdem noch Freude am Schießen. Er muss Kendrick in einem Augenblick der Panik erschossen haben. Der zweite Zwischenfall war, dass Kendrick den Kopf nicht in London hatte. Der alte Mann mit seiner

Geheimniskrämerei und Vorsicht hat unserem Mörder alles verdorben.«

»Gut, das habe ich jetzt verstanden«, sagte Johnny langsam und nachdenklich. »Aber da gibt's etwas, was ich überhaupt nicht verstehen kann, Old Iron. Kurz nach acht Uhr, als Wachtmeister Bradley, nachdem er seine Meldung gemacht hatte, zur Galerie zurückkam, fand er Dodd vor, der Einlass begehrte. Wie ist das möglich? Wie konnte er in so kurzer Zeit seine Verkleidung loswerden und wieder zurück sein? Und warum ist er überhaupt zurückgekommen?«

»Er musste ja zurückkommen«, sagte Cromwell. »Denk doch nach! Das ist doch wirklich sonnenklar, mein Junge. Und was die kurze Zeit betrifft? Kleinigkeit für ihn, irgendwo einen Waschraum aufzusuchen, seinen Regenmantel auszuziehen und die Luft aus dem aufgepumpten Hemd zu lassen. Unter dem Mantel trug er einen amerikanischen Anzug. Jetzt brauchte er nur noch die Gummikugeln aus der Nase zu nehmen und die falschen Zähne wegzustecken mitsamt der dunklen Perücke - und fertig. Mehr als eine Minute würdest auch du dafür nicht nötig haben. Den Regenmantel hat er seinem Komplicen gegeben, das andere Zeug vermutlich auch. Dann ist er seelenruhig in die Sackville Street zurückgegangen. Innerhalb von zehn Minuten war das leicht zu machen.«

»Ich muss heute blöd sein«, entschuldigte sich Johnny, »aber warum musste er denn zurückkommen?«

»Versuch doch mal, mit deinem eigenen Kopf zu denken, Johnny. Er war doch mit Kendrick verabredet und musste, seinem Plan gemäß, diese Verabredung auf jeden Fall einhalten. Nach dem Mord war es aber für ihn von entscheidender Bedeutung. Welche Begründung hätte er denn geben können, wenn er nicht erschienen wäre? Er konnte ja als Preston Dodd nicht wissen, dass Kendrick tot war, und wenn er nicht gekommen wäre, hätte er sich augenblicklich verdächtig gemacht. Er konnte es sich aber ganz und gar nicht leisten, dass wir uns die Figur des Mr. Preston Dodd näher besahen. Das hätte ihn sofort geliefert.«

»Natürlich, du hast recht wie immer!«, rief Johnny aus. »Du darfst nicht vergessen, dass ich diese Nacht nicht geschlafen habe. Mein Gehirn scheint ohne meine Zustimmung ganz von alleine eingeschlafen zu sein, verzeih...«

»Das größte Unglück für den Mörder war«, fuhr Cromwell fort, »dass er - nachdem der Mord an Kendrick passiert war - nicht mehr aus der Geschichte raus konnte. Er musste weitermachen und geriet von einer Gefahr in die andere. Von uns erfuhr er noch am gleichen Abend, an dem er sich als Preston Dodd absichtlich als Idiot benahm, dass der Kopf in *Mere Croft* steckte. Ich hatte damals noch keinen Verdacht gegen ihn. Hielt ihn lediglich für einen lästigen harmlosen Irren.«

»Ich auch«, beeilte sich Johnny zuzustimmen.

»Er wollte seine tausend Pfund nicht schießen lassen, und selbstverständlich hat er niemals einen Scheck über neunundvierzigtausend Pfund besessen. Das Ding, mit dem er uns immerzu vor der Nase herumfuchtelte, war eine Fälschung. Er hat es uns ja auch niemals richtig gezeigt. Da der Mörder von niemandem gesehen wurde, konnten wir ihn nicht erkennen, und er hielt es für vollständig ungefährlich, mit seinem sauberen Freund in Buttermere als Feriengast aufzutauchen. Er hat wahrscheinlich angenommen, dass der Kopf leicht zu finden sein würde, das erklärt den ersten Einbruch.«

»Aber es erklärt Kleschka in keiner Weise.«

»Ach, habe ich dir noch nichts von Kleschka erzählt?«, erkundigte sich Cromwell mit unschuldiger Miene, lehnte sich bequem in seinen Sessel zurück und schlug die langen Beine übereinander. »Nach diesem armen Teufel hab' ich mich erkundigt. Die Antwort lag vorhin im Yard. Kleschka ist in Gesellschaft eines Italieners gesehen worden, der in einem der besseren Hotels in Soho wohnte. Orsini heißt er, und ich bin überzeugt, dass er den Borgia-Kopf von Italien herüberbrachte, wahrscheinlich ohne zu wissen, welchen einmaligen Schatz er bei sich hatte. Er ist dann in *Mere Croft* gewesen und hat Kendrick den Kasten übergeben. Es ist festgestellt worden, dass er eine Überfahrt für den Tag nach dem Mord an Kendrick gebucht hatte. Aber am Morgen seiner Abreise fand er die Nachricht über den Mord und den Diebstahl in den Zeitungen. Er muss die Zusammenhänge sofort begriffen und sehr richtig gefolgert haben, dass es sich lohnen würde, den Versuch zu machen, ein Vermögen an sich zu bringen. Andererseits wollte er wahrscheinlich selbst nichts riskieren, hat sich mit Kleschka in Verbindung gesetzt und ihn auf *Kopfjagd* ausgeschickt. Und dieser unglückselige Mann hat Pech, und eine Kugel trifft ihn in den Kopf. Nebenbei, Orsini ist gestern nach Italien zurückgekehrt. Er hat anscheinend kalte Füße bekommen und es für ratsamer gehalten, zu verschwinden. Wir hätten ihm sowieso nichts anhaben können. Kleschka ist tot, und wir können nichts beweisen.

Ich glaube aber fest daran, dass sich die Sache mit Kleschka so zugetragen hat.«

»Fall Kleschka aufgeklärt«, bemerkte Johnny. »Übrigens war es ganz gut, dass Kleschka unter solchen Umständen ermordet wurde. Sonst wären wir niemals in *Mere Croft* gelandet. Aber jetzt möchte ich doch wissen, wie du herausbekommen hast, dass Preston Dodd und Henry Simpson ein und dieselbe Person sind?«

»Da hab' ich Glück gehabt, mein Junge, und ich gebe es auch ehrlich zu... Oder vielleicht war es nicht nur Glück - eher meine Nase.«

»Deine Nase?«

»Erinnerst du dich noch an unseren Spaziergang ins Hotel, und wie wir das Zimmer von Simpson durchsuchten? Das war gleich nachdem wir Dodd in *Mere Croft* ausgiebig genossen hatten. Vielleicht entsinnst du dich, dass ich mich über sein Parfüm aufgeregt habe. Ich fand es widerlich.«

»Natürlich kann ich mich erinnern.«

»Ich muss den Geruch noch in der Nase gehabt haben. Ich konnte ihn einfach nicht vergessen«, sagte der Chefinspektor jetzt sehr zufrieden mit sich selbst. »Als wir das Zimmer im Hotel betraten, habe ich es nicht gleich gerochen, aber wie ich mir die Flaschen und das, was da so über dem Waschbecken lag, ansah, war er wieder da. Derselbe Geruch. Und ich fand auch die Flasche mit dem Zeug darin. Das hat mich auf den Gedanken gebracht. Der Zusammenhang war zu offensichtlich.«

»Aber es konnte ja irgendein Markenhaarwasser sein, das jedermann benützt.«

»Das ist es ja, das mich stutzig machte: Es war kein Markenhaarwasser. Es war was Scharfes, Beißendes in einer einfachen Medizinflasche - ich verstehe etwas vom Schminken - und das Zeug gab mir zu denken, so dass ich angefangen habe, mir Simpson ohne Schnurrbart, mit eingefallenem Gesicht, randloser Brille auf der Nase und einem dichten Schopf grauer Haare vorzustellen. Und - ob du's glaubst oder nicht - ich sah Dodd vor mir stehen. Durch die Perücke, die er als Simpson tragen musste, wurden seine eigenen Haare natürlich feucht und klebrig. Er gebrauchte die scharfe Mixtur, damit sie wieder frisch und locker wurden.«

»Jetzt weiß ich auch, warum du wie vor den Kopf geschlagen aussahst, als wir nach *Mere Croft* zurückgingen«, meinte Johnny, »und ich habe mich immerzu gefragt, was denn bloß mit dir los sein könnte.«

»Ich sah so vor den Kopf geschlagen aus, weil die Erkenntnis der Zusammenhänge mir so plötzlich aufging, genau als ob du einen Mehlsack nichtsahnend auf den Schädel kriegtest. Und sogar dann war ich noch nicht ganz sicher. Ich habe kurz vor dem Abendessen telefoniert, wenn du dich noch erinnern kannst.«

»Oh, ja, ich kann. Wenn ich nur daran denke, wie du dabei angegeben hast...«

»Hab' ich ja nur gemacht, weil ich nicht sicher war und mich von einem grünen Jungen nicht gerne auslachen lasse«, schnauzte der Chefinspektor etwas verlegen. »Du würdest ja vor Schadenfreude platzen, wenn du mich bei einer Dummheit erwischen könntest. Ich kenn' dich doch... Na ja! Ich rief nämlich Stayling in Keswick an und bat ihn, festzustellen, ob es in Keswick eine Garage gibt, die einen grünen Chrysler vermietet, und wenn ja, ob der Chrysler am gleichen Abend unterwegs gewesen war, und wie der

Kunde aussah, der ihn fuhr. Und beim Abendessen - auch daran wirst du dich erinnern - rief Stayling zurück. Jawohl, der grüne Chrysler existiere, und ein Amerikaner mit grauen Haaren und randloser Brille habe ihn heute geholt. Also hatte uns Dodd belogen, er war nicht direkt mit dem Wagen von London gekommen. Dies, zusammen mit der Tatsache, dass Simpson in der fraglichen Zeit nicht im Hotel war, gab den Ausschlag. Woran du siehst, dass ich schließlich und endlich doch sicher war, den Kerl zu fangen. Mit wie vielen Scheinmanövern er auch versucht hat, uns zu täuschen, zum Schluß hab' ich ihn doch erwischt. Ich wusste, dass er nach London und in dies Hotel zurückkommen würde. Und der Idiot hat anscheinend im Ernst geglaubt, er hätte es geschafft!«

»Fein! Das wär's also. Der Kerl muss wirklich Nerven wie Stricke gehabt haben, um diese Maskerade in Buttermere vor unserer Nase durchzuführen. Er muss seine Zeit verflixt schnell und genau berechnet haben.«

»Es blieb ihm gar nichts anderes übrig. Er wollte diesen Kopf haben, so musste er schon nach *Mere Croft* kommen. Und er kam. Sicherlich hat er Miss Kendrick gehört, als sie uns von der Treppe zurief, dass sie die *Schwarze Höhle* gefunden habe. Und das hat ihn zu verzweifelten Maßnahmen getrieben. Alles oder nichts, für ihn gab es keinen anderen Ausweg mehr.«

»Als er gestern Nachmittag in *Mere Croft* ankam - aus London, wie er sagte -, hat er etwas von einem Telegramm erzählt: Er habe am Tag vorher telegrafiert, soviel ich verstanden habe... Das ist doch aber gar nicht möglich. Zu der Zeit war er Henry Simpson und saß im *Buttermere-Arms-Hotel*.«

»Das spielt wohl keine große Rolle«, meinte Cromwell. »Irgendwie hat er es eingerichtet, wahrscheinlich jemanden schon vorher beauftragt, an diesem Tag zu telegrafieren. Nachdem er sich einmal als Henry Simpson in Buttermere niedergelassen hatte, gab es kein Zurück mehr für ihn, aber er musste Preston Dodd, den amerikanischen Multimillionär, gleichzeitig als völlig getrennte Figur aufrechterhalten. Ziemlich schwierig.«

»Und was ist mit dem anderen?«

»George Ryder, pah«, erklärte Ironsides verächtlich. »Ein Niemand ohne Hirn vermutlich. Der kommt bestimmt nicht weit. In vierundzwanzig Stunden haben wir ihn, oder ich müsste mich sehr irren.«

Cromwell stand auf, reckte sich und gähnte. »Komm, Johnny, ich kann mir zwar etwas viel Schöneres vorstellen, aber vermutlich muss ich jetzt zum Yard - meinen Bericht machen. Der Fall ist abgeschlossen, und ich hab' nur eine Sehnsucht: ins Bett und schlafen, Mensch, tagelang schlafen.«

»Und verdient wär's auch, Old Iron. Hut ab! Das war mal wieder einer deiner Meisterfälle. Seltsam, beinahe hätten wir den Knaben Murray noch verdächtigt«, fügte er mit einem Lächeln hinzu.

»Du vielleicht. Ich habe niemals auch nur dran gedacht. Außerdem habe ich mich nach ihm erkundigt«, sagte Cromwell gelassen. »Wo wir schon sowieso dabei waren, schien es mir nützlich, soviel wie möglich über Murray zu erfahren: Sohn eines Baronets, Unmengen eigenes Geld, nicht nur vom reichen Papa, Juniorpartner in einer der feinsten Architektenfirmen von ganz London und so weiter und so weiter. Dabei fällt mir ein«, fügte er ohne Übergang hinzu, »wenn wir in kurzer Zeit zu einer Hochzeit eingeladen werden, bin ich krank. Ich hasse Hochzeiten.«

»Wem erzählst du das? Mehr ist von einem mürrischen alten Junggesellen beim besten Willen nicht zu erwarten«, stimmte Johnny augenblicklich zu. »Ich für meinen Teil gehe ganz bestimmt. Schon um die kleine Vicky wiederzusehen. Was für ein Mädchen, Old Iron, was für ein zauberhaftes Mädchen!«

ENDE

APEX
»John Shirley ist
Cyberpunks *patient zero.*«
- William Gibson.
NEU
Start der großen
JOHN SHIRLEY-Werkausgabe
im Apex-Verlag!
JOHN SHIRLEY
KINDER
DER HÖLLE
Roman
JOHN SHIRLEY
HITZEFÜHLER
REDUX
ERZÄHLUNGEN
JOHN SHIRLEY
STADT GEHT LOS
EIN CYBERPUNK-ROMAN
MIT EINEM VORWORT VON WILLIAM GIBSON

APEX
Nominiert für den
PHILIP K. DICK-AWARD!
NEU
ALEXANDER BESHERs
legendäre Cyberpunk-Trilogie
im Apex-Verlag!
Alexander Besher
SATORI CITY 2.0
Erster Roman der RIM-Trilogie
VIRTUAL TATTOO
Zweiter Roman der RIM-Trilogie
Alexander Besher
CYBER-BLUES
Dritter Roman der RIM-Trilogie

FANTASY
IM APEX-VERLAG
RED SONJA 1
DER RING VON IKRIBU
David C. Smith & Richard L. Tierney
APEX
Robert E. Howard
SOLOMON KANE
CHRISTIAN DÖRGE (HRSG.)
VALKYRIE
ERZÄHLUNGEN
THONGOR
ERSTER ROMAN DER THONGOR-SAGA
APEX
WANDERER UNTER
DUNKLEN HIMMELN
Erzählungen
WWW.APEX-VERLAG.DE

NEU
APEX
HORROR
JOHN TIGGES
IM GARTEN DES INCUBUS
Roman
DAS OMEN
HENRY QUINN
TAGEBUCH DES GRAUENS
DAS OMEN II
GARY BRANDNER
Katzenmenschen
ROMAN
HALLOWEEN
DIE NACHT DES GRAUENS
Roman
www.apex-verlag.de

APEX
SCIENCE FICTION
aus deutschland
DIE TEMPONAUTEN
Horst Pukallus
SONGS AUS DER KONVERTER-KAMMER
SVEN KLÖPFING
DER TAG, AN DEM DIE WELT AUSFIEL
THOMAS ZIEGLER
DER WEISSE RAUM
Erzählungen
THOMAS ZIEGLER/CHRISTIAN DÖRGE
FLAMING BESS, BAND 1:
DAS GALAKTISCHE THEOREM
Fünf Romane in einem Band
REINMAR CUNIS
WENN DER KREBSBAUM BLÜHT
Roman

FSC
www.fsc.org
MIX
Papier aus verantwortungsvollen Quellen
Paper from responsible sources
FSC® C141904

Druck:
Customized Business Services GmbH
im Auftrag der
KNV Zeitfracht GmbH
Ein Unternehmen der Zeitfracht - Gruppe
Ferdinand-Jühlke-Str. 7
99095 Erfurt